菖窩集

창와(菖窩) **조희규**(曺禧奎, 1830~1877)

성관(姓貫)은 창녕이며, 남명 선생(南冥先生)의 아우인 충순위 공 환(桓)의 후손으로 병조참판을 지낸 송재(松齋) 계명(繼明)의 8대손이다. 자(字)는 한서(漢瑞)이고, 또 다른 호는 '지사(志士)는 어려운 지경에 처해서도 나라를 잊지 않는다.'는 의미로 '학하(壑下)'라고도 했다. 한주(寒洲) 이진상(李震相)의 문인이다. 남명의 학문과 사상을 계승하는 데 남다른 관심과 사명감을 갖고 있었으며, 후산(后山) 허유(許愈), 노백헌(老柏軒) 정재규(鄭載奎), 면우(俛宇) 곽종석(郭鍾錫), 자동(紫東) 이정모(李正模) 등 당시 울흥(蔚興)했던 영남 강우(江右)의 여러 학자들과 더불어 벗과 선배로서 긴밀한 학문적, 인간적 교류를 한 탁월한 선비였다.

옮긴이

박병련(朴丙鍊) 한국학중앙연구원 한국학대학원 명예교수
곽진(郭穦) 상지대학교 명예교수

태학명문 2
菖窩集 창와집

초판 1쇄 발행 2020년 9월 20일

지은이 | 조희규
옮긴이 | 박병련, 곽진
펴낸곳 | (주)태학사
등록 | 제406-2020-000008호
주소 | 경기도 파주시 광인사길 217
전화 | 031-955-7580
전송 | 031-955-0910
전자우편 | thspub@daum.net
홈페이지 | www.thaehaksa.com

편집 | 김성천 최형필 조윤형
디자인 | 이윤경 이보아
마케팅 | 김일신
경영지원 | 정충만
인쇄·제책 | 영신사

ⓒ 조상태, 2020. Printed in Korea.

값 30,000원

ISBN 979-11-90727-19-8 93810

이 도서의 국립중앙도서관 출판예정도서목록(CIP)은 서지정보유통지원시스템 홈페이지
(http://seoji.nl.go.kr)와 국가자료종합목록 구축시스템(http://kolis-net.nl.go.kr)에서 이용하실 수 있습니다.
(CIP제어번호 : CIP2020034723)

태학명문 2

菖窩集

창와집

曹禧奎(조희규) 지음

박병련·곽진 옮김

태학사

병산재(屛山齋)

경남 합천군 삼가면 하판리 지동 선영에 있는 재실(齋室)

해제(解題)

1. 문집의 구성과 학문적 교유(交遊)

《창와집》은 창와(菖窩) 조희규(曺禧奎, 1830~1877)의 남아 있는 글을 모아놓은 문집이다. 창와는 조선왕조의 국운이 기울어가던 시대를 살았던 전형적인 선비다. 성관(姓貫)은 창녕이며, 남명 선생(南冥先生)을 배출한 이름 높은 가계(家系)로 그는 바로 남명 선생의 아우인 충순위 공 환(桓)의 후손이며 병조참판을 지낸 송재(松齋) 계명(繼明)의 8대손이다.

조선적 문화에서 남명(南冥)과 송재(松齋)의 존재는 창와의 의식세계에 깊은 영향을 미쳤으며, 가난을 벗어나기 어려운 환경에서도 학문에 뜻을 두게 한 중요한 계기로 작용했다. 자(字)는 한서(漢瑞)이고, 또 다른 호는 '지사(志士)는 어려운 지경에 처해서도 나라를 잊지 않는다.'는 의미로 '학하(壑下)'라고도 했다. 학문이 깊었으나 50을 넘기지 못하고 세상을 떠났다.

그의 시대는 큰 흐름으로는 한문을 수단으로 한 전통지식의 시대가 저물어가기 시작한 시대이기도 하지만 역설적이게도 영남 강우(江右 : 현재의 경남지역과는 반드시 일치하지 않지만, 밀양, 창녕을 포함하면 대략 일치한다.)지역에서는 유학이 마지막으로 크게 꽃피었던 시기이기도 했다.

창와가 살았던 시기의 강우(江右)지역에는 인조반정과 무신(戊申)사변으로 인해 2백여 년 동안 학문의 헤게모니를 빼앗기고 유·무형의 핍박을 받으며 숨죽여 지냈던 질곡의 시대를 넘어 일세를 풍미한 유학자들이 기라성처럼 나타났다. 만성(晩醒) 박치복(朴致馥), 후산(后山) 허유(許愈), 노백헌(老柏軒) 정재규(鄭載圭), 면우(俛宇) 곽종석(郭鍾錫), 물천(勿川) 김진호(金鎭祜), 자동(紫東) 이정모(李正模), 단계(端溪) 김인섭(金麟燮), 교우(膠宇) 윤주하(尹冑夏), 복암(復菴) 조원순(曺垣淳) 등이 그들이고, 창와 역시 그런 유학자 가운데 한 사람이다.

이들 가운데는 한주(寒洲) 이진상(李震相)을 접점(接點)으로 정재(定齋) 류치명(柳致明)에게 연결하면서 퇴계학파의 학문적 연원을 표방한 분들이 대부분이나, 만성(晩醒)처럼 정재와 성재(性齋) 허전(許傳)의 두 문하를 거친 분이 있는가 하면, 단계처럼 정재의 문인인 분도 있고, 노백헌같이 노사(蘆沙) 기정진(奇正鎭) 문하의 고족(高足)인 분도 있다.

이분들은 이기설에 관해서는 반드시 일치하는 견해를 갖고 있지 않았지만, 강좌의 퇴계학파 선비들과 가장 구별되는 지점은 학파를 불문하고 거의 모든 학자들이 남명 선생을 정신적 지주로 삼고 있었으며, 선생에 대한 깊은 흠모(欽慕)의 정서를 공유하고 있었다는 것이다.

단계는 "우리나라 선배 중 그 기풍이 백대에 떨치고 유학의 도(道)에서 만 길 높이의 절벽처럼 우뚝 선 분은 오직 우리 남명 선생 한 분이다. 내가 평생토록 연구하고 우러러 받드는 분도 오직 선생 한 분밖에 없다.[海東先輩風振百代吾道壁立萬仞惟我南冥先生一人而已余小子平生沒身鑽仰亦惟先生一人而已]"고 하였고, 면우는 장강대하(長江大河)와 같은 필력(筆力)으로 남명 선생의 학문과 출처를 드러내는 〈묘지명(墓誌銘)〉을 지었으며, 후산과 노백헌은 학파는 달라도 남명의 학문과 정신을 계승하는 일에는 의견이 일치했고, 후산의 〈신명사도혹문(神明舍圖或問)〉의 완성에도 기탄없는 의견을 서로 교환하고 있다.

창와 역시 이러한 정서를 공유했고, 나아가 남명 선생의 방(傍) 후손(後孫)으로 남명의 학문과 사상을 계승하는 데 남다른 관심을 갖고 있었을 뿐 아니라 커다란 사명감을 안고 있었다.

> 우리 고을은 산해부자(山海夫子 : 남명 선생)께서 앞장서서 도를 창도(唱導)하신 후로 그 유풍(遺風)과 여운(餘韻)이 아직 없어지지 않고 남아 있는데, 위아래로 수백 년에 걸쳐 한 사람도 분발하여 일어나는 사람이 없다.

그는 남명의 학문과 사상을 계승하는 탁월한 인물이 나타나지 못하는 현실을 탄식하면서, 은연중 그러한 학문적 분위기를 조성하는 데 심력(心力)을 경주했다. 그는 특히 면우 곽종석에게 거는 기대가 남달랐는데, "우리 인형(仁兄=곽종석)이 아니면 누가 있어 이런 뜻을 가지고 사람들로 하여금 청렴을 귀하게 여기고 게으른 사람을 일으켜 세우는 (남명 선생의) 학풍을 끊어지지 않게 하고 경의(敬義)의 공부를 서로 힘쓰게 할 수 있겠습니까!" 하면서 남명 선생의 일로 산천재(山天齋) 회동을 주선한 것에 대해 그 뜻을 매우 높게 보고 또 아울러 학문적인 의견도 교환하고 있다.

그는 당시 울흥(蔚興)했던 강우의 여러 학자들과 더불어 벗과 선배로서 긴밀한 학문적, 인간적 교류를 한 탁월한 선비였으나 곤궁(困窮)한 환경으로 인해 지금까지 널리 알려져 있지는 않았다. 가난한 생활환경에 처해 있던 어린 계후자(繼後子)가 창와가 남긴 글을 모두 수습하기에는 한계가 있었기 때문이기도 했다. 어렵게 수습해놓은 글을 대를 넘겨 손자 학영(學泳 : 족보에는 學河로 등재되어 있다.)이 사정을 잘 아는 추봉(秋峰) 남승우(南勝愚)에게 교정을 부탁하고, 중재

(重齋) 김황(金榥)과 추연(秋淵) 권용현(權龍鉉)의 서문을 받아 간행한 것이 이 문집이다.

수집된 글은 시(詩) 100여 수와 편지[書] 30편, 스승인 한주와 문답한 것을 기록한 〈포상문답(浦上問答)〉, 서(序) 4편, 기(記) 4편, 발(跋) 2편, 잠(箴) 1편과 사(辭) 1편, 상량문 2편, 제문 3편과 〈부록〉으로 구성되어 있다.

그중에서도 편지는 스승인 한주(寒洲) 이진상(李震相)을 비롯하여 계당(溪堂) 류주목(柳疇睦), 몽관(夢關) 최유윤(崔惟允), 단계(端溪) 김인섭(金麟燮), 만성 박치복, 하당(荷塘) 권석로(權錫魯), 후산 허유, 노백헌 정재규, 면우 곽종석, 자동 이정모, 반고(磐皐) 남영희(南永熙) 등, 당대의 석학들에게 보낸 것으로 그 학문적 논의가 당시의 성리학적 문제의식과 지식의 지형을 이해하는 데 많은 도움을 준다.

2. 학문과 사상

창와의 학문 요체는 남명의 가르침을 뼈대로 하여, 한주의 심즉리(心卽理)설을 독실하게 믿고 깊은 사색을 통하여 자신의 것으로 정립해나간 곳에 있다. 물론 강우학자들이 직·간접으로 당면했던 모순과 갈등은 남명학과 퇴계학의 이론적 충돌지점이 지엽적인 문제가 아니라 근본적이었다는 데 있었다. '천리신교(千里神交)'론으로 이론적 충돌을 봉합해도 언제나 튀어나올 수밖에 없는 주머니 속의 송곳과 같았다.

조선의 주자학은 주자(朱子)가 가졌던 국가의 명운(命運)과 백성의 삶을 걱정하는 치열(熾烈)한 정치적 격정(激情)과 실천적 개혁성은 제대로 계승하지 못했다.

남명은 주자학의 권위를 절대시하는 과정을 통해 왕권을 잠식하고, 주자를 호신부(護身符)로 이용하며, 몇몇 사대부 가문의 권익만을 옹호하는 도구(道具)로 변질시키는 조선의 학문풍토를 비판했다. 이로 인해 남명학이 내포한 실천성과 개혁성은 권력과 지위에 안주하는 조선의 집권세력과 기득권 양반사대부 세력에게는 잠재적 위험으로 간주되었다.

결국 수구집권세력과 그 추종자들의 거대한 음모와 반격은 남명의 제자들을 기축옥사(己丑獄事)와 인조반정과 같은 정치적 사건으로 옭아매어 죽음으로 몰아갔다.

수문(首門)의 반열(班列)에 있던 수우당(守愚堂) 최영경(崔永慶)과 대표적인 의병 활동가이자 정치개혁의 중심에 있던 내암(來庵) 정인홍(鄭仁弘)이 비명(非命)에 쓰러지면서 백성과 나라를 걱정하는 남명의 학문과 사상은 왕실과 사대부의 기득권을 옹호하는 집권세력의 핍박과 폄훼의 대상이 되었다.

남명의 학문과 사상을 훼손하고 왜곡하는 일은 다방면에 걸쳐 지속적으로 전개되었다. 특히 내암과 연관되거나 노장(老莊)사상과 관련된 내용을 산삭(刪削)하는 일로 《남명집(南冥集)》을 교정하는 작업이 논란 속에서도 지속되었다. 이것은 권력에 의한 집단기억의 왜곡으로 이어져 내암과 관련 있던 많은 사대부 가문과 인물들의 역사가 사라지거나 변조(變造)되기도 하였다.

《남명집》과 《학기(學記)》의 교정을 두고서는 후학들의 학문 수준과 입장 차이에 따라 여러 의견들이 주장되었는데, 〈신명사도(神明舍圖)〉의 '국군사사직(國君死社稷)'과 같은 구절도 도마 위에 올랐으며, 〈학기(學記)〉의 수정을 두고는 사론(士論)이 크게 갈라지기도 하였다. 그러한 상황들이 응축되어 나타난 것이 남명 선생의 〈신도비(神道碑)〉와 관련된 곡절(曲折)인데, 당시 강우 유림의 처지와 실상을 잘 보여주는 사건이었다.

이런 남명 선생과 내암에 관련된 일들은 비난이거나 또는 비분(悲憤)이나 연민(憐閔)의 어느 편에 있든 간에 강우의 사대부 가문과 학자들에게는 숙한(宿恨)이었던 것만은 틀림없는 사실이었다.

창와의 학문 역정은 이러한 잠재적 모순과 갈등이 표면으로 나타나기 시작한 시기에 걸쳐 있는데, 그는 가급적 그러한 잠재적 모순을 적극적으로 드러내지 않으려 했던 것 같고, 퇴계학과 남명학의 통합을 추구하거나, 나아가 퇴계학의 장점을 남명학으로 수렴하려는 의지를 가졌던 것으로 보인다.

> 입덕문(入德門) 깊숙이 한 길이 열렸는데 　　　　　　　入德門深一路開
> 머리 숙여 흐르는 물을 보며 살아 있는 근원을 돌아보네　俯觀流水活源回
>
> 　　　　　　　　　　　　　　　　　　　　　　　　　　-〈入德門〉

이 시에서도 나타나듯이 남명 선생의 학문과 출처는 '살아 있는 근원[活源]'으로 창와의 마음 속 깊이 자리하고 있었으며, 학문의 동기를 부여하는 에너지원(源)이기도 하였다.

계당(溪堂) 류주목(柳疇睦)에게 보낸 편지에

> 근래에 학자들이 수립(樹立)함이 드문 것을 보면, 그 병통(病痛)이 비근(卑近)한 것을 싫어하고 고원(高遠)한 것을 좋아하는 데 있는 것 같습니다. 그런 까닭에 힘을 쓰는 것은 많아도 실제의

효과는 적습니다. 이것은 우리 집안의 노선생(老先生 : 남명 선생)께서 깊이 미워하신 것으로, "손으로는 쇄소(灑掃)하는 절차도 모르면서 입으로는 천리(天理)를 논한다."는 것입니다.

라고 하였는데, 그의 학문적 지향과 남명에 대한 존모(尊慕)의 정서를 짐작할 수 있게 한다. 이러한 정서는 창와의 학문과 사상을 관류(貫流)한다. 그리고 그의 비판적 관점의 골격(骨格)을 이룬다.

주희경(周熙敬)에게 보낸 편지에서는

논(論)하신 바 '색은(索隱)' 부분의 말씀은 근세 학자들의 큰 병통(病痛)을 절실하게 맞히셨습니다. 더욱더 가깝고 실제적인 곳에서 평이(平易)하고 담백(淡白)함에 힘쓰면 반드시 맛없음의 맛이 있을 것입니다. 대체로 강좌(江左)에는 비록 글하는 선비가 많으나 풍속이 새롭고 기이한 것을 숭상하여 이 같은 병증(病症)이 없는 사람이 거의 없으니 탄식할 만합니다.

라 하면서 강좌 선비들이 '새롭고 기이한 것'을 숭상하는 병증(病症)을 갖고 있다는 비판적 인식을 갖고 있기도 했다.

노사(蘆沙) 기정진(奇正鎭)의 수제자라 할 수 있는 노백헌(老柏軒) 정재규(鄭載圭)에게 보낸 편지에서는

근세의 소위 학자라는 사람들은 반드시 이기(理氣)를 강설(講說)하는 것을 가장 먼저 해야 할 일로 삼아서 몸으로 체험하여 실제로 얻는[體驗實得] 공부를 한다는 말을 들은 적이 없습니다. 아래로 사람의 일[人事]을 궁구(窮究)하지 않고서 위로 천리(天理)를 통달할 수 있는 사람이 있겠습니까? 무릇 학문은 단지 자신을 이루어 만물을 이루게 하는 것[成己成物]에 있는 것으로, 멀리 가고자 하면 가까운 곳에서 시작하고[行遠自邇], 높이 오르고자 하면 낮은 곳에서부터 출발하는 것[登高自卑]은 우리 집안에 전해온 전식(典式) ……

이라고 하여 남명 선생의 가르침을 집안에 전해오는 전식(典式)이라고 하면서, 이것으로 승당입실(升堂入室)의 경지에 도달하는 데 무슨 한계가 있겠느냐고 말하고 있다.

어떻게 보면 창와는 '전가(傳家)의 보도(寶刀)'를 오래된 칼집에서 꺼내서 퇴계학파의 큰 봉우리인 류주목(柳疇睦)과 율곡학파의 큰 봉우리인 정재규(鄭載圭)에게 남명 선생의 '칼빛'이 사라

질 수 없음을 잠깐 보여주고 있다고도 할 수 있다.

그럼에도 불구하고 언뜻 보기에는 창와가 가장 심혈을 기울여 공부한 것이 이기(理氣)와 '심성(心性)'에 관한 것이었다는 점은 하나의 아이러니다. 그가 이기와 심성에 관해 스승과 주고받은 문답이나, 선후배 동문들과 논의한 내용을 보면, 매우 높은 경지에 이르렀음을 짐작할 수 있다. 그가 퇴계(退溪)에서 한주(寒洲)로 이어진다는 이기심성론을 수용하여 남명의 가르침과 어떻게 모순 없이 조화시키려고 했는가 하는 것은 당시 강우지역 한주 학단(學團)의 선비들이 당면했던 문제에 대한 하나의 답안(答案)일 수도 있을 것이다.

창와는 처음에 이기(理氣)는 "서로 해치지 않고[不害] 마주하여 서는[對待] 것"으로 이해했는데, 한주에게서 〈지의록(贄疑錄)〉 한 부를 얻어서 곰곰이 사색해보고서는 비로소 "이 이(理)는 지극히 높아[至尊] 상대가 없으며[無對] 천하의 모든 사물이 모두 이 이의 작용이 아닌 것이 없음을 알았다."고 술회하고 있다.

창와는 선현들의 이기심성론에 대해서도 납득이 될 때까지 사색하고 질문하면서 쉽게 남의 의견을 추종하지 않는다. 당시까지 전해 내려온 성리학적 '문제'를 꿰뚫어 이해하고자 했는데, 문집 속의 〈포상문답(浦上問答)〉은 그 증거 가운데 하나다.

한주, 그리고 면우 곽종석 등과의 문답을 통해 그는 한주의 '심즉리(心卽理)'의 주리(主理)론을 확신하고, 이(理)가 기(氣)의 주재자(主宰者)임을 분명히 하고 있다.

한주에게 보낸 편지에 〈별지(別紙)〉로 붙여놓은 것은 '태극도(太極圖)'와 '심통성정도(心統性情圖)'에 관한 문답을 기록해놓은 것이고, 〈포상문답(浦上問答)〉은 《대학(大學)》과 《중용(中庸)》의 요긴한 부분과 〈천명도(天命圖)〉에 관해 한주에게 질문하고 그 대답을 기록해놓은 것이다. 당시 선비사회의 문제의식과 논의의 요점들이 잘 드러나는 기록이다. 그는 스승과 여러 학자들과의 논의를 거쳐 스스로의 견해를 입론(立論)하고 있다.

> 본체(本體)의 심(心)은 바로 이(理)이니 인의예지(仁義禮智)가 그것이고, 방촌(方寸 : 胸中)의 심(心)은 단지 기(氣)이니 청탁수박(淸濁粹駁)이 그것입니다. 대개 심(心) 자는 매우 넓은 뜻을 포함하는 까닭에 선유(先儒)들 가운데는 하나로 이(理)를 가리키는 것으로 말하는 분도 있고, 하나로 기(氣)를 가리키는 것으로 말하는 분도 있으며, 겸(兼)하여 이기(理氣)로 말하는 분도 계십니다. 하나로 이를 가리키는 것은 본체의 심이고, 하나로 기를 가리키는 것은 방촌의 심이며, 이기를 겸하여 말하는 것은 본체와 방촌을 아울러 말하는 것입니다. 방촌의 심을 옛사람이 비록 말하지 않았다 해도 심은 반드시 집이 있은 연후에 이름을 얻어 심이 되는 것이니 만약 방촌을 말하

지 않으면 심은 바람 그림재風影와 무엇이 다르겠습니까!

-〈答權信寶〉

창와의 심론(心論)은 이와 같이 요약될 수 있으며, 이러한 입론을 바탕으로 퇴계학과 율곡학, 호락논쟁(湖洛論爭)에 대한 나름의 입장도 개진(開陳)한다.

> 무릇 맑고 깨끗한淸淨 그릇의 물은 또한 맑고 깨끗하며, 더럽고 탁한汗濁 그릇의 물은 더럽고 탁하니 사람이 그 더럽고 탁한 것을 보고 물의 본성이 아니라고 말하는 것은 가하나, 물이 아니라고 말하는 것은 불가한 것입니다. 이것이 소위 악(惡) 또한 성(性)이 아니라고 할 수 없다는 것입니다. 율곡(栗谷)께서 본 것이 바로 여기에 있으니, 그 근원을 따져보면 퇴도(退陶)의 뜻과 심하게 서로 구별되는 것이 아닙니다. 다만 위주로 하는 바가 같지 않기 때문에 입언(立言)이 약간 다른 것입니다. 호락(湖洛)의 논쟁에 대해서는 …… 낙론이 옳은 것 같습니다. 대개 인(人)과 물(物)이 형태를 갖추기 전에는 단지 혼연(渾然)한 일리(一理)이지만, 생명을 타고날 때는 사람은 이것을 얻어 사람이 되는 이가 있는 것이고, 물은 이것을 얻어 물이 되는 이가 있는 것입니다. 소위 물에 따라 부여된다隨物賦予는 것이 이것입니다. 만약 본원(本原)상에서 말하면, 이미 인(人)이 되고 물(物)이 되는 것이 달라지고, 이(理) 또한 구속되는局 것이니 어떻게 서로 통한다고 말할 수 있겠습니까!

-〈與權祈汝〉

그런데, 창와의 심즉리에 대한 이해에서 이(理)는 분석용이거나 이해를 위한 개념 수준에 머무는 것이 아니라 '실천의 동력'으로 삼으려는 학문적 수양의 목표가 뚜렷했다는 점이 큰 특징으로 보인다. 그는 '심(心)'의 본체(本體)나 '도심(道心)'은 이(理)일 따름이라고 보고, **"군자가 사람들을 가르침에 힘쓸 곳用工은 이 이(理)를 보존하고 이 이를 성찰하며 이 이를 밝히고 이 이를 따르는 것에 지나지 않는 것"**이라고 확신한다.

이 확인되고 체득(體得)된 도심(道心=理)의 사회적 실천은 남명의 경의학(敬義學)과 접점을 갖는다. 창와는 아마도 '용공(用工)'에 '행원자이(行遠自邇)'와 '등고자비(登高自卑)'의 가르침을 녹여낼 수 있다고 보았을 것이다.

현대의 정의론(正義論)이 "사유체계의 제일 덕목은 진리이며, 사회제도의 제일 덕목은 정의"라는 원리에서 출발한다는 명제는 남명의 경의학(敬義學)이 "경으로 밝혀낸" 진리(=성리학에서는

道心과 통한다.)의 실천이 '의'라고 강조하는 요체(要諦)와 통한다고 할 수 있다. 창와는 '이(理)'를 따르는 것'을 제시함으로써 심즉리와 경의학을 무리 없이 녹여내려고 한 것 같고, 아마도 한주(寒洲) 학단의 학자들, 그 가운데서도 강우의 석학들은 창와와 유사한 사상을 공유했던 것은 아닐까 한다.

이처럼 창와는 가학(家學)의 전통을 계승하면서도 당대의 대유(大儒)인 한주(寒洲) 이진상(李震相)을 스승으로 하여, 한주 문하의 여러 석학(碩學)들과 교유하면서 보다 깊은 학문의 경지로 나아갔다.

그의 독서범위는 경학을 넘어 사학(史學)에까지 확대되어 있는데, 장재(張載)의 〈서명(西銘)〉을 즐겨 읽었던 것으로 보이고, 《자치통감(資治通鑑)》 등의 사서에 조예가 깊었음은 〈속감흥이십수(續感興二十首)〉와 같은 시(詩)에서도 확인할 수 있다.

조선왕조의 기운이 쇠락해지면서 '성현(聖賢)들이 전해준 진리'가 흔들리고, 그런 진리라는 관념을 기초로 형성된 질서가 무너져가는 시대상황이 창와의 학문적 문제의식을 잉태했다. 그는 주자학적 '천리(天理)'라는 것에 기대어 형성된 기존 사회체제의 정당성을 의심하기보다 '천리'나 '마음'에 대한 투철한 이해가 부족한 것이 사회체제 위기의 원인이라고 보는 것 같다.

사회구성의 최고 원리로서 주자학적 '이(理)'를 교육받고 수용해온 선비가 자신의 확신(確信)을 넘어서 '성인(聖人)이 말씀하신 진리'가 과연 새롭게 다가오는 '현실'을 관통하고 있는 객관적 진리인가, 하는 질문을 하기란 쉬운 일이 아니었다.

창와는 새롭게 밀려오는 세계사적 변화에 굴복해가는 조정(朝廷)이 미덥지 못했고, 전통적 학문을 수없이 사색하고 반성하며, 성현이 말씀하신 진리를 거듭 확인하며 확신을 더하는 방향으로 나아갔다. 조정이 성인의 가르침과는 다른 방침을 결정해도 향촌의 지식인으로서는 할 수 있는 일이 없다는 허탈감 속에서도 한주 이진상을 중심으로 한 학문집단의 존재와 선(先) 백조(伯祖) 남명 선생을 존숭하는 학자들이 있기에 가난과 가화(家禍) 속에서도 '뜻'을 굽히지 않을 수 있었다.

창와는 거대한 세계사적 조류 앞에서 무너져가는 '성인의 가르침'과 조정의 무능을 안타까워하면서 성리학 속에 왕조의 번성과 백성의 행복을 담보할 '길(道)'이 있을 것임을 의심하지 않던 조선 말기 전통지식인의 '전형(典型)'으로 보아도 무리가 없을 것 같다. 그는 성리학적 도덕률이야말로 인간의 인간다움을 보증하는 가장 확실한 근거임을 확신했던 '이학자(理學者)'라 할 수 있을 것이다.

3. 붙여놓는 글〔附記〕

2011년으로 기억하는 어느 늦은 봄날, 한국학중앙연구원 장서각(藏書閣)의 관장(館長)실로 두 분의 어른들이 방문했는데, 부산교통 조옥환(曺玉煥) 회장님의 소개를 받았다고 하셨다. 인사를 나누고 보니 두 분은 바로 남명 선생의 아우 되시는 충순위 공(=曺桓)의 후손으로 조상진(曺相璡), 조상태(曺相台) 두 형제분이셨다.

조상진 옹(翁)은 재무부에서 오랫동안 공직생활을 하신 분으로 당시 미수(米壽)에 가까운 연세셨는데도 정정하셨고, 동생분(=조상태)은 건설부에서 기술직 고위 공무원으로 근무하다가 정년하신 분인데, 말씀과 행동하는 사이에 얼핏 보아도 형제분의 우애가 남달라 보였다.

옹(翁)의 여생(餘生)의 소원이 선대(先代)의 묘역을 정비하고 묘비(墓碑)를 세우는 일과 증조부(=菖窩)의 문집을 국역하는 일인데 그 일을 본인(=박병련)이 맡아서 해주기를 바란다고 간곡하게 말씀하셨다. 스스로 돌아보아 번역은 본인의 장기(長技)도 아닐뿐더러 문집을 번역해본 일도 본인의 외선조(外先祖) 문집인《낙주재실기(洛洲齋實紀)》밖에 없어 사양했으나 옹(翁)께서 강권(强勸)해 마지않으셨다.

마지못해 정성스럽게 보관해온 문집과 족보를 일별해 보던 중에, 남명 선생의 종손(從孫)이자 이분들의 선조이신 병사(兵使) 송재(松齋) 조계명(曺繼明, 1568~1641)의 세주(細注)를 보는 순간, 오랫동안 풀지 못했던 의문 하나가 풀리면서 인연의 심오함이 가슴에 와닿았다.

송재(松齋) 선생은 김해부사와 황해도 병사를 지내면서 남명학파의 큰 버팀목 역할을 수행한 인물이다. 임진란에는 부친 경모재(敬慕齋) 조의민(曺義民) 공을 따라 망우당(忘憂堂) 곽재우(郭再祐) 장군의 창의(倡義)에 참여했고, 김해부사 시절에는 동래로 온천을 하러 가던 한강(寒岡=鄭逑) 선생이 신산서원(新山書院)의 남명사당을 참배하는 일정을 주선하였다. 인조반정을 거치면서 남명학파의 인재들이 숙청될 때도 온건(穩健) 중정(中正)한 처세로 남명학파의 명맥(命脈)을 부지(扶持)하기 위해 심력(心力)을 쏟았다.

김해부사로 부임한 때는 대구부사를 지낸 죽계(竹溪) 안희(安憙), 예빈시(禮賓寺) 직장(直長)을 지낸 죽암(竹菴) 허경윤(許景胤), 태릉(泰陵) 참봉(參奉)을 지낸 황세열(黃世烈)을 비롯한 제공들이 중심이 되어 산해정(山海亭) 터에 신산서원(新山書院)을 창건한 지 얼마 지나지 않은 시기였다.

김해평야의 부(富)를 기반으로 왕성했던 김해유림은 신산서원의 창건과 송재의 관심으로 남명학파의 강력한 연수(淵藪) 가운데 하나가 되었다. 송재는 3남 1녀를 두었고, 그 고명딸을 김해에 사는 문과(文科) 출신 판관(判官) 안천수(安千壽)의 증손이자 봉사(奉事) 안인로(安仁老)의 아들인 안세경(安世慶)에게 출가시켰는데, 안세경은 〈신산동화록(新山同話錄)〉과 〈덕천서원원생록(德川書院院生錄)〉에 이름이 올라 있다.

안세경은 또 그 딸을 밀양 하서(下西) 초동면(初同面) 새터[新基村]에 사는 박문경(朴文經)에게 출가시켰는데, 박문경은 점필재(佔畢齋=金宗直) 선생의 문인인 모선재(慕先齋) 박수견(朴守堅) 선생의 주손(胄孫)으로 〈신산동화록〉에 이름이 있는 안분당(安分堂) 박호(朴濩)의 조카다.

박문경의 후손들은 크게 번성하여 밀양에서도 굴지(屈指)하는 명족이 되었으며, 밀양을 비롯한 여러 고을의 많은 명가(名家)들이 혼인으로 이 가문과 연결되고 있다.

대략만 들어보면, 영산의 충장공 문암(聞巖) 신초(辛礎), 곽망우당의 질서인 정랑(正郞) 낙원(樂園) 안숙(安璹), 진주의 부사(浮査) 성여신(成汝信), 영천의 양계(暘溪) 정호인(鄭好仁), 밀양의 오한(聱漢) 손기양(孫起陽)과 금시당(今是堂) 이광진(李光軫), 영산의 외재(畏齋) 이후경(李厚慶), 창녕의 부용당(芙蓉堂) 성안의(成安義), 고령의 죽유(竹牖) 오운(吳澐) 가(家) 등등이다.

아울러 송재의 매부는 당시 밀양지역에서 남명학파의 맹장(猛將)으로 활약했던 장섬(蔣暹)이었는데, 그는 밀양유림의 중진(重鎭)으로 남명 선생의 지기(知己)였던 송계(松溪) 신계성(申季誠) 선생의 학문을 기리는 데 앞장선 인물이었다.

남명학파 일색으로 강성했던 김해의 유림세력이 인조반정을 계기로 세력이 급격히 위축되어갔던 과정은 이웃 밀양유림이 남명학파의 영향을 지우면서 퇴계학파로 전향해가는 과정과 함께 지역사의 전개를 알 수 있는 중요한 연구과제이기도 하다.

창와의 활동범위에는 김해와 밀양지역 학자들과의 교류는 거의 나타나지 않는데, 다만 시(詩)를 통해 같은 창녕조씨 서원인 밀양 초동면 오방동(五榜洞)에 있는 오봉서원(五峰書院 : 淸白吏 淨友堂 曹致虞와 孝子 聚遠堂 曹光益을 제향)을 심방(尋訪)하고 종남산(終南山)에 오른 사실만 알 수 있을 정도다.

《창와집》을 번역하면서 지역사(地域史)와 가문사(家門史)의 잃어버렸던 자취를 새롭게 찾을 수 있었던 것은 망외(望外)의 소득이었고, 특히 송재(松齋)가 내 고향인 밀양 초동의 사대부 사회와 깊은 혈연적 연관이 있음도 알게 되었다. 개인적 차원에서는 창와가 심방했던 오봉서원에서 병향(竝享)하고 있는 취원당(聚遠堂=曹光益) 선생의 주손(胄孫)인 본인의 처조부(妻祖父) 또한 송재 외손녀의 후손들인 이 밀성박씨 가계의 외손이 된다.

또 다른 인연은 창와가 남명의 학문을 계승할 수 있을 후배로 크게 기대했던 면우(俛宇) 선생의 막내 손자인 곽진(郭璡) 교수가 마침 본인의 막역한 벗이기도 하고, 또 유학과 한문을 전공한 석학(碩學)이라 시문(詩文) 번역을 거의 반강제로 떠맡긴 일이다. 바쁜 와중에도 번역을

16

완수해주었으니 정말 고마운 일이다.

번역 일을 맡고 나서 뜻밖에 한국학중앙연구원의 기획처장, 대학원장, 부원장 등의 보직을 잇달아 맡게 되다 보니 본의 아니게 빨리 마칠 수가 없었는데, 독촉하지 않고 기다려주신 두 형제분께 감사할 따름이다.

거듭 고(故) 조상진 옹과 조상태, 두 형제분의 우애와 모선(慕先)하는 정성을 기리면서 이 문집을 읽는 분들에게 조금의 도움이라도 되었으면 하는 바람으로 해제(解題)하고 부기(附記)한다.

2020년 중하(仲夏)
국역자를 대표하여
한국학중앙연구원 한국학대학원 명예교수, 남명학연구원 원장
박병련(朴丙鍊) 삼가 씀.

차 례

창와문집 권2(菖窩文集 卷之二)

서(書)

기(記)

발(跋)

창와문집 권3(菖窩文集 卷之三)

잡저(雜著)

서(序)

잠명(箴銘)

사(辭)

일러두기

1. 주석은 간단한 경우 괄호 속 쌍점(:) 다음에 넣고, 긴 경우 각주(脚註)에 적었다.
2. 이 책에 사용된 괄호는 다음과 같다.
　( ) : 번역문과 음이 같은 한자
　[ ] : 번역문과 뜻은 같으나 음이 다른 한자
　《 》 : 책명, 또는 각주 속 원문의 출전
　〈 〉 : 책의 편명과 장명, 또는 시(詩)와 단문의 제목

창와문집서(菖窩文集序)

1.

  한주(寒洲) 이 선생(李先生 : 李震相)이 심리(心理)에 관한 학설을 앞서서 주장하시면서 남방(南方)의 선비 및 문인과 종유하는 이들을 이끄시니 대체로 한 시대의 뽑힌 분들이었음에도 그 이름과 말이 쉽게 헷갈려서 깊은 깨달음을 얻기 어려웠으니 그 경지를 얼핏 섭렵하다가는 눈을 휘둥그레 뜨면서 해괴하고 이상한 것으로 보는 사람이 또한 헤아리기 어려울 정도로 많았다.

  진실로 학문이 쌓여 깊은 조예와 진실한 앎으로 독실하게 믿는 사람이 아니면 어찌 뭇 의심을 결단하고 한때의 비난과 꺼림을 무릅쓰면서 용감하게 앞으로 나아가 그 믿는 바를 따를 수 있었겠는가!

  그때 삼가(三嘉)에 창와(菖窩) 처사 조공(曺公)이 계셨는데 어려서부터 뛰어난 재주를 타고나 널리 배워서 비할 데 없이 뛰어났다. 일찍이 탄식하며 스스로 무릇 옛사람의 학문은 반드시 기억하여 외우며 글 짓는(記誦詞章) 일 밖에 있는 것이니 이런 길로 학문에 들면 근심만 있고 진정한 학문의 길을 얻지 못할 것이라고 생각했다. 급기야 이(李) 선생을 뵙고 친히 그 요점을 듣고는 홀연히 모든 의심이 사라져 마음에 거슬림이 없었으니, 말하기를 "이것은 여러 성현들의 진정한 가르침이다. 오늘날 이 학문에 뜻을 두고자 한다면 이것을 버리고 또 어떤 것이 있겠는가!" 하고 나아가 그 학설에 대하여 더 가르침을 청하고 물러나서는 동문, 동지들과 더불어 서로 한 말씀 한 생각까지도 강론하고 논변하였는데, 오직 들은 바를 존중하지 못하거나 전한 것을 익히지 못할까 봐 두려워하였다.

  대개 공의 나이는 한주 선생보다 겨우 10여 세 적었으니 문하에 오른 반차(班次)로는 마땅히 허후산(許后山 : 許愈)과는 동배(同輩)이시고, 나의 스승이신 면우(俛宇 : 郭鍾錫) 선생께는 선배가 되신다. 그 추앙하며 격려하고 이끌어 깨우침이 정성스러우며 간절하였고 오직 스승의 학설을 의심 없이 따랐는데, 지금 시험 삼아 면우 선생의 편지에서 상상해볼 수 있으니 비록 면우 선생의 초년 글이라 반드시 옳은 것으로 기대할 수 없음에도 불구하고 공의 뜻이 저절로 분명히 드러난다. 어찌 진실로 스스로 얻은 바가 있어 그 지향하는 바가 바르게 알고 독실하게 믿어 마음이 바뀌지 않는다는 것이 아니겠는가! 돌아보면 진실로 어찌 평범한 뭇사람들과 비교하겠는가! 진실로 드문 일이다. 홀로 애석해하는 것은 운명이 심한 곤궁(困窮)을 만나 이리저리 떠돌아 힘들었기에 편안히 자리 잡고 배운 바를 연구할 수 없었으며 오래 살지도 못해 50을 채우지도 못하신즉 평생의 뜻한 바 사업을 열에 하나도 펴보지 못하신 일이다. 돌아가신 지가 오래됨에 얼마간의 저술이 상자에 남아 있었으나 지금에 이르러서는 흩어져 거의 없어져버렸다.

사손(嗣孫) 학영(學泳)이 이렇게 세월이 흘러 장차 시대가 멀어지면 더욱 사라져 남는 것이 없을 것을 근심하고, 이에 흩어져 조각난 옛 글들을 모두 모아서 그 벗인 남승우(南勝愚)에게 부탁해 분간(分揀)하고 구별하여 이 책을 만들고 아울러 부록으로 만장(輓狀), 제문(祭文), 행장(行狀), 묘지(墓誌) 등을 모두 합하여 두 책으로 만든 다음 내가 한주 선생의 연원(淵源)이 되므로 한번 열람하고 서문을 써주기를 요청했다.

내가 일찍이 선사(先師 : 郭鍾錫)의 문집을 편찬하는 일을 하면서 공의 명자(名字)를 알고 머릿속에서 그리며 사모했던 까닭으로 다시 모아서 읽어보니 한주 선생께서 공의 죽음을 슬퍼하는 조문(弔問 : 誄) 시(詩)에서 "책을 보물로 삼아 오랫동안 갈고닦아 이기론의 원두처(原頭處)를 이해함이 드러났네. 말속에는 서로 믿는 뜻이 분명했고, 늘그막까지 서로 도움에 온갖 일에 서로 통하였다네." 하였는데, 이것으로 스승과 벗들 사이에서 서로 얻은 것의 은밀함과 서로 기대함이 무거웠음을 증거할 수 있어 공(公)의 공다움을 스스로 충족하니, 이것을 기록하여 천고에 전하고자 이에 감히 사양하지 않고 이와 같이 쓴다. 만약 그 시문에 한만(閑漫)함이 있다면 그것은 공이 정밀하게 온축한 것이 아니니, 그 갖추어진 논문을 볼 겨를이 없는 사람은 마땅히 스스로 이것을 알아야 할 것이다. 공의 휘(諱)는 희규(禧奎)요 자(字)는 한서(漢瑞)로, 남명 선생의 방(傍) 후손이다.

기축년 초여름 하순 문소(聞韶 : 義城의 옛 이름) 김황(金榥) 서(序)하다.

2.

창와 처사 조공이 돌아가신 뒤 수십 년이 지나 그 손자 학영(學泳)이 처음으로 오래된 상자를 열어 흩어진 원고와 얻은 시문 약간 권을 추봉(秋峰) 남승우(南勝愚) 군에게 부탁하여 정리하고 정서(淨書)한 다음, 다시 나에게 보이고 그 경과를 책머리에 써주기를 구했다.

우리 강우(江右) 지역의 지리산과 황매산 사이는 바로 남명 선생께서 학문을 일으키신 땅인데도 뒤를 이어서 세상에 이름을 드러낸 인물은 2백 년간이나 거의 들리지 않았다. 근세 60~70년간에 이르러 문풍(文風)이 다시 떨치고 이름난 선비와 높은 덕을 갖춘 인물들이 나타나 서로 가까이 있으니, 박만성(朴晩醒 : 朴致馥), 허후산(許后山 : 許愈), 정노백헌(鄭老栢軒 : 鄭載圭), 곽면우(郭俛宇 : 郭鍾錫), 그리고 이자동(李紫東 : 李正模) 등 여러 분이 같은 시대에 함께 명성을 떨침에, 비록 그 논의하는 바의 원류(源流)는 혹 같지 않고, 그 조예의 얕고 깊음도 역시 각기 차이가 있으나 유술(儒術)을 밝히고 사문(斯文)을 진작(振作)하는 것으로 스스로 기약하지 않음이 없었다.

옛 선비들이 탐구한 명리(名理)의 학설로써 서로 더불어 연마하고, 스승을 따라 함께 노닐며, 옛 선인의 자취를 잇달아 찾고 강설함에 구름같이 모여 서로 보태고 깨우치니 사귐에 빛이 나고 만남에 울림이 있었으니 한 시대에 이러한 운과 기회가 주어진 것은 이 시기와 같은 때가 없었다. 그 사이에 액년이 있어 마침내 그 사업을 이루지 못한 자동(紫東) 같은 분은 지금도 탄식을 남긴다.

공은 여러 공들 가운데 나이가 많기도 하고 적기도 한데 그분들 사이에서 어깨를 나란히 하여 이름을 떨침에 여러 학자들이 앞서거니 뒤서거니 그 논의를 추장(推獎)하고 지원하였는데 공이 남명 선생의 방(傍) 후손이 되므로 장차 그 가학(家學)의 계통과 단서를 밝혀 계승할 것을 말하지 않은 바가 없었고, 공 역시 이것을 임무로 여겨 스스로 면려(勉勵)하지 않은 적이 없으니 어찌 우뚝하지 않을 수 있었겠는가!

공의 강학(講學)과 취향(趣向)은 대개 자동(紫東)과 서로 가까웠고, 그 기상과 뜻도 서로 기대하고 허락함이 깊었는데, 돌아가신 연세도 비슷하여 그때에 말하는 사람들은 반드시 두 분을 나란히 거론하며 안타까워하고 애석해했으니 어찌 슬프지 않겠는가! 그러나 자동은 비록 불행히 오래 사시지는 못했으나 아름다운 흔적과 글들이 후일에 전해져서 사람들로 하여금 읊으면서 그 뜻과 사업을 사모할 수 있는데, 공은 상란(喪亂)의 끝에 보관해둔 글들이 흩어져 모을 수 없었으며 다행히 남아 있는 것들도 모두 오래되어 벌레와 좀이 먹어 조각조각나 얼마 남지 않았으니, 평생의 품은 뜻을 후세에 드러낼 수 없게 된즉 그 전하고 전하지 못함과 드러남과 묻히는 사이가 대개 모두 알 수 없는 운수가 있고 또 말할 수 없는 운명이 있다 하겠다. 오직 사우(師友) 간에 서로 도와 학문을 갈고닦은 것의 풍성함과, 논의를 취하고 버림이 구차하지 않은 일은 그 사이에서 대략 볼 수 있은즉 아직도 이것이 가능한 것은 공의 남기신 그림자와 소리를 볼 수 있고 들을 수 있기 때문이다.

　오호라! 수십 년 동안에 큰 선비들이 돌아가시고 세상의 운수는 바둑판 같으며, 풍류와 문채는 구한다 해도 그때 여러 선비들과 방불한 모습과 같은 것을 찾을 수 없은즉 흥하고 망하며 오르고 내림의 사이에 사람으로 하여금 지극한 느낌이 들게 한다. 하물며 그 사이에 공과 같은 불행은 유독 시운(時運)이라는 느낌이 들 뿐이다. 공의 남긴 글을 읽음에 아득한 생각을 금할 수 없고 탁 트인 도량을 상상하면서 탄식한다. 공의 휘는 희규(禧奎)이고 자는 한서(漢瑞)인데 대대로 그 고을에서 살았다. 평생의 뜻과 실행은 이미 추봉(秋峰) 군이 훌륭한 행장에서 갖추어 기술하고 있다.

　무자년 여름날에 화산(花山 : 안동) 권용현(權龍鉉) 서(序)하다.

창와문집 권1 · 菖窩文集 卷之一

시(詩)

春夜
봄날 밤

山空明月逈無隣	빈 산 밝은 달 먼 마을은 희미하고
一念閒宵反惱人	한가한 밤 한 생각이 사람을 성가시게 하네
安得鼓來曾點瑟	어찌해야 증점의 비파[1]를 연주할 수 있을까
同流天地一原春	천지와 한 몸이 되니 한 봄이로군

讀書謾題四絶
독서하다가 공연히 써보다 — 네 편의 절구시

義文遺緖仲尼尋	희문[2]의 흔적을 중니께서 찾아
大德終成萬物心	이윽고 큰 덕을 이루셨으니 만물과 한 마음
端緖茫茫誰理會	흐릿한 그 끝을 누가 이해할까
天如高又海如深	하늘처럼 높고 또 바다같이 깊기만 한데
繫辭	(계사)

---

1 증점의 비파 : 공자가 일찍이 여러 제자들에게 각자의 뜻을 말해보라고 했을 때, 증점(曾點)이 쟁그랑 소리와 함께 타던 비파를 자리에 놓고 일어나서 대답하기를 "늦은 봄에 봄옷이 이루어지거든 관자 대여섯 사람, 동자 예닐곱 사람과 함께 기수에서 목욕하고 무우에서 바람을 쐬고 읊조리면서 돌아오겠습니다.[暮春者 春服旣成 冠者五六人 童子六七人 浴乎沂 風乎舞雩 詠而歸]" 하여, 자기의 고상한 뜻을 피력했던 데서 온 말이다. 《論語 先進》

2 희문(羲文) : 팔괘(八卦)를 지었다는 복희씨(伏羲氏)와 괘사(卦辭)를 지었다는 주 문왕(周文王)의 병칭.

誠字關頭理卽純	성(誠)이란 글자[3]가 핵심이라 그 이치는 곧 순수함
彌縫密密在吾身	깁고 단단히 해 내 몸에 붙여야지
功成位育其誰與	위육(位育)[4]의 성공을 누가 끼어들 수 있으랴
上下鳶魚可見眞	'상하비연'[5]에서 참된 이치를 볼 수 있다네
中庸	(중용)

極之爲理在陰陽	태극의 이치는 음양에 걸려 있으니
散合中間水汞光	흩어지고 모이는 사이에 중간에 수홍(水汞)이 빛나네
千古誰言混沌死	예부터 누가 혼돈이 사라졌다 말했나
神機運斡互消長	신기의 운행은 서로 나고 없어지지
太極	(태극)

中於天地處混然	하늘 가운데 뒤섞여 존재하니
體性元從塞與帥	몸과 본성은 본디 기운이 채워져 나를 주재하니[6]
存順沒寧知幾人	존순몰녕(存順沒寧)[7]을 몇 사람이나 알겠는가?
如斯而後可無愧	이같이 된 뒤라야 부끄러울 게 없다네
西銘	(서명)

---

3 성(誠)이란 글자 : 《중용장구(中庸章句)》 제20장에 "성 그 자체는 하늘의 도요, 성하려고 노력하는 것은 사람의 도이다. 성의 경지에 이르면 굳이 애쓰지 않고도 중도를 행하며 생각하지 않고도 터득하여 자연스럽게 도에 합치되니, 이런 분이 성인이다. 반면에 성하려고 노력하는 자는 선을 택해서 굳게 잡고 행하는 사람을 말한다.[誠者天之道也 誠之者人之道也 誠者 不勉而中 不思而得 從容中道 聖人也 誠之者 擇善而固執之者也]"라는 말이 있다.

4 위육(位育) : 하늘과 땅이 자리를 편안히 하고 만물이 길러지는 것으로, 천지의 큰 공용(功用)을 돕는다는 뜻이다. 《중용장구》에 "중(中)과 화(和)를 지극히 하면 천지가 제자리를 편안히 하고 만물이 길러진다.[致中和 天地位焉 萬物育焉]" 하였다.

5 상하비연 : 《중용장구》 제12장에 "《시경(詩經)》에 이르기를 '솔개는 날아서 하늘에 이르고, 물고기는 연못에서 뛰논다.' 하였으니, 상하에 이치가 밝게 드러남을 말한 것이다.[詩云 鳶飛戾天 魚躍于淵 言其上下察也]" 하였다.

6 하늘 …… 주재하니 : 장재(張載)의 〈서명(西銘)〉에 "하늘을 아버지라 부르고 땅을 어머니라 부른다. 내 작은 몸은 천지 가운데에 섞여 존재하도다. 그러므로 천지 가득한 기운이 내 몸을 이루고, 천지를 주재하는 이치가 바로 내 본성을 이룬다.[乾稱父 坤稱母 予玆藐焉 乃混然中處 故天地之塞 吾其體 天地之帥 吾其性]" 하였다.

7 존순몰녕(存順沒寧) : 장재(張載)의 〈서명(西銘)〉에 "살아서는 내 하늘에 순응하고 죽어서는 내 편안하다.[存吾順事 沒吾寧也]" 하였다.

次龍淵齋韻

용연재에 차운하다

龍潛未躍反如癡	잠룡은 도약하지 못해 도리어 어리석어 보이나
不遇其時遇亦時	때를 만나지 못해서니 만남 또한 때가 있지
康濟肎衿嗟已老	아 백성 편케 해주고 세상 구할 생각, 이미 식었으니
平生事業更誰知	평생의 사업을 뉘 다시 알아주리오
寒廬梅滴春深睡	찬 오두막, 이슬 맺힌 매화꽃 봄이 깊으면 자고
古壁芝生歲暮詩	낡은 벽에 지초 나고 한 해가 저물면 시를 짓는다
湖海風烟多逸趣	안개 낀 바닷가 기쁨 더욱 늘어가고
聽天分付復何爲	하늘의 당부를 듣는데 다시 무엇이 필요할까

入德門

입덕문

入德門深一路開	입덕문 깊숙이 한 길이 열렸는데
俯觀流水活源回	머리 숙여 흐르는 물을 보며 살아 있는 근원을 돌아보네
欲訪先生高蹈躅	선생의 자취를 찾아 따르고자 했는데
淸風灑灑濯纓臺	탁영대[8]엔 맑은 바람이 시원스레 불어오네

冬至

동짓날

妙理從觀草木生	천지의 오묘한 이치 초목에 깃들었고

---

8 탁영대(濯纓臺) : 탁영(濯纓)은 갓끈을 씻는다는 말로, 진속(塵俗)을 초탈하여 고결한 자신의 신념을 지키는 것을 뜻하는데, "창랑의 물이 맑으면 나의 갓끈을 씻고, 창랑의 물이 흐리면 나의 발을 씻으리라.[滄浪之水淸兮 可以濯我纓 滄浪之水濁兮 可以濯我足]"라는 말에서 나온 것이다. 《孟子 離婁上》《楚辭 漁父》

根於其晦葉方生	뿌리가 깊이 박혀야 잎이 비로소 자란다네
剝之上九陽何絶	박(剝)괘[9]의 상구(上九)니 양(陽)이 어찌 끊어지리
七日雷聲特地生	칠 일간의 우렛소리 특별한 곳에서 생기지

鎭南樓

진남루

夕陽客坐最高樓	석양 무렵 길손 높은 누각에 앉으니
形勝南來第一州	경치가 남쪽에서 가장 빼어난 고을이군
望美人兮思漸近	미인을 바라보니 생각은 차츰 잦아져
漢川明月可容舟	서늘한 강가 밝은 달 아래 배를 띄우네

贈許性模稜

성모 허릉에게 주다

百年文酒貴知心	백년의 술친구라 마음을 알아줌이 소중하니
幸接芳隣是德林	다행히 좋은 이웃 만났으니 바로 덕림(德林)이지
雅操瑤琴鳴一闋	단정히 거문고 잡아 한 곡을 연주하고
深盟麗澤斂雙衿	이택(麗澤)[10]을 굳게 맹세하여 서로의 옷깃을 여미네
朝陽竹牖朱書見	해뜨는 아침 대나무 창가에서 주자서(朱子書)를 읽고
夜月湖樓白雪吟	달 밝은 밤이면 호수 누각에서 백설곡[11]을 읊는다네
富貴寧知仁智樂	부귀보다 인자(仁者)와 지자(智者)의 즐거움[12]을 새겨

---

9 박괘(剝卦) : 《주역》 64괘 가운데 23번째 괘명. 곤(坤)이 아래에 있고 간(艮)이 위에 있는 괘로서 맨 위에 양효가 하나이
고 나머지 다섯은 음효로 되어 있다.

10 이택(麗澤) : 붕우가 함께 학문을 강습하여 서로 이익을 줌을 뜻한다. 《주역(周易)》 태괘(兌卦)에 "두 못이 연결되어
있는 형상이 태(兌)이니, 군자가 이를 본받아 붕우 간에 강습한다."라는 말에서 유래하였다.

11 백설곡 : 옛날 초(楚)나라의 고상한 두 가곡인 양춘곡(陽春曲)과 백설곡(白雪曲)에서 온 말로, 전하여 아주 고상한 시
가를 의미한다.

唐虞山水去相尋　　　요순(堯舜)시대의 산과 물을 찾아가네

挽南樂軒漢模

낙헌 남한모 만사

公生九十曆　　　어른의 구십 년 삶
不失性中天　　　하늘의 준 천성을 잃지 않으셨지
行在鄉人狀　　　행적은 고을 사람들의 글에 쓰여 있고
名宜小學編　　　드날린 행적은 소학 책에 부합했네
辰年嗟已矣　　　슬프다! 진년(辰年)[13]에 세상을 마쳤으니
宿德復誰焉　　　노성(老成)한 덕 뉘게서 다시 찾으리
漑根知有驗　　　뿌리에 물을 주면 효과를 알 수 있으니
復見子孫賢　　　어진 자손들에게서 다시 볼 수 있겠지

浩然亭呈柳溪堂疇睦

호연정에서 계당 류주목에게 드리다

所過樓臺處　　　가는 곳마다 누대를 들렀지만
風流盡浩然　　　풍류는 호연정이 으뜸이라네
湖山兼勝槩　　　호산은 빼어난 경치까지 품었으니
君子可盤旋　　　군자가 거닐기에 알맞다네
匹馬觀山路　　　필마로 산길을 두루 감상하고
孤燈講禮筵　　　홀 등불 아래 예기를 읽었다네

12　인자와 …… 즐거움 : 《논어(論語)》〈옹야(雍也)〉에 공자께서 "지혜로운 자는 물을 좋아하고, 어진 이는 산을 좋아한
　　다.[智者樂水 仁者樂山]"라고 하였다.

13　진년(辰年) : 진년이나 사년(巳年)에는 현인이 죽는다고 하는 예언을 말한다. 후한(後漢)의 정현(鄭玄)이 "올해는 진
　　년이고 내년은 사년이다."라는 공자의 꿈을 꾸고 나서 그해에 죽었다는 고사에 연유하여 현인(賢人)의 죽음을 말하는
　　표현으로 쓰이게 되었다. 《後漢書 鄭玄傳》

難疑多少事　앞으로의 일들은 헤아리기 어려운데
他日洛江邊　훗날엔 낙동강 근처에 머물지도

贈尹君英憲

윤영헌에게 주다

黃梅南十里　황매 핀 남쪽의 십 리
地僻神鬼慳　땅은 외져서 귀신도 꺼렸지
林深烟暮鎖　숲이 깊어 연기 늦도록 머물고
溪回山兩環　시냇물 휘돌아 산이 양쪽으로 둘렀네
娟娟溪南鳥　곱디고운 시내 남쪽의 새
獨立時一啭　홀로 서서 때 맞춰 지저귀네
溪北有知音　시내 북쪽에 소리를 아는 이 있어
頡頏互往還　서로 번갈아 오고 가네
操琴鳴素志　거문고 잡아 평소의 뜻을 말하고
酌酒娟紅顏　술잔에 붉어진 얼굴이 아름답네
前行多奇觀　앞서 특별한 경치 보러 들렀는데
謂我共躋攀　이르노니 나와 함께 다녔었지
立脚貴實地　다리를 세운 곳 귀하고 실질의 땅이라
進步極辛艱　다니는데 매우 어려웠다네
世道皆巴蜀　세상의 형세는 모두 파, 촉처럼 험난한데
人情奈越蠻　인정은 어찌 월나라와 오랑캐 같은가
早起命我僕　일찍 일어나 종에게 명령하자
秣馬膏吾轅　말 먹이 주고 나의 수레에 기름칠하네
長風可任意　바람 쏘임은 마음대로 할 수 있으니
胷戶寬八寰　가슴속은 천하를 품을 만하네
欲收萬林春　온 산의 봄을 거두어들여
共歸一原閒　함께 여유롭게 근원으로 돌아가네

36

金海道中

김해 가는 길에

閑忙已判自家知	한가함 바쁨은 이미 나눠져 절로 아는데
江雨霏霏山月白	흩뿌리는 강비 산 위 달은 밝구나
綿邈靑山無數鄕	저 멀리 청산 아래 여러 고향이 있건만
一年何事江南客	일 년토록 뭘 하느라 강남 나그네인가

題黃溪瀑

황계폭포에 제하다

電製雷轟撼碧巒	번개 치고 우레 울려 푸른 산을 흔드니
龍飛何處雨人間	어디서 용이 날아 인간세계에 비를 뿌리나
謫仙吟去銀河句	적선(謫仙)이 읊조린 은하(銀河) 시구[14]가 사라지자
從此匡廬不是山	이로부터 광려산(匡廬山)[15]은 산이 아니었네

淸溪九曲

청계 구곡

梅岳千年正色多	천년의 매악산 푸른빛 흐드러지고
寒流曲曲淨無渣	찬 시내 굽이마다 티끌 없이 맑구나
餘波莫向塵間去	여남은 물결이라도 속세로 흘러가지 마라

---

14 은하(銀河) 시구 : 이백의 시 〈여산 폭포를 바라보며[望廬山瀑布]〉에 "태양 비친 향로봉 붉은 연기 피어날 제, 바라보니 폭포수 냇물 위에 걸리었네. 물길 날려 삼천 척을 곧장 내리 쏟아지니, 아니 어찌 구천에서 은하수가 떨어지나.[日照香爐生紫煙 遙看瀑布掛前川 飛流直下三千尺 疑是銀河落九天]" 하였다. 《李太白文集 卷18》

15 광려산 : 광려(匡廬)는 은나라・주나라 교체기에 광유(匡裕) 형제 7인이 초막을 짓고 살았던 여산이라는 뜻으로, 여산의 별칭으로 쓰인다.

怕有時人聽櫂歌	무이도가(武夷櫂歌) 듣는 이 두려워하리니

一曲春生泗水邊	일곡이라 봄이 사수(泗水)[16] 물가로 찾아드니
尋芳終日興悠然	종일토록 꽃 찾느라 흥겨움이 절로 나네
若從數仞宮墻入	몇 길 높은 담장[17]을 따라 들어가면
堂室分明卽在前	분명히 당실(堂室)이 그 앞에 있겠지

二曲梧琴勢欲圜	이곡이라 오동나무 거문고 소리 사방을 두르고
遙看玉女正雲鬢	멀리 옥녀봉을 바라보니 바로 구름 같은 쪽머리네
縱然未得周郎顧	비록 주랑(周郎)의 돌아봄[18]을 얻을 수 없지만
肯效絃歌誤一彈	연주 서툴러도 무성의 현가[19]를 본받으리

三曲箕雲瀨雪晴	삼곡이라 눈 개자 구름 기운[20]은 맑아
全區未見一塵生	사방을 둘러봐도 먼지 하나 볼 수 없네
欲尋巢許千年跡	소부(巢父)와 허유(許由)[21]의 천년 자취 찾고자

---

16 사수(泗水) : 흔히 수수(洙水)와 병칭되는데, 수수는 산동성(山東省) 곡부(曲阜)의 북쪽에 있고 사수는 그 남쪽에 있다. 공자가 그 근처에 살면서 제자들을 가르쳤다.

17 몇 길 높은 담장 : 노나라 대부 숙손무숙(叔孫武叔)이 자공(子貢)을 공자보다 낫다고 칭찬하자, 자공이 "궁궐의 담장에 비유해보건대, 나의 담장은 어깨에 닿을 정도여서 집 안의 좋은 것들을 모두 엿볼 수 있지만, 부자의 담장은 그 높이가 몇 길이나 되기 때문에 정식으로 대문을 통해서 들어가지 않으면 종묘의 아름다움과 백관의 풍부함을 볼 수가 없다.[譬之宮牆 賜之牆也及肩 窺見室家之好 夫子之牆數仞 不得其門而入 不見宗廟之美 百官之富]"라고 말했다. 《論語 子張》

18 주랑의 돌아봄 : 주랑(周郎)은 주유(周瑜)를 가리킨다. 그는 젊어서부터 음악에 매우 밝아서 아무리 술 취한 뒤에도 음악 곡조가 그릇된 곳이 있으면 반드시 알았고, 알면 반드시 돌아보곤 했으므로, 당시 사람들 사이에 "곡조에 그릇된 곳이 있으면 주랑이 돌아본다.[曲有誤 周郎顧]"라는 민요까지 있었다고 한다. 《三國志 卷54 吳書 周瑜傳》

19 무성의 현가 : 공자께서 자유(子游)가 다스리는 무성(武城)에 가서 현악(弦樂)에 맞추어 노래 부르는 소리를 듣고 빙그레 웃으시며 "닭을 잡는 데 어찌 소 잡는 칼을 쓰느냐?"라고 농담을 하자, 자유가 대답하기를 "제가 전에 선생님께 들으니, 군자가 도를 배우면 사람을 사랑하고, 소인이 도를 배우면 부리기가 쉽다고 하셨습니다."라고 하였다. 《論語 陽貨》

20 구름 기운 : 기(箕)는 기(氣)의 오자로 보인다. 주자의 〈무이구곡가(武夷九曲歌)〉 제6수에 "오곡이라 산이 높아 구름 기운 깊은 속에 어느 때나 안개비가 평림에 자욱하네.[五曲山高雲氣深 長時煙雨暗平林]"라는 구절이 있다.

21 소부(巢父)와 허유(許由) : 모두 옛 은자들이다. 요(堯)임금이 처음 소부에게 천하를 양여(讓與)하려 하였으나 받지 않으므로 또 허유에게 양여하려 하니, 허유는 더러운 말을 들었다 하여 영수(潁水)에 귀를 씻었다 한다.

洗耳巖前水洄濚 휘도는 강가 바위 앞에서 귀를 씻는다

四曲閒雲繞喚靈 사곡이라 한가한 구름은 환령(喚靈)을 감싸고
路求巖出櫂何停 길 찾으나 바위뿐이라 어디서 노를 멈추리
晦岑初月微生魄 어둑한 산봉우리 위 초승달 십육 일[22]이 아닌데
起向深林眼欲醒 일어나 깊은 숲으로 나가니 눈이 밝아지네

五曲移舟度章溪 오곡이라 배 타고 장계(章溪)를 지나니
落花流水迷東西 꽃은 지고 강물은 흘러 동서를 분간할 수 없네
仙源欲訪知何處 선계를 찾으려 하나 어느 곳인지
但有巖禽見客啼 오직 바위 위에 새가 나그네 보고 지저귀네

六曲林深石逕殘 육곡이라 깊은 숲이라 돌길만 남았고
朝來經雨露層巒 아침에 내린 비는 산봉우리를 적셨네
躋攀欲逐飛旗影 산 위로 올라 펄럭이는 깃발 그림자를 쫓고 싶은데
恐有前行漏別觀 앞서 찾아낸 빼어난 경치가 드러날까 두렵다네

七曲風烟吹峽長 칠곡이라 바람 따라 안개가 골짜기에 불어오니
道東山水入眸蒼 길 동쪽 산수가 눈에 가득 들어오네
此間幽趣無人識 이곳 그윽한 정취 아는 이 없는데
寂寂松篁掩一堂 사립문 닫혔고 송죽만이 홀로 서 있네

八曲道灘響不迷 팔곡이라 물가라 물 소리에 헤매지 않지만
晦林遊客謾棲棲 캄캄한 숲속이라 나그네 부질없이 서두르네
明明直照君知否 밝디밝게 비춰줌을 그대는 아는가 모르는가
莫向並州枉覓蹊 병주를 간다고 부질없이 지름길을 찾지 마시게

---

22 십육 일 : 생백(生魄)은 재생백(哉生魄)을 줄여서 하는 말로, 달의 기망(旣望), 즉 음력 16일을 말한다.

九曲長溪寶鑑淸	구곡이라 긴 시내 맑기가 거울처럼 깨끗해
衆流知自一源生	수많은 물길들 근원에서 나옴을 알겠구나
瞭然如對先天象	환히 선천상[23]을 대하는 듯하니
定爾千秋有月明	조용히 천년의 달이 밝게 빛나네

挽柳溪堂三絶
류계당 만사 — 세 편의 절구시

春秋讀有地	춘추를 읽으셨던 곳
洛水向東流	낙수는 동쪽으로 흘러가네
光霽衡門下	형문(衡門)[24] 아래 광풍제월[25]의 모습
先生已白頭	선생께선 이미 흰 머리셨지

大樸終難斲	큰 통나무는 끝내 다듬기 어렵고
至圓不可規	더없이 둥근 것은 둥글 수 없네
丹靑餘妙手	단청을 그릴 때 마지막 솜씨란
把素可能爲	흰색을 발라야 가능한 일이지

憶昔趨拜地	지난날 찾아뵙던 날 회상하니

---

23 선천상(先天象) : 선천이란 선천도(先天圖)에 의거한 역학(易學)을 가리킨다. 지금 《주역》의 팔괘도(八卦圖)는 문왕(文王)의 후천도(後天圖)이다. 팔괘를 방위(方位)에 배정하는데, 후천도는 진(震)을 동, 태(兌)를 서, 이(離)를 남, 감(坎)을 북, 간(艮)을 동북, 건(乾)을 서북, 손(巽)을 동남, 곤(坤)을 서남에 배정한다. 선천도는 이를 동, 감을 서, 건을 남, 곤을 북, 진을 동북, 간을 서북, 태를 동남, 손을 서남에 배정한다. 이 선천도는 삼황오제의 한 사람인 복희가 창조한 것으로 도가(道家)의 비법으로 전수되다가 소옹이 전수받아 상수(象數)에 의거하여 우주 만상의 생성 과정을 연역해내는 선천상수학(先天象數學)을 확립하였다 한다. 《皇極經世書》

24 형문(衡門) : 나무를 가로질러 만든 보잘것없는 문으로, 안분자족(安分自足)하는 은자의 거처를 뜻한다. 《시경》 〈형문(衡門)〉에 "형문의 아래에서 한가히 지낼 만하다.[衡門之下 可以棲遲]"라는 내용이 보인다.

25 광풍제월 : 원문의 광제(光霽)는 비가 그친 뒤 맑은 하늘의 밝고 깨끗한 모습을 뜻하는 것으로, 사람의 인품이 고결하고 흉금이 탁 트인 것을 비유할 때 쓰는 말이다. 송나라 황정견(黃庭堅)이 도학자인 염계(濂溪) 주돈이(周敦頤)를 평하면서, "용릉(舂陵)의 주돈이는 인품이 매우 고상하고 흉중(胸中)이 쇄락(灑落)하기가 광풍제월과 같다." 하였다. 《山谷集 卷1 濂溪詩》

有約在後辰	훗날에 보자고 약속 잡았지
大嶺三百里	대령 삼백 리 길이라
怊悵不見人	다시 뵐 수 없어 슬프구나

浮屠彩 吾自方丈來住法庵 庵邊有臥石 因以枕山 自命索余詩

부도의 빛. 나는 방장산에서 출발하여 법암사에 머물렀다. 암자 주변에는 와석이 산을 베고 있었다. 내가 시를 한 수 지었다.

與石枕山隣不孤	위 덩실한 바위 가까워 외롭지 않아
玉臺淡亭好相護	옥대와 담정이 휘감고 있어 좋구나
藍霜亦飽純剛質	푸른빛 서리라 순수하고 강직한 자질이 넘치고
空山萬劫長不老	오랜 세월 빈 산은 늙지 않았구나
形諸文字還嫌瀆	문자로 말하는 걸 도리어 싫어하니
淸眞孤格向誰道	청진의 외로운 격조는 누구를 향한 도인가
我欲逍遙乎其上	나는 바위 위에서 거닐고자 하는데
菖蒲九節强縈抱	얼기설기 창포가 단단히 얽혀 있네

滯雨宿大田齋

비에 갇혀 대전재에 묵다

一夜溪南雨	밤새도록 계남(溪南)에 비 내리니
秋聲漲水戶	가을 소리, 집 앞 불어난 물
堂空猶有酒	집은 비었지만 술이 있으니
一笑可終古	오래도록 웃을 수 있구려

次无悶堂朴先生廢擧詩

무민당에서 박 선생의 〈폐거시〉에 차운하다

歲暮歸來鷺夢淸	세모(歲暮)에 돌아오니 백로의 꿈 맑아
滿江風雨未曾驚	강가에 가득한 비바람에도 놀라지 않네
樂園自在名場外	낙원은 본래 과거시험에 마음 쓰지 않았는데
奉此身心畢此生	몸과 마음을 받들며 삶을 마치려 하네

送華益之京

서울로 떠나는 화익을 전송하며

千里何茫茫	천리 길 어찌 이리 아득한가
送君我有言	그댈 전송하며 몇 마디 붙이네
蜀道多艱險	촉도는 너무나 험난하고
涇流皆濁渾	경류는 모두 혼탁하다네
隼在高墉上	사나운 새 높은 담 위에 앉아 있으니
所貴器我身	바라건대 자신을 소중히 여기시게나
待時而後發	때를 기다린 뒤에 움직여야
未見不利人	남들에게 피해를 입지 않는다네

挽李丈大賢

이대현 어른 만사

半世琴書樂	반평생을 거문고 책을 즐기셨고
一家孝友風	집안 가풍은 효도와 우애였네
五月巴山路	오월 파산의 길에서
痛哭鰲川翁	오천(鰲川) 늙은이 통곡하네

送道元還鄉

고향으로 돌아가는 도원을 전송하며

憶昔登高三夜宿	예전 산에 올라 삼 일을 보낸 걸 생각하니
從今可作百年隣	지금부터 백 년의 이웃이 될 수 있을 것 같네
南歸北渡無期定	남으로 돌아가고 북으로 건너는 일 정한 날이 없는데
何處端宜注著人	단정한 선비가 머물 곳이 어디인가

次文晦山士眞尙質幽居韻

회산 문사진(상질)[26]의 〈유거〉에 차운하다

知君終保此心微	그대는 마음의 은미함 끝까지 보존할 줄 알고 있어
高臥林泉絶是非	임천(林泉)에 머물며 시비를 단절했네
溪友相尋明月塢	밝은 달 아래 둑에서 벗을 찾아다니고
街童不掃白雲扉	가동들은 흰 구름 덮인 사립문을 쓸지도 않는군
藏深璞玉山如晦	박옥(璞玉)[27]을 깊이 감춘 산은 어둑하지만
讀有靑燈夜繼暉	청등 아래서 밤새 책을 읽네
莫許桃花流在水	무릉도원의 흐르는 물길을 찾지 마시게나
漁舟消息近來稀	어부의 소식이 근래에는 듣기 어렵다네[28]

---

26 문상질(文尙質, 1825~1895) : 자는 사진(士眞), 호는 회산(晦山)이다. 《회산문집(晦山文集)》이 전한다.

27 박옥(璞玉) : 순도 높은 옥의 원석. 춘추시대 초나라 사람 변화(卞和)가 박옥을 얻어 여왕(厲王)에게 바쳤는데, 여왕은 가짜라고 의심한 나머지 그의 왼발을 베었고, 무왕(武王)도 역시 알아보지 못한 채 오른발을 베었다. 그 뒤 문왕(文王)이 즉위하자 변화가 박옥을 안고서 3일 주야를 피눈물을 흘리며 슬피 우니, 문왕이 옥인(玉人)에게 가공하게 하니 과연 보옥(寶玉)이었다는 고사가 있다. 《韓非子 和氏》

28 무릉도원의 …… 어렵다네 : 도연명(陶淵明)의 〈도화원기(桃花源記)〉에 보면, 진(晉)나라 때 무릉(武陵)의 어부가 복사꽃이 흘러 내려오는 물길을 따라 거슬러 올라갔다가 진(秦)나라의 난리를 피해 들어온 사람들을 만났는데, 그곳이 워낙 선경이라서 바깥세상의 변천과 세월의 흐름도 잊고 살았다고 하는 내용이 나온다.

權君信寶琛有詩言志次韻以呈二絶

신보 권침[29]의 '시언지'란 말이 있어 차운하여 드리다 — 두 편의 절구시

俗子紛趨質外文	속인들은 바쁘게 바탕보다 문식[30]을 추구하니
古人心法復誰聞	옛사람의 심법을 다시 뉘게서 들으리오
秋風桂樹南山夜	가을바람 부는 계수나무, 남산의 밤
招隱操中我與君	초은조(招隱操)[31]를 읊는 이는 나와 그대

靑雲多事白雲閒	청운의 뜻 많았지만 흰 구름은 한가로워
從古行藏任所好	예부터 행장(行藏)[32]은 끌림에 맡겼지
千五百年雖無聖	천오백 년 세월 비록 성인은 없었지만
殄他不得是吾道	모든 것이 끊어져도 오도(吾道)[33]는 아니지

挽鄭景淵邦漢

경연 정방한 만사

南州高士老於林	남쪽의 고결한 선비 숲에서 늙어갔지만
康濟一生兢戰心	백성 편케 하고 세상 구제에 안달했지

---

29 침(琛) : 주 26 참고. 남명학 고문헌 시스템에서 제공하는 《창와문집(菖窩文集)》에는 침(琛)으로 되어 있지만, 문상질(文尙質), 《회산문집(晦山文集)》 권3, 〈여권신보 완○기미(與權信寶 琬○己未)〉 제목의 서간에는 완(琬)으로 되어 있다. 어느 글자가 맞는지는 알 수 없다.

30 문식(文飾) : 《논어(論語)》 〈옹야(雍也)〉에 "바탕이 문채를 압도하면 촌스럽게 되고, 문채가 바탕을 압도하면 겉치레에 흐르게 되나니, 문채와 바탕이 조화를 이룬 뒤에야 군자라고 할 수 있다.[質勝文則野 文勝質則史 文質彬彬然後君子]"라는 말이 있다.

31 초은조(招隱操) : 회남소산(淮南小山)의 〈초은사(招隱士)〉를 뜻한다. 바로 앞에 남산을 말한 것은 이 작품 가운데 "계수가 떨기로 남이여 산의 남쪽일세.[桂樹叢生兮山之陽]"라는 구절이 있기 때문이다.

32 행장(行藏) : 용행사장(用行舍藏)의 준말로, 자신의 도를 펼 수 있느냐 없느냐에 따라 거취를 결정하여 조정에 나아가기도 하고 은퇴하기도 하는 것을 말한다. 《논어(論語)》 〈술이(述而)〉의 "써주면 나의 도를 행하고 써주지 않으면 숨는다.[用之則行 舍之則藏]"라는 말에서 유래하였다.

33 오도(吾道) : 유도(儒道)를 말한다. 《논어(論語)》 〈이인(里仁)〉에 "吾道 一以貫之"라는 공자의 말이 실려 있다.

若拜泉臺三義將　　　　만약 저승에서 삼의(三義)[34]를 뵙거든
爲言今日外憂深　　　　지금 외환(外患)이 극심하다고 말해주게

和呈許南黎退而愈

남려 허퇴이 유에게 화운하여 드리다

吾友南黎子　　　　나의 친구 남려자(南黎子)
前身昌黎伯　　　　전생에 창려백(昌黎伯 : 韓愈)이었다네
榮悴非毉意　　　　영달과 쇠락 마음에 두지 않았고
千古騁遐矚　　　　오랫동안 멀리 바라보는 데 힘썼지
一曲春雪歌　　　　춘설가를 한 곡조 부르면
歌者頸相縮　　　　노래하는 이들 목을 움츠렸지
錦美在其中　　　　빛난 아름다움 그 가운데 있어
鮮光射新旭　　　　고운 빛이 아침 햇살에 비춰지네
憶昔方山遊　　　　지난날 방산(方山) 유람을 생각하니
有潭深不測　　　　연못의 깊이를 헤아릴 수 없었다네
怪鳥啾遠林　　　　괴이한 새가 먼 숲속에서 울어대고
閒花倒絶壁　　　　한가로이 꽃들은 절벽에 쓰러져 있었네
天風吹在冠　　　　하늘 바람은 갓을 흔들고
巖月行同跡　　　　바위에 뜬 달은 우릴 따라다녔지
起問黃梅信　　　　일어나 황매(黃梅)의 소식을 물으니
白蓮云在側　　　　흰 연꽃이 곁에 있다고 답하네
浮生一日閒　　　　덧없는 인생에 하루를 내어
偶同考槃軸　　　　우연히 함께 지내게 되었네[35]

---

34 삼의(三義) : 유비, 관우, 장비를 가리키는 것으로 판단되나, 자세한 것은 알 수 없다.

35 지내게 되었네[考槃軸] : 《시경(詩經)》〈위풍(衛風) 고반(考槃)〉에 "고반이 높은 언덕에 있으니, 석인이 머물러 지내는
　구나. 홀로 자다 잠 깨어 누워, 즐거움 남에게 말 않기로 길이 맹세하네.[考槃在陸 碩人之軸 獨寐寤宿 永矢不告]"라고
　하였다.

歸來獻欷久	돌아가며 섭섭해한 지 오래니
乾坤于何坼	하늘과 땅은 어디에서 열리나
萬里迷終畢	만리 길은 멀지만 끝이 있는데
一笑腕且扼	한번 웃으며 팔을 걷어붙이네
六驥馳何忙	여섯 준마는 어찌 그리 빠른가
石火便成熄	부싯돌의 불빛처럼 금방 사라졌네
欲拾金鰲骨	금오(金鰲)³⁶의 뼈를 줍고 싶지만
江漢深無極	강물의 깊이 끝이 없구나
從古經綸士	예부터 경륜을 갖춘 선비가
何限空落拓	어찌 헛되이 알아주지 않음을 슬퍼했었나
大鯤溟可化	큰 곤(鯤)은 바다에서 붕(鵬)으로 바뀌고³⁷
潛龍淵或躍	잠룡(潛龍)은 혹 뛰거나 연못에 머문다³⁸
莫恨塞馬失	새옹이 말을 잃어도 슬퍼하지 마오
失之必有得	놓치더라도 반드시 찾기도 하지
小撞不足鳴	약하게 두드리면 크게 울리지 않으니
試看鍾千石	저 천석들이 종을 보시게나

---

36 금오(金鰲) : 동해(東海)에 있다는 금색(金色)의 큰 거북[巨鼇]을 가리킨다. 《열자(列子)》〈탕문(湯問)〉에 의하면, 발해(渤海)의 동쪽에는 대여(岱輿), 원교(員嶠), 방호(方壺), 영주(瀛洲), 봉래(蓬萊)의 다섯 신산(神山)이 있는바, 이 산들이 조수(潮水)에 밀려 표류(漂流)하여 정착하지 못하므로, 천제(天帝)가 이 산들이 서극(西極)으로 흘러가버릴까 염려하여 큰 거북 15마리로 하여금 이 산들을 머리에 이고 있게 함으로써 비로소 정착하게 되었는데, 뒤에 용백국(龍伯國)의 거인(巨人)이 단번에 이 거북 6마리를 낚아 감으로 인하여 대여, 원교의 두 산은 서극으로 표류해버리고, 방호, 영주, 봉래의 세 산만 남았다고 한 데서 온 말이다

37 큰 곤은 …… 바뀌고 : 《장자(莊子)》〈소요유(逍遙遊)〉에 "북쪽 바다에는 곤이라는 물고기가 있어 그 크기가 몇천 리나 되는지 알 수가 없고, 이 고기가 변화하여 붕이라는 새가 되는데, 붕새의 등 넓이는 또 몇천 리나 되는지 알 수가 없다. …… 붕새가 남쪽 바다로 옮겨 갈 때에는 물결을 치는 것이 삼천 리요, 회오리바람을 타고 구만 리를 올라가 여섯 달을 가서야 쉰다.[北冥有魚 其名爲鯤 鯤之大不知其幾千里也 化而爲鳥 其名爲鵬 鵬之背不知其幾千里也 …… 鵬之徙於南冥也 水擊三千里 搏扶搖而上者九萬里 去以六月息者也]"라고 한 데서 온 말이다.

38 잠룡은 …… 머문다 : 《주역》 건괘(乾卦) 초구(初九)에 "잠겨 있는 용이니 쓰지 말지니라.[潛龍勿用]" 하였다. 또 건괘 구사(九四)에 "혹 뛰어오르거나 연못에 있다.[或躍在淵]"라는 말이 보인다.

靈巖寺次洪侯在愚韻
영암사에서 태수 홍재우에 차운하다

寺古巖猶在	옛 사찰 바위는 그대로이고
天寒樹欲秋	차가운 하늘 나무는 가을 빛이네
蓮臺圓夢散	연대(蓮臺)에 꿈은 흩어졌지만
苔塔慧光留	이끼 낀 탑엔 슬기로운 빛 남았네
太守多餘戀	태수는 못다 한 미련들이 많아
浮生得此遊	덧없는 인생이나 이번 유람이 가능했네
仲宣千載下	천년 뒤의 중선(仲宣)[39]은
不敢賦登樓	선뜻 등루부(登樓賦)를 지을 수 없었겠지

喜朴晚醒薰卿致馥見訪
훈경 박만성(치복)[40]이 찾아옴을 기뻐하여

之子行聲昨已聞	그대가 오시겠다는 말 이미 들었는데
知今來自鳳城門	지금 대궐의 성문으로 오신다는 것 알겠구려
山林豈乏經綸士	어찌 재야의 경륜 있는 선비를 낮춰 보리오
時弊云云策萬言	시폐를 말씀하시며 온갖 대책을 말씀하시네

次鄭戚丈師行壽宴韻

정사행(鄭師行) 친척 어른의 수연(壽宴)을 축하하며 차운하다

老來能作少疴身	나이가 드실수록 건강하신 몸이고
薖軸林泉有碩人	임천에서 한가로이 지내시는[41] 현자라네
志述張銘存者順	뜻은 장재(張載)의 서명(西銘)을 따라 하늘에 순응하셨고[42]
理觀羲畫詘而伸	이치는 복희의 팔괘를 살펴 굽히거나 나아가셨지
天南極宿登圖地	하늘에 남극성[43] 빛나니 도해(圖解)에 나온 자리이고
河表斑衫獻舞茵	물가에 아롱진 옷 드러나니 춤을 바치는 자리네
我有詩歌賡善禱	나의 시가 큰 축원[44]으로 이어져
滿堂和氣自然春	자리에 화기 가득하니 절로 봄기운이네

次贈雲溪李君

운계(雲溪) 이군(李君)에게 차운하여 주다

雲鳥溪花萬景新	구름, 새, 시내, 꽃, 온 경치가 새로우니
主人衿抱一般春	주인은 가슴속도 그대로 봄이로구나
琴書自適寧爲俗	거문고와 책을 즐기니 어찌 속인이라 하랴
詩酒相逢總好賓	시와 술이 마주하니 모두 좋은 손님이네
世下靑山猶太古	세상 아래 청산은 태고 시대와 같고
村孤老木足相隣	외딴 마을 노목은 이웃 삼기 충분하네

---

41 한가로이 지내시는 : 원문의 과축(薖軸)은 《시경》〈고반(考槃)〉의 '석인지과(碩人之薖)'의 '과(薖)'와 '석인지축(碩人之軸)'의 '축(軸)'을 합성한 말로 한가로이 지내는 모양이다.

42 장재의 …… 순응하셨고 : 송나라 유학자 장재(張載)의 〈서명(西銘)〉에 "살아서 내 순하게 하늘을 섬기면 죽어서도 그 때문에 편안하다.[存吾順事歿以寧]"라는 말이 있다.

43 남극성 : 장수(長壽)를 상징하는 별로, 노인성(老人星) 또는 수성(壽星)이라고도 한다.

44 큰 축원[善禱] : 진(晉)나라 헌문자(獻文子)가 집을 짓자 이를 축하하기 위해 찾아간 대부들 가운데 장로(張老)가 송축을 하고 이에 응수하여 헌문자가 기원한 것을 두고, 군자가 "송축도 잘했고 기원도 잘했다.[善頌善禱]"라고 한 데서 온 말이다. 《禮記 檀弓下》

問君瓢樂今何若   한 바가지 물을 마시는 즐거움[45] 그대에게 묻노니
陋巷元宜作逸民   누항(陋巷)에서 은자로 삶이 적절하지

幽居八絶

유거 — 여덟 편의 절구시

智水仁山是廣居   지혜로운 자는 물, 어진 자는 산을 좋아하는 것[46]이 광거(廣居)[47]이니
簞瓢只自愛吾廬   단사표음[48]의 곤궁함이지만 스스로 나의 오두막을 사랑하네
聖賢心法於何見   성현의 심법을 어디에서 찾을 수 있는가
二帝三王四子書   이제 삼왕과 사자서[49]라네

萬事蹉跎懶所求   만사가 어긋나 구하는 일도 게을러지고
靑山深處白雲悠   청산 깊은 곳 흰 구름만 아득하네
柴關一閉無人到   사립문 닫은 후 찾아오는 이 없는데
眠起時時聽澗幽   자고 나면 늘 들리는 시냇물 소리

有木鄧林可勝村   대나무 우거진 등림[50]이 아래 마을보다 나으니
不關風雪百千催   비바람 치는 온갖 일이 생겨도 관여치 않네

---

45 한 바가지 …… 즐거움 : 단사표음(簞食瓢飮)을 가리킨다. 《논어》〈옹야편(雍也篇)〉에, "한 바구니 밥을 먹고 한 바가지 물을 마시며, 누항(陋巷)에 있는 것은 사람마다 그 근심을 견딜 수 없는 일인데, 안회(顏回)는 그 즐거움을 고치지 아니하니, 어질도다 안회여!" 하였다. 그래서 매양 안빈낙도(安貧樂道)하는 데 쓰는 말이 되었다.

46 지혜로운 …… 좋아하는 것 : 《논어》〈옹야〉에 공자께서 "지혜로운 자는 물을 좋아하고, 어진 이는 산을 좋아한다.[智者樂水 仁者樂山]"라고 하였다.

47 광거(廣居) : 넓은 집으로, 곧 어진 마음을 뜻한다. 《맹자》〈등문공 하(滕文公下)〉에 "천하의 가장 넓은 집에 머무른다.[居天下之廣居]"라고 한 데서 온 말이다.

48 단사표음 : 단표(簞瓢)는 단사표음(簞食瓢飮)의 줄임말이다. 《논어》〈옹야편(雍也篇)〉에, "한 바구니 밥을 먹고 한 바가지 물을 마시며, 누항(陋巷)에 있는 것은 사람마다 그 근심을 견딜 수 없는 일인데, 안회(顏回)는 그 즐거움을 고치지 아니하니, 어질도다 안회여!" 하였다. 그래서 매양 안빈낙도(安貧樂道)하는 데 쓰는 말이 되었다.

49 사자서(四子書) : 《논어》, 《맹자》, 《대학》, 《중용》을 가리킨다.

50 등림(鄧林) : 초(楚)나라 북쪽 경계에 있는 이름난 대나무 숲을 이른다. 또는 고을 근처의 복숭아나무 숲을 지칭하기도 한다. 여기서는 대나무 숲에 거처를 옮겨 사는 것을 말한다.

但嫌樵子尋斤斧　　다만 나무꾼이 나무하러 오는 것 싫어하는데
天遣丹霞滿壑來　　하늘의 붉은 노을을 보내와 골짜기에 가득하네

却把漁竿下石灘　　문득 낚싯대 잡고 돌 여울로 내려가니
游魚不餌綠絲寒　　노니는 물고기는 먹이가 없고 푸른 버들은 서늘하다
夕陽踏影無心久　　석양 그림자 밟으며 마음 비운 지 오래니
珍重鷗盟負亦難　　소중한 백구와의 맹세[51] 저버리기 또한 어렵네

種得庭前菊一畦　　뜰 앞에 씨를 뿌려 국화밭을 일구었더니
淵明心事照如犀　　도연명의 심사가 무소뿔처럼 비추네
重陽將近花多少　　중양절에 몇 송이 꽃 보면서
摘可山童釀可妻　　아이가 국화 따 오면 아내는 술을 빚네

洞闢黃昏造化門　　저물녘 마을 활짝 열리니 조물주 문이라
滿潭淸影露天根　　맑은 연못에 하늘 그림자 가득하네
森羅萬象從誰得　　삼라만상은 무엇을 얻으려 하는가
寶鑑無塵月一痕　　보배 같은 거울처럼 흠없는 달

春後頻頻雨路濡　　봄 지나 비 자주 내려 길은 진흙탕인데
山南豆畝半荒蕪　　양지바른 콩밭이 반이나 황폐해졌네
時時鋤罷披衿立　　수시로 김매다 소매를 걷고 서 있으면
犢背風微宿草途　　송아지 허리에 부는 바람이 풀길에 닿네

澹泊生涯任自如　　담박한 생애라 자연에 맡기니
藤床十載老於書　　십 년 동안 등상에 누워 책 읽고 지내네
斯人不是忘斯世　　그 이는 이 세상을 잊은 적 없는데

---

51 백구와의 맹세 : 구맹(鷗盟)은 강호에 은둔하여 백구를 벗으로 삼아 살겠다는 맹세를 말한다. 송나라 시인 황정견(黃
庭堅)의 〈등쾌각(登快閣)〉 시에 "만리 돌아가는 배에 젓대 부니, 이 마음 백구와 맹세하였네.[萬里歸船弄長笛 此心吾
與白鷗盟]"라고 하였다.

落拓林泉計太疎　　　　계획이 너무 간결해 자연에 머문다

挽權明輯
권명집 만사

明輯何其遽　　　　명집은 왜 급하게 떠났나
苗而不秀者　　　　싹을 틔웠으나 꽃을 피우지 못했네
慟哭吾誰與　　　　통곡하노라, 뉘와 함께하리
世無斯人也　　　　세상에 이 사람이 없으니

與其山夜坐
산과 함께 밤에 앉아

大丈夫何自處輕　　　　대장부가 어찌 경솔하게 처신하리
外來欣戚不嬰情　　　　외물의 좋고 싫음에 마음 끌리지 않네
逢場一語持相贈　　　　만나서 주고받는 한마디 말도
惟有詩書講後明　　　　오직 시서를 강론한 후 밝아지리

和鄭厚允載圭艾山扁詩
후윤 정재규의 〈애산편〉에 화답하다

青山艾萬葉　　　　청산에 무성한 쑥잎들
吾子采何爲　　　　그대 캐어서 어디에 쓰려는가
用必斯民壽　　　　용도는 반드시 백성들 살리는 데 있고
蓄將久病醫　　　　묵혀두면 오랫동안 병을 다스릴 수 있지
誰識此功效　　　　누가 이 쓰임새를 알아주리

家而又國之　　　　가정과 국가라네

鳳陽齋會話
봉양재에서 만나 이야기를 나누다

竹靜堂空夜月多　　　고요한 대숲 텅 빈 집 달빛만 밝은데
白頭料理考槃歌　　　백발 늙은이 고반(考槃)52 부르려고 하네
爲問平川流水外　　　묻노니 평평한 냇가 흐르는 물 외에
梅山山色近如何　　　매산(梅山)에 산색은 요즘 어떠하던가

寒泉齋述懷
한천재에서 감회를 읊다

茅屋山深雲復深　　　깊은 산 초가집 구름은 더욱 깊어
世間無事可關心　　　세상 일에 마음이 가지 않네
問爾平生何所樂　　　그대에게 묻노니 평소에 즐거움이 무엇인가
古人編上半光陰　　　고인의 책 읽으며 반평생을 보내네

行歌
여행 노래

削立峯峯翠壁　　　　깎아지른 산봉우리는 푸르디 푸르고
寒流曲曲澄潭　　　　차갑게 흐르는 골짜기는 맑디 맑구나

---

52 고반(考槃) : 산림에 은거하는 현자의 즐거움을 노래한 시이다. 《시경(詩經)》〈위풍(衛風) 고반(考槃)〉에 "산골 시냇
　가에 움막이 있나니, 현인의 마음이 넉넉하도다.[考槃在澗 碩人之寬]"라는 말이 있다.

東華淸淑氣	동화문[53]의 맑고 깨끗한 기운
牛是俗離南	속리산 남쪽과 엇비슷하네

登霞嶺石窟

하령석굴에 오르다

亂石支空作層竇	엇섞인 바윗돌 겹겹이 하늘 구멍이고
縱令足躡手難摩	딛고 오를 수 있으나 더위잡기는 힘들구나
匪樑匪閞懸螘垤	들보 말뚝도 아닌데 개미집이 걸려 있는 듯
如戸如門析蚊窩	지게문 같으나 모기 굴을 갈라놓은 듯
巖影漏閃跳虎鳳	번뜩이는 바위 그림자 범과 봉황이 튀어나올 듯
海光隱見點黿鼉	보였다 사라졌다 하는 바다 빛, 자라와 악어가 떠다니듯
此間疑是仙人在	여기에 아마도 신선이 계신 듯
回首三山獨放歌	삼신산(三神山)으로 머리 돌려 홀로 노래 부르네

次農翁

농옹에게 차운하다

天以陰陽畀我躬	하늘이 음양으로 나에게 몸을 주셨으니
宜於體用得全工	체(體) 용(用)에 맞추니 온전히 해야지
光陰鼎鼎芝生晚	시간은 흘러흘러 지초는 늦게 자라고
境界優優竹與通	경계는 넉넉하여 대나무 숲과 이어졌네
自是林泉眞有趣	임천에 진실로 마음을 두었으니
肯隨各利且爲功	즐겨 각자의 명리를 쫓는 걸 공이라 하랴

---

53 동화문 : 송나라 궁성의 동쪽 문 이름인데, 관원들이 입조(入朝)할 때 이 문을 이용했으므로 조정 혹은 도성의 뜻으로 쓰이게 되었다.

| 聊知暮讀朝耕外 | 알겠네. 저녁에 독서하고 아침에 밭 가는 것 말고 |
| 萬事無心此一翁 | 이 늙은이에겐 세상일에 마음이 가지 않네 |

嘉育齋與諸友唱酬
가육재에서 벗들과 수창하다

秋入江州客聽波	강주에 가을 되자 나그네 그대들과 시내 물소리 듣고
桂林消息復如何	계림의 근래 소식은 어떠하던가
知音已自琴前得	지음은 이미 거문고 앞에서 얻었고
到老無端酒後歌	노년에 이르러 무단히 술 마시고 노래 부르네
病葉隨風終夜轉	단풍잎은 바람 따라 밤새도록 휘날리고
碧天留月半牕斜	푸른 하늘의 달빛은 머물러 반쯤 창가에 비껴 있네
悠然見處南山在	이윽이 남산에 집을 바라보니
錯落烟霞曉夢多	어지러운 안개 속에 새벽꿈이 많구나

宋周老泰奭步雪過余書堂
주로 송태석이 눈을 밟고 나의 서당을 찾아오다

命棹誰安道	누가 안도(安道)[54]에게 노를 저으라고 했는가
挾琴子進之	거문고 끼고 그대가 찾아왔네
莫言山外事	산 밖의 일은 말하지 마시게
樂在枕肱時	팔 베고 잠자는 데 즐거움이 있으니

---

54 안도(安道): 진나라 은사 대규(戴逵)를 가리킨다. 진나라 왕휘지가 일찍이 산음에 살 때, 눈이 개어 달빛이 환한 밤에 홀로 술을 마시며 좌사(左思)의 〈초은(招隱)〉 시를 읽다가 갑자기 섬계(剡溪)에 살고 있는 벗 대규가 보고 싶어 즉시 편주를 타고 밤새도록 찾아갔었는데, 정작 문 앞에 이르러 대규를 만나보지 않고 그냥 돌아왔다. 이에 어떤 사람이 그 까닭을 묻자 "나는 애초 흥을 타고 갔다가 흥이 다해 돌아왔다. 대규를 만날 필요가 뭐가 있겠는가.[吾本乘興而行 興盡而返 何必見戴]"라고 한 고사를 가리킨다. 《晉書 卷80 王徽之列傳》《世說新語 任誕》

次李松巖延諡宴韻寄李聖養正模

이송암의 연시연에 차운하여 성양 이정모에게 부치다

安危北極仗南城	북쪽의 안위를 남성(南城)에서 호위하니
一事風雲感聖明	한 번의 풍운으로 임금을 감동케 했네
故事雎陽惟有淚	수양[55]의 지난 일을 생각하니 눈물나는데
盟壇關外可無聲	국경 너머 맹단에는 소식조차 없네
封章始見春秋筆	봉장에서 비로소 춘추(春秋)의 필법을 보았고
函席曾聞敬義精	일찍이 함석에서 경의(敬義)의 정밀함을 들었네
司馬家中又文正	사마씨의 집안에 또 문정공[56]이 났으니
效忠他日立朝淸	훗날 맑은 조정에 나가 충성을 바치리

次安文五睡塢扁韻

안문오의 〈수오편〉에 차운하다

百年松竹富山家	백 년 된 송죽(松竹) 산촌은 넉넉하니
想像君居卽太初	생각건대 그대 머무는 곳이 태초라네
遯豈嘗言當世事	은둔했으니 어찌 당세의 일을 말할까
樂無如讀古人書	옛사람의 책 읽는 즐거움이 제일이지
神仙不是烟霞外	신선은 연하 밖에 있지 않으니
琴酒聊將歲月餘	거문고와 술로 세월을 보내고자
永日槐根春意足	온종일 홰나무 아래 봄기운이 가득한데

---

55 수양(雎陽) : 당(唐)나라의 장순(張巡)을 가리킨다. 수양성(雎陽城)을 지키다가 안녹산(安祿山)의 난에 순절하였다. 《唐書 卷192 張巡列傳》

56 문정공 : 사마광(司馬光, 1019~1086)을 가리킨다. 자는 군실(君實), 호는 우부(迂夫) 또는 우수(迂叟), 시호는 문정(文正)이다. 산서성(山西省) 하현(夏縣) 사람으로, 속수선생(涑水先生)이라고도 하며, 죽은 뒤 온국공(溫國公)에 봉해졌으므로 사마온공(司馬溫公)이라고도 한다. 신종(神宗)이 왕안석(王安石)을 발탁하여 신법(新法)을 단행하게 하자, 이에 반대하여 새로 임명된 추밀부사(樞密副使)를 사퇴하고 지방으로 나갔다. 신종이 죽은 뒤 중앙에 복귀하여 정권을 담당하였다. 저서에 《자치통감(資治通鑑)》, 《속수기문(涑水紀聞)》, 《사마문정공집(司馬文正公集)》 등이 있다.

睡而非睡意何如	잘 시간에 자지 못하는 건 왜일까[57]

權大俊挽歌
권대준 만가

錦城之广	금성(錦城)의 초막집
盡日篁扉深深掩	대나무 사립문은 종일토록 굳게 닫혔구나
士可不問遇不遇	선비란 때를 만나거나 아니거나를 따지지 않으니
只合富無驕貧無諂	단지 부유해도 교만하지 않고, 가난해도 아첨하지 않는다네[58]
謂有邱園種杞菊	정원에는 국화와 구기자 심고
謂有巖樊長柘檿	바위 근처에는 산뽕나무가 길게 늘어져 있네
謂有龍湖水 可泳可游	이르노니 용호수(龍湖水)에서 물놀이할 수 있으니
一塵不敢染	티끌 한 점도 더럽혀짐이 없네
世間此樂	세상 사람들은 이 즐거움
不一以足	하나라도 만족해 하지 못하고
惜哉歸何奄	슬프다, 어찌 그리 빨리도 가셨나
思君不見	생각건대 그대는 보지 못했나
獨夜摩挲匣中劍	홀로 밤새며 갑 속의 검을 쓰다듬었던 모습을

---

57 온종일 …… 왜일까 : 남가일몽(南柯一夢)의 고사로 덧없는 인생을 비유하는 말이다. 당나라 때 순우분(淳于棼)이 대낮에 홰나무 아래에 누워 잠이 들었는데, 꿈속에 괴안국(槐安國)에 들러 공주에게 장가들어 남가태수(南柯太守)를 지내는 등 온갖 부귀영화를 누리다가 잠에서 깨어나 보니 꿈속의 괴안국이 바로 나무 밑동의 개미굴이었다는 고사에서 유래하였다.

58 부유해도 …… 않는다네 : 자공(子貢)이 공자에게 "가난하면서도 아첨하지 않고, 부유하면서도 교만하지 않은 사람은 어떠합니까?[貧而無諂 富而無驕 何如]"라고 묻자, 공자는 "좋기는 하지만 가난하면서도 즐기며 부유하면서도 예를 좋아하는 것만 못하다.[可也 未若貧而樂 富而好禮者也]"라고 대답하였다. 《論語 學而》

自冠洞移居雲谷

관동에서 운곡으로 거처를 옮기다

嵒踪孤露欲何前	바위에 외로운 이슬 방울 어디로 가려는가
搖落秋聲洞半天	관동(冠洞)에 하늘에 잎 떨어지는 가을 소리[59]가 들리는구나
宅此瀧岡還久矣	이 농강(瀧岡)에서 머무른 지 다시 오래되었지만
從今雲谷亦居然	지금부터 운곡(雲谷)에서 다시 머무네
經營萬事身先老	세상을 경영하고 싶지만 몸이 먼저 늙어
迂闊平生性莫悛	평생토록 물정에 어두운 성격 고치지 못했네
波盪世途寧逐隊	세상길에 휩싸여 사람들을 뒤따르기보다
個中惟有守吾玄	그런 가운데 오로지 나의 도를 지켜야지

次觀水亭韻

관수정에 차운하다

百世羹墻起小亭	백세의 갱장(羹墻)[60]의 마음 작은 정자에서 돌이켜보니
將迎冠佩屬長汀	선비들을 맞이하는 행렬 긴 물가로 이어지네
相從敬義追前日	서로 경의(敬義)를 다하여 지난 시절을 추모하고
惟有箕裘闢此庭	오직 기구(箕裘)[61]가 있어 이 정자가 열렸구나
古木多陰清不俗	그늘 드리워진 고목 맑아서 속되지 않고

---

59 잎 …… 소리 : 전국 시대 초(楚)나라 시인 송옥(宋玉)의 〈구변(九辯)〉 첫머리에 "슬프다, 가을 기운이여. 쓸쓸하게 초목은 바람에 흔들려 땅에 지고 쇠한 모습으로 바뀌었도다.[悲哉秋之爲氣也 蕭瑟兮 草木搖落而變衰]"라는 유명한 표현이 나온다.

60 갱장(羹墻) : 죽은 사람에 대한 간절한 추모의 정을 말한다. 요(堯)임금이 죽은 뒤에 순(舜)이 3년 동안 사모하는 정을 이기지 못한 나머지, 밥을 먹을 때에는 요임금의 얼굴이 국그릇 속[羹中]에 비치는 듯하고, 앉아 있을 때에는 담장[墻]에 요임금의 그림자가 어른거리는 듯했다는 고사가 있다. 《後漢書 卷63 李杜列傳》

61 기구(箕裘) : 키와 가죽옷이라는 뜻으로, 가업(家業)을 비유하는 말이다. 《예기(禮記)》〈학기(學記)〉의 "훌륭한 대장장이의 아들은 아비의 일을 본받아 응용해서 가죽옷 만드는 것을 익히게 마련이고, 활을 잘 만드는 궁장(弓匠)의 아들은 아비의 일을 본받아 응용해서 키 만드는 것을 익히게 마련이다.[良冶之子 必學爲裘 良弓之子 必學爲箕]"라는 말에서 유래한 것이다.

幽蘭欲采遠聞馨	난초를 캐려니 멀리서도 향기가 퍼지네
城頭怊悵曾何意	성(城)에서 슬픔이 이는 건 왜인가
方丈山光望裏靑	방장산의 산색이 푸르게 빛나네

挽四從兄

넷째 종형 만사

維天德是報	하늘의 덕에 보은하며
保我百年宗	백 년 동안 우리의 집안을 보호하셨네
莅家能處約	집안에 다스릴 때는 곤궁함62을 견디셨고
待物善爲容	남을 대할 때는 포용을 잘하셨지
肺收春旭卉	가슴으로 봄날의 빛나는 초목을 품으셨다
操見歲寒松	지조는 날씨가 차가운 뒤의 소나무63 같았지
寧可誘外物	설령 외물에 유혹되더라도
所讀在中庸	중용(中庸)을 두고 읽으셨지
念昔征邁戒	옛날에 강론하시던64 훈계 떠올리니
有言服我膺	그 말씀 내 가슴에 새겼다네
雖以質樸陋	비록 기질이 소박하고 고루했지만
庶使入陶鎔	거의 마음에 소화했네
白日迷大嶺	흰 해는 대령을 아스라하게 했고
丹旌過珠峯	붉은 기는 주봉을 지나가네
前塵追莫及	지난 행적 쫓아보지만 따를 수 없는데
冥埴復誰從	어두운 길을 누가 다시 뒤따르겠는가

---

62 곤궁함 : 《논어》 〈이인(里仁)〉에 공자가 "불인자는 오랫동안 곤궁한 데 처할 수 없다.[不仁者 不可以久處約]"라고 한 말이 있다.

63 날씨 …… 소나무 : 《논어》 〈자한(子罕)〉에 "날씨가 추워지고 나서야 소나무와 잣나무가 뒤늦게 시듦을 알게 된다.[歲寒然後知松柏之後彫也]"라는 말이 있다.

64 강론하시던 : 원문의 정매(征邁)는 형제간에 부지런히 학문을 연마했다는 말이다. 《시경》 〈소완(小宛)〉에 "내 날마다 나아가니 너도 달마다 나아가라.[我日斯邁 而月斯征]" 한 데서 나왔다.

方圓殊底蓋	모나고 둥근 것은 밑을 채우는 것이 다르고
罅漏莫褌縫	갈라지고 새는 것으로 허리띠를 맬 수 없다네
縱欲幽獨媚	비록 홀로 조용히 지내고자 하셨지만
其奈衆咻攻	왜 사람들은 야단스레 공격했나
九原猶可慰	구원(九原)에서 오히려 위로받으실지니
玉樹寶光穠	무성한 옥수(玉樹)[65]에 보배로운 빛이 비치네

臘日書懷

납일[66]에 감회를 적다

管灰噓動澗流生	율관의 재[67]가 올라 붙어 물줄기 소리 달라지니
小酌山堂歲候迎	산당에서 술 마시며 납일을 맞이하네
亂雪棲林將遇晛	흩날리는 눈이 숲속에 쌓이니 장차 햇살을 만나며
微風留蕚反無聲	가는 바람이 꽃받침에 머무르나 도리어 소리가 나지 않네
人何易老如余髮	사람들이 나의 모발처럼 어찌 쉽게 늙으리오
物亦難爲到此情	사물 또한 이 마음에 닿긴 어렵다네
燈底起彈千古夢	등잔 아래서 거문고 타며 천고를 꿈꾸자니
却嫌心事逐雲輕	마음이 뜬구름을 쫓는 것 같아 꺼려지네

---

65 옥수(玉樹) : 남의 훌륭한 자제를 높여서 부르는 말.

66 납일(臘日) : 동지(冬至) 뒤의 셋째 술일(戌日). 조선조 태조 이후에는 동지 뒤 미일(未日)로 바꾸었다. 납평(臘平)이라
고도 한다.

67 율관의 재 : 율관(律管)은 고대에 절후를 관측하던 기구로, 대나무나 금속으로 만들며 모두 12개로 이루어졌다. 밀실
에 이 율관을 놓아두고 갈대를 태운 재를 채운 다음 흰 천을 덮어두면 절후가 바뀔 적마다 한 개의 율관마다 재가 올라
와서 천에 달라붙는데, 그것을 보고서 절기를 측정했다고 한다.

傷足有感

발을 다쳐 느낀 바가 있어

敢言曾氏免	감히 증씨처럼 몸을 보존했다[68]고 말하리
猶愧子春傷	오히려 자춘[69]이 다리를 다친 것을 부끄러워했다네
詩有淵冰戒	시경에 연빙(淵冰)[70]의 경계가 있는데
此心可暫忘	잠시지만 이 마음 잊어버렸네

許明仲爋見訪

명중 허훈이 찾아오다

一就囚山賦	수산부(囚山賦)[71]를 한 번 지었는데
無人幸見過	요행히 찾아오는 사람이 없구나
啖蔗君自樂	감자 맛봄[72]을 그대는 스스로 즐겨하는지고
衣草我何奢	베옷 입었으니 나에게 어찌 사치일까
獨善非初志	독선은 처음의 뜻이 아니라 하나

---

68 증씨처럼 …… 보존했다 : 증자가 병이 들자 제자들을 불러 말하기를 "이불을 걷고서 내 발을 살펴보고 내 손을 살펴보아라. 《시경》에 이르기를 '두려워하고 삼가서 깊은 못에 임한 듯이 하며 얇은 얼음을 밟듯이 하라.' 하였는데, 이제야 내가 몸을 훼상하는 데서 면한 줄을 알겠구나. 제자들아[啓予足 啓予手 詩云 戰戰兢兢 如臨深淵 如履薄冰 而今而後 吾知免夫 小子]"라고 하였다. 《論語 泰伯》

69 자춘(子春) : 증자의 제자 악정자춘(樂正子春)을 말한다. 악정자춘이 하루는 당을 내려오다가 발을 상했는데, 치료하여 완쾌되었는데도 근심하며 몇 달을 문밖에 나오지 않았다. 이를 보고 제자가 그 까닭을 물었더니 그는 이르기를 "부모께서 온전한 몸을 낳아 주셨으니 자식은 이를 온전히 하여 돌아가야 효도라고 한다. …… 지금 나는 효하는 도리를 잃었으므로 근심하고 있다."라고 하였다. 《小學 稽古》

70 연빙(淵冰) : 깊은 못에 임하거나 얇은 얼음을 밟는 것처럼 마음가짐을 신중히 하라는 경계이다. 《시경》 〈소아(小雅) 소민(小旻)〉에 "조심하고 삼가 깊은 못에 임한 듯 얇은 얼음을 밟듯이 하라.[戰戰兢兢 如臨深淵 如履薄冰]" 하였다.

71 수산부(囚山賦) : 수산(囚山)은 산에 갇힌 신세라는 뜻이다. 당나라 때 유종원(柳宗元)이 예부 원외랑(禮部員外郎)을 지내다가 왕숙문(王叔文)의 당(黨)에 연좌되어 영주 사마(永州司馬)로 폄출당하였는데, 그곳에 있으면서 자신을 산에 갇힌 신세라 여겨 〈수산부(囚山賦)〉를 지었다.

72 감자 맛봄 : 원문의 담자(啖蔗)는 점입가경과 같은 뜻으로, 갈수록 흥미진진하다는 말이다. 진(晉)나라 고개지(顧愷之)가 감자, 즉 사탕수수[甘蔗]를 꼬리 부분부터 맛보자, 어떤 사람이 그 이유를 물으니 "점점 더 좋은 맛을 보려고 해서이다.[漸至佳境]"라고 대답했다는 고사에서 유래한 것이다.

前程尙且遲	가야 할 길은 아직도 멀구나
所希朋友在	바라는 것은 현명한 벗이 있어서
麗澤勉相加	이택(麗澤)73에 힘써 서로 성장하는 것이지

贈文晦山關東詩畫八帖韻
문회산에게 〈관동시화팔첩〉에 차운하여 주다

月松亭在平海　　　월송정(평해에 있다)

行盡江湖始有亭	발걸음 강가에 닿자 정자 하나 있고
萬株松樹至今靑	울창한 소나무 숲은 지금까지 푸르네
平沙漠漠雲何處	끝없이 펼쳐진 모래벌판 구름은 어디에 있나
無數蒼嵐繞作屛	무수한 푸른 안개가 병풍처럼 사방을 휘감았네

望洋亭在蔚珍　　　망양정(울진에 있다)

扶桑日月棹頭開	부상의 해와 달이 열리는 데 노 저어 왔는데
海島茫茫去復來	끝없는 바다섬 길을 거듭 오가네
一泓自此無東北	한 줄기 깊은 물 동·북 방향을 알 수 없으니
始知天地泛如盃	비로소 천지가 떠 있는 술잔 같음을 알겠구나

竹西樓在三陟　　　죽서루(삼척에 있다)

煌煌寶墨竹西樓	찬란하다, 보배로운 검은 대나무 두른 죽서루
樓下長江深不流	누각 아래 장강은 깊어서 흐르지 않는 듯
昔有仙人今底處	옛적 머물던 신선 지금 어디 계신가
烟波只有往來鷗	안개 낀 물결 단지 갈매기만 오가는구나

---

73 이택(麗澤) : 붕우가 함께 학문을 강습하여 서로 이익을 줌을 뜻한다. 《주역(周易)》 태괘(兌卦)에 "두 못이 연결되어 있는 형상이 태(兌)이니, 군자가 이를 본받아 붕우 간에 강습한다."라는 말에서 유래하였다.

鏡浦臺在江陵　　　　　　경포대(강릉에 있다)

海者吾知水盡東　　　강물 끝나는 곳이 바다인 걸 알고 있으니
一圓天象又其中　　　일원에 천상이 또 그 가운데 있구나
江樓月白浦雲去　　　밝은 달 비친 누각 포구에는 흰구름 떠가고
徙倚層軒義不窮　　　높은 난간에 기대니 온갖 생각 끝이 없구나

洛山寺在襄陽　　　　　　낙산사(양양에 있다)

平而爲水出爲峯　　　잔잔한 바닷물 치솟아 봉우리 되고
一氣中間結復濃　　　힘을 모아 솟구쳤다가 다시 부서진다
惟有鍾禪椎夜放　　　낙산사 종소리 밤중에 울려 퍼지니
靑山明月與相逢　　　푸른 산이 밝은 달과 함께 어울리네

淸澗亭在杆城　　　　　　청간정(간성에 있다)

水國多靑草　　　수국이라 푸른 초목이 많은데
春光半是烟　　　봄빛의 절반은 해무에 둘러싸이네
名山皆此地　　　명산은 모두 이 주변에 있고
大海卽無邊　　　큰 바다는 곧 끝없이 넓구나
欲得冷風御　　　차가운 바람을 몰아내버리고
時從白鶴眠　　　때때로 흰 학을 따라 쉬려 하네
前人吟賞去　　　시 읊은 옛사람들은 떠나갔고
俯仰意悠然　　　천지의 뜻은 그저 길고 길구나

三日浦在高城　　　　　　삼일포(고성에 있다)

古浦曾聞列仙節　　　옛 포구에 신선의 지팡이 놓여 있다고 들었는데
千秋誰復駕鼇龍　　　천년 뒤에 누구 다시 학용을 탈 수 있을까
晚來欲訪丹書字　　　노년에 붉게 쓴 글자[74]를 보려 하나

---

74 붉게 쓴 글자丹書 : 삼일포는 강원도 고성에 있다. 신라의 영랑, 술랑, 남석랑, 안상랑이 3일 동안 놀았다고 해서 삼일포라 했다. 그들은 벼슬하지 않고 도를 깨쳐 신선이 되었으며 호수 남쪽 석벽에 그들의 이름을 붉은 글씨로 새겨 놓았다고 한다.

雲月滄茫六六峯　　　서른여섯 봉우리에 구름에 걸린 달이 아득하구나

叢石亭在通川　　　총석정(통천에 있다)

秦鞭媧鍊不曾催　　　진나라의 채찍[75]이 여와씨(女媧氏)의 연마[76]를 재촉하지 않았는데
萬槀成叢幾處臺　　　몇 곳의 반석 위에 쭉쭉 뻗은 돌기둥이 만들어졌네
有玉其中疇可採　　　돌기둥 가운데 옥이 있어 밭에서 캘 수 있다고 하는데
徒然探勝去仍來　　　한갓 경치만 구경하고 오가는구나

宿權祈汝錫魯荷塘書室

기여 권석로의 하당서실에서 머물다

兩岸春深小小扉　　　깊은 봄날 산기슭 사이에 앉은 작은 집
桃花依舊夕烟微　　　복숭아꽃은 옛적과 같고 저녁연기 희미하네
山中慣面多松友　　　산중에서 낯익은 송우(松友)들과 마주하고
月下相看又草衣　　　달 아래서 서로 다시 초의(草衣)를 살핀다네
巖雲此地還媚獨　　　이곳에 바위와 구름은 특별히 아름답고
車馬明朝不妨稀　　　내일 아침에 수레가 와도 방해받지 않으리
更願與君同晚節　　　원하는 것은 그대와 끝까지 지절을 지켜
百年心事幸無違　　　오래도록 본 마음을 어기지 않는 것이라네

---

75 진나라의 채찍 : 진시황이 석교(石橋)를 만들어 바다 건너 해 뜨는 곳을 보고자 했는데, 그때 어떤 신인(神人)이 돌을 운반했지만 돌이 빨리 옮겨지지 않기에 신편(神鞭)으로 돌을 채찍질하자 돌들이 모두 피를 흘렸다고 한다. 《三齊略記》

76 여와씨(女媧氏)의 연마 : 상고 때 공공씨(共工氏)라는 제후가 축융(祝融)과 싸웠다가 이기지 못하고는 노하여 머리로 부주산(不周山)을 들이받아 하늘을 받치는 기둥이 부러지고 땅을 묶어둔 밧줄이 이지러지자, 여선(女仙)인 여와씨가 오색의 돌을 갈아서 하늘을 깁고 자라의 발을 잘라서 사극(四極)을 세우자 땅이 평정되고 하늘이 완전하게 되었다 한다. 《淮南子‧覽冥訓》

大寒
큰 추위

東南山水宅	동남쪽 계곡에 자리한 집
歲暮獨歔欷	한 해가 저무니 홀로 눈물 흘리네
老釋晨勞炭	늙은 중은 새벽에 불 피우느라 애쓰고
幽禽晝怕飛	낮인데도 산새들은 날기를 꺼리네
高城還易雪	높은 성이라 다시 눈 쌓이기 쉽고
陰壑最難暉	그늘진 골짝이라 햇볕 들기 어렵네
春到知何日	봄이 오는 때를 언제 알 수 있을까
策驢我亦歸	나귀를 채찍질하며 나 또한 돌아가리

次韻鄭進士克明東夏入德門詩
진사 정극명(동하)의 〈입덕문〉에 차운하다

方丈山中客	방장산(方丈山)[77]의 나그네
歸來何太遲	돌아옴이 어찌 그리 늦는가
川聲聽不盡	시냇물 소리 쉬지 않고 들리고
巖月戀多時	바윗가에 뜬 달 오래 그리워했지
敬義有前訣	경의(敬義)는 지난날 다짐했으니
崇明與子期	숭명(崇明)을 그대와 함께할 걸 약조하네
眼前家路在	집으로 가는 길이 눈앞에 나 있는데
捨此更何之	이것을 버리고 무엇을 하겠는가

---

77 방장산(方丈山) : 지리산을 가리킨다.

與退而克明諸友登嚧崛上峯

퇴이, 극명 및 제우들과 허굴산 정상에 올라

强登山寺與君逢	힘들게 산사에 올라 그대와 만나니
始信人間別有峰	비로소 인간세계 특별한 봉우리 있음을 믿겠네
天入初秋寒欲雪	하늘은 초가을이라 추위에 눈이 내리려 하는데
僧言多石本無松	스님 말씀에 돌이 많으면 본래 소나무가 없다네
烽殘野戌知邦晏	서북쪽 봉화 그쳤으니 나라가 편안함을 알겠고
江出龍門見海宗	강은 용문(龍門)⁷⁸에서 시작되니 바다의 어른임을 알겠네
谷鳥嚶嚶歸去晚	골짝 새들이 지저귀니 발걸음 늦어지고
仙緣一日卸塵容	하룻동안 선계에 머물자 진용(塵容)⁷⁹이 씻겨졌네

法庵聽鐘

법암사에서 종소리를 듣다

法界空空曉寢慵	암자는 고적하여 새벽 잠 늘어지는데
圓通心事底原逢	원통의 심사 아래서 근원을 만나네
鐘聲忽破微霞去	종소리 갑자기 엷은 안개를 흩으며 퍼지는데
秪有靑山靜裏容	푸른 산은 그저 고요한 모습이네

---

78 용문(龍門) : 우(禹)가 홍수의 물길을 강하로 유도할 적에 "용문의 바위를 뚫고 이궐의 길을 열었다.[鑿龍門 辟伊闕]"라 는 말이 《회남자(淮南子)》〈수무훈(修務訓)〉에 나온다. 또 《사기》 권87〈이사열전(李斯列傳)〉에 "우임금이 용문을 뚫고 구하(九河)를 소통시킬 때 손발이 부르트고 얼굴이 누렇게 초췌하였다.[禹鑿龍門 疏九河 手足胼胝 面目黧黑]" 하였다.

79 진용(塵容) : 먼지 낀 얼굴이라는 뜻으로, 은자에 비하면 부끄럽기 짝이 없는 속인의 용태(容態)라는 말인데, 남조(南 朝) 제(齊)의 공치규(孔稚珪)가 함께 은자 생활을 하다가 벼슬길에 나선 주옹(周顒)을 못마땅하게 여겨서 지은 〈북산 이문(北山移文)〉에 "그동안 입고 있던 마름 옷을 불살라버리고 연잎 옷을 찢어버린 채, 먼지 낀 얼굴을 치켜들고서 속 된 모습으로 마구 달려나갔네.[焚芰製而裂荷衣 抗塵容而走俗狀]"라고 비평한 말에서 나온 것이다.

贈蓮庵諸友

연암의 여러 벗들에게 주다

以境求人並絶奇	사람들에게 빼어난 경치 널리 알려져
黃梅山下白蓮扉	황매산(黃梅山) 아래 흰 연꽃으로 만발한 집
澗流觸石鏘鏘韻	계곡물 바위에 부딪치는 소리 시끄럽게 울리고
巖照留樽皎皎輝	바위에 반사된 달빛 술잔에 어려 희게 빛나네
也從閒界眞工做	참된 공부란 한가한 세계에서 노니는 것이니
不妨深林遠客稀	멀리서 손님이 가끔 찾아도 깊은 숲이라 해될 것 없네
我欲追參仁智樂	나도 인자(仁者)와 지자(智者)의 즐거움[80]을 좇고 싶지만
一生事與一心違	일생 동안 일과 마음이 서로 어긋났다네

月下用杜工部之蜀州韻

달빛 아래서 〈두공부지촉주〉에 차운하다[81]

千秋義不秦	천추의 의로움은 진나라에 있지 않으니
歸去來江津	돌아가는 길에 강나루에 왔네
肯作並州客	즐겨 병주(並州)의 나그네가 되었고
願言義上人	원컨대 희상(羲上: 복희씨)의 백성이라 말하네
坐雲禪入定	구름에 앉으니 선계(禪界)에 좌정한 듯
麗澤德爲隣	학문에 힘쓰니[82] 덕스러운 이웃이 되었네
寂寂空山夜	적막한 산속은 고요한데
留君醉碧巾	그대와 함께 벽건으로 술을 마시네

---

80 인자와 …… 즐거움: 《논어》 〈옹야〉에 공자께서 "지혜로운 자는 물을 좋아하고, 어진 이는 산을 좋아한다.[智者樂水 仁者樂山]"라고 하였다.

81 달빛 …… 차운하다: 이 시는 왕발(王勃), 〈送杜少府之任蜀州〉 "城闕輔三秦 風煙望五津 與君離別意 同是宦遊人. 海內存知己 天涯若比鄰 無爲在岐路 兒女共霑巾"에 차운한 것이다. 원문의 '杜工部'는 '杜少府'의 오기로 보인다.

82 학문에 힘쓰니: 이택(麗澤)은 붕우가 함께 학문을 강습하여 서로 이익을 줌을 뜻한다. 《주역(周易)》 태괘(兌卦)에 "두 못이 연결되어 있는 형상이 태(兌)이니, 군자가 이를 본받아 붕우 간에 강습한다."라는 말에서 유래하였다.

和明彦

명언에게 화답하다

幸逢月下人	다행히 달밤에 사람을 만나
共宿巖前屋	함께 바위 앞집에서 묵었었지
文酒十年情	술 마시며 쌓은 십 년의 우정
溪山一面熟	계산에서 한 번 만남 친해졌지
樂哉誰會斯	즐겁구나 누가 이곳에 모였었나
牕外但松竹	창문 너머엔 송죽만 무성하구나

滯雨宿錦城山房四首

비에 막혀 금성산방에 머무르다-네 수

人言東盡我爲東	사람들이 동쪽 끝이라 이른 곳을 나는 동쪽이라 여겼는데
流水高山是大同	높은 산에서 강물 흘러 대동이 되었구나
壯士壘前風不死	성루 앞 장사들의 기세는 죽지 않았고
崇禎年後世俱空	숭정의 떠난 뒤 세상 모두 공허하네
古壑相尋多宿霧	옛 계곡 찾으니 안개로 뒤덮였고
一樽豪氣又西風	호기롭게 술 동이 기울이는데 서풍이 부는구나
岩邑百年烽火老	백 년 된 암읍의 봉수대는 허물어졌으니
干戈無復四方功	창을 잡고 사방으로 내달아 공 세우기 어렵구나
歲暮我安適	한 해가 저무는데 어디로 가야 하나
神州久見沈	중국은 오랫동안 침체되어 있구나
人生苦不早	인생의 고달픔 끝나지 않고
金鼓寂無音	금고(金鼓)는 울리지 않아 고요하네
幸此三朝雨	다행히 이번 삼 일간 비가 내려
留爲上界尋	길을 멈추고 상계를 찾게 되었구나

岩竇深深足起居　　바위 구멍 깊어 지내기에 넉넉한데

茶廚市遠食無魚　　시장이 멀다 보니 주방엔 물고기가 없네

松燈坐閱神仙傳　　관솔불 아래 앉아 신선전(神仙傳)을 읽으니

局外依然四皓裾　　바깥이 그대로 사호(四皓)[83]의 자리이네

露宿霞薄墪載寒　　저물녘 길가에서 유숙하니 골짝으로 찬 기운 불어오고

蒼苔老滑待晞乾　　푸른 이끼 미끄러워 마르기를 기다리네

請君莫憚登高望　　청컨대 그대여 높은 곳에 올라 둘러봄을 꺼리지 마소

地步還從眼界寬　　길 따라 걷다 보면 다시 눈 앞이 시원해지리

次韻呈權春山瑢

춘산 권용에게 차운하여 드리다

歲月亭亭易百年　　백 년이 지나도 세월은 정정한데

追思甚事不悠然　　돌아보건대 무슨 일로 유연하지 못하나

世無施處經綸小　　세상에 펴지 못하는 건 경륜이 작아서고

酒欲醒時感慨先　　술에서 깨어나려고 하면 슬픔이 먼저 생기네

自是居閒多木石　　지금부터 많은 나무, 돌과 한가히 지내려니

亦非計拙短簷椽　　짧은 처마와 서까래도 하찮은 일이 아니지

遙知茅屋深深處　　멀리서도 알겠네 깊은 산골에 자리한 띳집에

時有松琴奏案前　　때때로 책상 앞에서 송금을 연주하는 것을

---

83 사호(四皓) : 상산사호(商山四皓), 즉 진나라 말기에 폭정을 피해 상산(商山)에 숨어 살았던 네 명의 노인을 말하는데, 후세에 나이도 많고 덕도 높은 은사를 뜻하는 말로 쓰이게 되었다.

雲谷齋逢李進士相文

운곡재에서 진사 이상문을 만나다

自笑平生跡太疎	평소에 왕래 너무 드물어 스스로 우스운데
一宵勝讀十年書	하룻밤 만남 십 년의 독서보다 낫구나
問君識未消長理	사라지고 생성하는 이치를 몰라 그대에게 물었더니
寒後微陽昨夜初	어젯밤 추위 뒤 약한 양이 처음으로 생겼다네

挽鄭丈澤民

정택민 어른 만장

惟公開事業	오직 공께서 힘쓴 일은
十年閉竇圭	십 년 동안 작은 띳집[84]에 문 걸고
案上易一部	책상 위에는 역경(易經) 한 권
庭前菊數畦	마당 앞에는 국화 심은 밭
不曾馳外務	일찍이 외물에 힘쓰지 않았으니
進學有階梯	배움에 나아가는 절차였네
豈弟君子人	어찌 제자와 군자들이
舍公其誰眠	공을 두고 누굴 찾으리
笑殺林泉外	우습게 여겼네 숲 너머에
行者困於泥	길손들이 괴로워하는 진흙길
固然鶩不群	본래 맹금은 무리를 짓지 않기에
是以驥不蹄	그래서 천리마는 달리지 않았구려
先哲知幾訓	선현들의 은근한 가르침 아셨으니

---

84 작은 띳집 : 원문의 두규(竇圭)는 규두(圭竇)로, 미천한 사람이 사는 작은 집을 말한다. 《춘추좌씨전(春秋左氏傳)》 양공(襄公) 10년 조에 "보잘것없는 집에 사는 미천한 사람이 모두 윗사람을 능멸하니 윗사람 신분이 되기 어렵다." 하였는데, 그 주에 "규두는 작은 집이다. 벽을 뚫어서 문을 낸 다음, 위쪽은 뾰쪽하게 만들고 아래는 네모나게 만든 모양이 규(圭)를 닮았다 하여 생긴 말이다." 하였다.

炳然照靈犀	환하게 서로 영서(靈犀)[85]를 비추네
伊我數年東	내가 수년 동안 머문 동쪽
於公十里西	공에게는 십 리 남짓 서쪽
承誨曾幾日	가르침받은 적 몇 번이었나
叮嚀導筏迷	정성스럽게 어리석음을 깨우쳐주셨지
遽然驚蘭報	갑작스런 타계 소식에 놀라
回首心悽悽	머리 돌리니 마음 슬프다네
先誼從何講	선의를 누구와 함께 의논하리
後生失攀躋	후생은 기댈 곳 잃어버렸네
孤鳳移晩棲	저물녘 외로운 봉새 자리를 옮겼으니
梧桐但萋萋	오동나무만 그저 무성하구나

與諸友會雷龍亭舊墟

벗들과 뇌룡정 옛터에서 만나다

晩來俯仰一千年	저물녘 우러러 천년을 굽어보니
逝者如吾夫子川	흘러가는 것이 우리 부자의 시냇가 같네[86]
鹿洞遺墟今久寂	녹동의 옛터는 오래도록 적막한데
龍門餘韻復誰傳	용문의 여운을 누가 다시 전하리
欲從老木尋前迹	노목을 따라 지난 자취를 찾고 싶은데
尙有淸風喚世眠	여전히 맑은 바람은 잠든 세상을 깨우네
請看暎波臺上月	청컨대 물결에 비치는 대 위의 달을 보시오
流照方塘景無邊	네모진 못에 흘러 비치는 경치 끝이 없다네

---

85 영서(靈犀) : 신령스러운 물소. 그 뿔은 가운데에 구멍이 나 있어서 양쪽이 통하게 되어 있다. 따라서 두 사람의 의사가 모르는 사이에 소통하여 투합(投合)한다는 비유로 쓰인다.

86 흘러가는…… 같네 : 《논어》〈자한(子罕)〉에 공자가 시냇가에 있으면서 "가는 것이 이와 같구나. 밤이고 낮이고 멈추는 법이 없도다.[逝者如斯夫 不舍晝夜]"라고 탄식한 말이 나온다.

次金氏興山齋韻

김씨의 〈여산재〉에 차운하다

爲伐巖茅宅是岡	바위 띠를 잘랐으니 집은 곧 언덕이요
庭前花葉記靑陽	뜰 앞에 꽃잎들은 봄날을 기록하네
著書多說山中事	저술한 글의 대부분은 산중에서의 일이요
有客同酬月下觴	손님과 나눈 술 달 아래의 일이었네
始信林泉留古色	비로소 임천에 예스러움 남아 있음 알겠으니
可憐松竹殿群芳	송죽(松竹)과 뭇 꽃들 피어남이 사랑스럽구나
問君獨抱琴何意	그대에게 묻노니 홀로 거문고를 안은 뜻 무엇인가
尙續淮南招隱章	분명히 회남의 초은사[87]를 이으려는 거겠지

挽德山宗孫澤瑞丈

덕산 종손 택서 어른 만사

大賢之後惜凌遲	대현이 가신 뒤 혼란한 세상을 안타까워했는데
且値吾公適去時	또다시 우리 어른의 별세를 맞이했다네
從古絲綸傳有地	예부터 사륜(絲綸)[88]은 전하는 땅이 있었는데
至今樽俎悵無期	지금부터 준조(樽俎)를 슬프게도 기약할 수 없네
把看模範存吾順	본받아 붙잡으신 것은 살아서 하늘에 순응하고
掃却畦畛與世宜	남과 자신의 경계를 무너뜨려 세상과 알맞았네
倘可歸程淸聖見	혹시 가시는 길에 청성(淸聖)[89]을 보신다면

---

87 회남의 초은사 : 한나라 회남왕(淮南王) 유안(劉安)이 문사들을 모아 대산(大山)과 소산(小山) 두 부류로 나누어 사부를 짓게 하였다. 이 중 소산에 속하는 문사가 〈초은사(招隱士)〉를 지어 산중 생활의 궁고함을 극도로 형용하여 둔세의 선비들을 풍자하였다.

88 사륜(絲綸) : 《예기(禮記)》〈치의(緇衣)〉에 "임금의 말은 명주실과 같고 나오면 밧줄과 같다.[王言如絲 其出如綸]"라고 하였다. 후에 제왕의 조지(詔旨)를 가리키는 말로 사용되었다.

89 청성(淸聖) : 《맹자》〈만장 하(萬章下)〉에 백이(伯夷)를 청성(淸聖)이라 하고 이윤(伊尹)을 임성(任聖)이라 하고 유하혜(柳下惠)를 화성(和聖)이라고 한 뒤에, 공자를 시성(時聖)이라고 하면서 "공자야말로 여러 성인의 특성을 한 몸에

薇歌一曲是哀詞	채미가[90] 한 곡의 슬픈 노래
葬在首陽山	(수양산에서 장사를 지냈다.)

除夕
섣달 그믐밤

百感悠悠此夜多	오늘 밤 온갖 감회가 이윽이 많은데
摩挲短髮醉還歌	짧은 머리 어루만지고 취하다 노래 부른다
天其爲我數年假	하늘이 나를 위해 시간을 빌려준다면
九仞山成一簣可	아홉 길 높이의 산이라도 한 삼태기에서 가능하네[91]

訪郭鳴遠鍾錫嶧山寓居
명원 곽종석의 역산우거를 방문하다

緣流路轉入山尋	물줄기 따라 길을 돌아 산을 찾아 들어가니
知有眞源幾曲深	참다운 근원이 몇 자 깊이의 골짜기인지 알겠네
愛爾黃鸝鳴不斷	그대는 누런 꾀꼬리 소리 멈추지 않음을 사랑하고
行行時復坐松陰	걷다가 때때로 소나무 그늘에 앉아 쉬는구나

모두 갖추어 크게 이룬 분이라고 할 것이다.[孔子之謂集大成]"라고 한 맹자의 평이 나온다.

90 채미가 : 은(殷)나라가 주 무왕(周武王)에게 멸망당하자 백이(伯夷)와 숙제(叔齊) 형제가 주나라 곡식을 먹지 않겠다면서 서산, 즉 수양산(首陽山)으로 들어가 〈채미가(采薇歌)〉를 부르며 고사리만 뜯어 먹다가 굶어 죽은 고사가 전한다. 《史記 卷61 伯夷列傳》

91 아홉 길 …… 가능하네 : 《서경(書經)》 〈여오편(旅獒篇)〉에 "구인의 산을 만드는 데에 완성 단계에서 한 삼태기의 흙이 모자라도 일을 다 이루지 못한다.[爲山九仞之功虧一簣]"라고 한 데에서 인용한 말로, 끝마무리가 제대로 이루어지지 않으면 모든 일이 허사로 돌아간다는 뜻이다.

冠洞齋八景
관동재의 여덟 경치

百尺屛巖
백 척의 병풍바위

欲把生綃寫碧巉 생초비단 잡아서 가파른 절벽을 그려내고 싶은데

百年苔雨瀝寒杉 백 년 동안 비 맞은 이끼는 차가운 삼나무를 적시네

雲屛自此多秋夢 이곳에는 가을의 꿈이 많지만 구름에 가려 있으니

幾向源頭住小帆 작은 배 타고 원두(源頭)에 몇 번이나 갈 수 있을지

半畝方塘
반 이랑 네모진 못

雲影天光不苟藏 구름 그림자는 하늘빛을 억지로 감추지 않았고[92]

見流知有活源長 흐르는 물 보니 샘솟는 근원이 길다는 것을 알겠네

靜中自具森然像 고요한 가운데 절로 숙연한 모습을 갖추었으니

復見靑山澹影當 다시 청산에 맑은 그림자 가득함을 보네

燈嶺孤月
등령의 외로운 달

太極圖成造化窟 태극도는 조화의 굴에서 이루어졌으니

盈虛前後在瞻忽 차고 기욺의 앞뒤는 첨홀[93]에 달려 있네

天公悶我閒無伴 천공께서 나와 어울릴 사람 없음을 근심하시어

故遣淸輝弄白髮 짐짓 맑은 빛을 보내어 백발의 늙은이를 희롱하네

文山落照
문산의 낙조

由君老盡昔年少 그대도 이제 늙었구려, 예전에는 젊었는데

---

92 구름 …… 않았고 : 주자의 시 〈관서유감(觀書有感)〉에 "조그맣고 모난 연못에 한 거울이 열리어, 하늘빛 구름 그림자가 함께 배회하네. 묻노니 어찌하면 저처럼 맑을까, 원천에서 콸콸 쏟아져 내려서라네.[半畝方塘一鑑開 天光雲影共徘徊 問渠那得淸如許 爲有源頭活水來]"라고 하여, 학문을 통해 심성을 수양하는 즐거움을 읊었다.

93 첨홀(瞻忽) : 안연(顏淵)이 스승인 공자의 덕을 칭송하며 "우러러볼수록 더욱 높고 뚫을수록 더욱 견고하며, 홀연히 앞에 있는 듯하다가도 홀연히 뒤에 있는 듯하다.[仰之彌高 鑽之彌堅 瞻之在前 忽焉在後]"라고 하고, 또 "서 있는 것이 우뚝하게 높아서 따라가려 해도 따라갈 길이 없는 것과 같다.[如有所立卓爾 雖欲從之 末由也已]"라고 한 말이 《논어》 〈자한(子罕)〉에 나온다.

我欲嗟呼反有笑　　　내가 안타까워하다가 도리어 웃음 짓네

記得天時强半夜　　　기억하는가? 천시가 반쯤 지난 날 밤

好隨微月石潭釣　　　석담으로 낚시 갈 때 초승달이 뒤따라왔음을

珠峯散烟　　　주봉에 흩어지는 연기

落去空頭色色天　　　형형색색의 하늘이 늙은이 머리에 떨어지고

有時和露滴秋蓮　　　때때로 이슬이 되어 가을 연꽃에 떨어지네

茶罷須臾那狀在　　　차 마신 후 잠시나마 어떤 모습으로 있나

隔籬多樹也如眠　　　울타리 너머 많은 나무들도 잠을 자는 듯

曠山朝霞　　　광산의 아침노을

江回不盡又山家　　　강가를 돌아 산막들이 끝없이 이어지니

非霧非烟半著花　　　안개도 연기도 아닌 것이 반쯤 핀 꽃인 양

怕爾猿禽爲世漏　　　원숭이, 짐승이 세상에 알려질까 두려워

朝朝暮暮影交遮　　　아침 저녁마다 그림자가 번갈아 숨겨주네

降仙歸雲　　　신선이 내려오고 구름이 돌아간다

一任微風影欲分　　　가는 바람에 내맡기니 그림자는 갈라지려 하고

回回還作對欣欣　　　돌고 돌아 다시 마주하니 너무 기쁘구나

主翁徒切媚幽想　　　늙은 주인은 한갓 그윽한 생각이 절실한데

不是荒臺夢逐君　　　황패한 언덕에서 그대를 쫓는 꿈은 아니라네[94]

---

94 황패한……아니라네 : 전국 시대 초 회왕(楚懷王)이 일찍이 낮잠을 자는데, 꿈에 한 여인이 와서 말하기를 "저는 무산의 여자로서 고당(高唐)의 나그네가 되었는데, 임금님이 여기에 계신다는 소문을 듣고 왔으니, 원컨대 침석(枕席)을 같이해주소서."라고 하므로, 과연 그와 같이 하룻밤을 잤더니, 그 이튿날 아침에 그 여인이 떠나면서 말하기를 "저는 무산의 양지쪽 높은 언덕에 사는데, 매일 아침이면 구름이 되고 저녁이면 비가 되어 내립니다.[旦爲朝雲 暮爲行雨]"라고 했다는 고사가 전한다.

滿壑寒松　　　　　　　　골짜기 가득한 차가운 소나무[95]

元來爾性最宜冬　　　　　원래 너의 성질은 겨울이 제격인데
不與凡華氣候從　　　　　평범한 꽃처럼 기후에 순응하지 않네
誰識蟠龍藏大壑　　　　　누가 알리오? 반룡이 큰 골짜기에 숨었음을
白雲朝暮護閒容　　　　　아침저녁 흰 구름이 여유롭게 감싸네

夜訪荷塘

밤에 하당을 방문하다

步月寒溪水　　　　　찬 시냇가에 달빛 따라 걸으니
無人獨自照　　　　　인적 없는데 스스로 비추네
殷勤來訪意　　　　　은근히 찾아온 뜻은
一語幸相教　　　　　한마디 가르침 받기 위해서지

聞厚允觀海而歸賦長篇寄意

후윤이 바다를 보고 돌아왔다는 소식을 듣고 장편시를 지어 뜻을 부치다

君有大觀目　　　　　그대는 큰 안목 지녔지
南浮曠漠鄉　　　　　드넓은 바다 남쪽으로 떠나갔었지
長風鼓鵬翼　　　　　장풍(長風)은 붕새의 날개를 두드렸고
逸氣展驥韁　　　　　일기(逸氣)는 천리마의 고삐를 펼쳤네
或振而不洩　　　　　때론 펼쳤지만 새지 않으며[96]

---

95 차가운 소나무 : 《논어》〈자한(子罕)〉에 "날씨가 추워지고 나서야 소나무와 잣나무가 뒤늦게 시듦을 알게 된다.[歲寒
然後知松柏之後彫也]"라는 말이 있다.

96 펼쳤지만……않으며 : 《중용장구(中庸章句)》 제26장에 "지금 저 땅은 한 줌의 흙이 많이 모인 것인데, 그 넓고 두꺼운
것으로 말하면 화악을 싣고 있으면서도 무겁게 여기지 않고, 하해를 담고 있으면서도 새지 않으며, 만물이 실려 있다.
[今夫地 一撮土之多 及其廣厚 載華嶽而不重 振河海而不洩 萬物載焉]"라는 말이 나온다.

或趨遙而不忙	때론 달려가도 바쁘지 않았네
蜃市開樓殿	신기루는 누대와 전각에 열렸고
鮫幅列衣裳	교인(鮫人)이 짠 한 폭의 비단 옷과 늘어서 있네
夔蚿爭憐足	기(夔)와 현(蚿)97이 부러움을 다투려 하고
蚌月較生光	소라의 구슬과 달이 번갈아 빛나네98
變態雜神鬼	모습이 변해 괴상한 귀신이 되었는지
眩眩不可詳	너무 현묘하여 자세히 알 수 없구나
欲尋朝宗柄	조종의 핵심을 찾고 싶은데
江漢何湯湯	한강은 어째 그리 일렁이는가
我邦濱於海	우리나라 바다 끝에 자리를 잡아
日星揭綱常	해와 별의 벼리를 들어올렸지
堂堂忠武蹟	당당한 충무공의 자취
至今留露梁	지금도 노량에 남아 있네
長鯨難噴薄	큰 고래는 물을 뿜기가 어렵고
海波不敢揚	바다 파도도 감히 드날릴 수 없었네
沿路三千里	물길을 따라 삼천리
絡繹走漕艎	계속해서 큰 배로 달리는구나
何往不有海	어디로 갔기에 바다에 없는가
爲物最南方	온갖 것이 남쪽 땅에 모인다네
於何得爲大	어떻게 하면 크게 될 수 있을까
挹彼猶盡藏	모든 곳에서 가져다 모두 저장해야지
回首太始坎	머리 돌려 보니 태초의 구덩이
昆侖也蒼蒼	곤륜산은 푸르고 짙푸르네
吁嗟空堂鱉	아, 텅 빈 땅을 거닐어보지만

---

97 기(夔)와 현(蚿) : 자신의 분수에 만족하지 못하고 남을 부러워하는 인정(人情)을 비유한 말. 기(夔)는 한 개의 발을 가진 괴상한 짐승이고, 현(蚿)은 지네와 같이 발이 많이 달린 노래기라는 벌레인데, 《장자(莊子)》〈추수(秋水)〉에 "기는 노래기를 부러워하고 노래기는 뱀을 부러워한다.[夔憐蚿 蚿憐蛇]" 한 데서 온 말이다.

98 소라의 …… 빛나네 : 남북조 시대 진(晉)나라 좌사(左思)의 〈오도부(吳都賦)〉에 "소라가 구슬을 잉태하는데, 그 구슬이 달과 더불어 찼다 줄었다 한다.[蚌蛤珠胎 與月虧全]"라고 하였다. 《文選 卷5》

無緣共徜徉	인연이 없으니 누구와 노닐까?
爲君歌一闋	그대 위한 노래 한 곡을 마치니
胸海萬里長	가슴속 만 리처럼 멀구나

淨襟堂次李侯義性詩

정금당에서 태수 이희성의 시에 차운하다

絃歌十室邑	무성현가[99] 열 가구의 마을[100]
文酒百年樓	글 짓고 술 마시는 백 년 된 누각
末至梁園客	끝 무렵에 양원[101]의 손님이 도착했으니
何辭賦此遊	무슨 말로 이 즐거움을 노래할까

挽趙丈應晩

조응만 어른 만사

見祖子孫三世慶	조부, 아들, 손자를 보니 삼대의 경사요
仰仁壽貴百年期	어짊, 장수, 귀함을 높였으니 백 년의 바램이더라
鼎湖之水東流去	정호(鼎湖)[102]의 강물이 동쪽으로 흘러가니

---

99 무성현가 : 공자께서 자유(子游)가 다스리는 무성(武城)에 가서 현악(弦樂)에 맞추어 노래 부르는 소리를 듣고 빙그레 웃으시며 "닭을 잡는 데 어찌 소 잡는 칼을 쓰느냐?"라고 농담을 하자, 자유가 대답하기를 "제가 전에 선생님께 들으니, 군자가 도를 배우면 사람을 사랑하고, 소인이 도를 배우면 부리기가 쉽다고 하셨습니다."라고 하였다. 《論語 陽貨》

100 열 가구의 마을 : 원문의 십실읍(十室邑)은 열 가구쯤이 사는 작은 마을이라는 말이다. 참고로 《논어》〈공야장(公冶長)〉에 "십실지읍에도 나처럼 충신한 사람은 반드시 있겠지만, 나처럼 학문을 좋아하는 사람은 아마 없을 것이다.〔十室之邑 必有忠信如丘者焉 不如丘之好學也〕"라는 공자의 말이 나온다.

101 양원(梁園) : 양원(梁苑) 또는 토원(兔苑)이라고도 하는데, 서한(西漢) 문제(文帝)의 아들 양효왕(梁孝王)이 조성한 매우 크고 호사스러운 원림(園林)이다. 양효왕이 정원을 만든 뒤, 추양(鄒陽)·매승(枚乘)·사마상여(司馬相如) 등과 즐겼다 한다. 《水經 睢水注》 그런데 사혜련(謝惠連)의 〈설부(雪賦)〉에 의하면, 양효왕이 주연(酒宴)을 베풀고 추양과 매승 등을 부르도록 했을 때, 사마상여도 끝에 와 빈객의 오른편에 앉았는데 얼마 안 있어 싸라기눈이 떨어지더니 함박눈이 퍼붓기 시작하였다고 한다.

102 정호(鼎湖) : 하남성(河南省) 형산(荊山) 아래에 있는 지명. 황제가 일찍이 형산 아래서 동(銅)으로 솥을 주조하고는

遙想仙舟泛彼遲　　저 멀리 신선이 탄 배가 조용히 떠가는구나

送權德寶之海

바다로 가는 권덕보를 전송하며

此我經營所未行　　이번 계획을 함께하지 못했는데
一芥還嫌枉費輕　　도리어 싫구나 지푸라기처럼 가볍게 쓰이는 것이
賦聽遠遊高揭眼　　원유편[103]을 듣다가 높이 고개를 드니
海天遙夜月初生　　밤바다 하늘엔 저 멀리 달이 떠오르네

讀金將軍遼東伯應瑞傳

요동백 장군 〈김응서[104]전〉을 읽고

前有張巡後有金　　이전엔 장순(張巡),[105] 뒤에는 김장군이 계셨으니
有君天地一人心　　그대와 천지는 한 사람의 마음이군
死生辨得綱常事　　죽음과 삶은 강상(綱常)의 일에 갈렸으니
欲報江河不足深　　강하에 보답하고자 하나 성의 깊지 않았구나

　　용을 타고 승천했다는 고사에서 온 말로, 전하여 임금의 붕어(崩御)를 뜻한다. 여기서는 조웅만의 죽음을 가리킨다.

103　원유편 : 원문의 부원유(賦遠遊)는 선인(仙人)과 함께 천지를 두루 돌아다니고자 하는 것을 의미한다. 초나라 굴원이 참소를 입고 쫓겨난 이후 어디에도 호소할 곳이 없자, 선인들과 함께 유희하면서 천지를 두루 돌아다니는 뜻을 부쳐 〈원유편〉을 지은 데서 비롯된 것이다. 《楚辭 遠遊》

104　김응서(金應瑞) : 1592년(선조 25) 임진란 때 별장으로 명나라 장수 이여송과 합류하여 평양성을 탈환했고, 이어 경상 좌병사가 되어 부산을 탈환했다. 1618년 명나라가 건주위(建州衛)를 치려고 원병을 요청하자 원수 강홍립(姜弘立)과 함께 출전하여 전공을 세웠으나, 강홍립의 항복으로 포로가 되어 사형되었다.

105　장순(張巡) : 당나라 때의 사람이다. 안녹산이 반란을 일으키자 기병하여 안녹산을 토벌했는데, 허원(許遠)과 수양을 지키고 있다가 수양성이 함락되매 안녹산을 역적이라 꾸짖고 피살되었다.

暮歸

저물녘 돌아가다

深壑林多暗	깊은 골짜기 숲속은 어둡기만 하고
前溪月自明	앞 시냇가 달은 절로 밝구나
難負靑山約	청산의 약속을 저버리기 어려우니
何愁路不平	길이 고르지 않다고 어찌 걱정하리

醉吟一律寄明仲

술에 취해 시를 읊어 명중에게 부치다

春事今年又見靑	금년 봄에도 다시 푸르름을 보고
江南初雨過山庭	강남의 첫 비가 산정을 지나가네
數聲杜宇花驚夢	두견새의 지저귀는 소리에 꽃은 꿈을 깨는데
何處漁舟夜度汀	밤에 물가를 지나던 고깃배는 어딜 갔나
百里伽倻君莫遠	백릿길 가야산은 그대와 멀지 않고
千尋瀑布勢難停	천 자 깊이의 폭포는 기세를 멈추기 어렵다네
誰知一二心中事	누가 마음속의 일을 알겠는가
說與無人獨醉醒	이야기할 사람 없어 홀로 취했다가 깬다네

登扶蘇山

부소산에 오르다

三老百年蹟	삼로의 백 년 자취
孤城碧萬尋	외로운 성에는 만 길 푸르름
松鬐凜欲刺	솔잎은 늠름해 하늘을 찌를 듯하니
想像倡義心	의로움을 곧추세울까 하네

題五峯院壁

오봉서원 벽에 제하다

江東邱上五峯下	강동의 언덕 위 다섯 봉우리 아래
絃誦洋洋滿耳來	거문고 뜯고 시 읊는 소리 귀에 가득하네
一室儀文垂世範	일실의 의문(儀文)이 세상의 모범이 되었으니
岐陽遠客拜而回	기양의 먼 나그네 절하고 돌아오네

終南山賦懷

종남산에서 감회를 읊다

南北東西覽了同	동서남북 바라보니 구별이 없는데
松岑寂寂月城空	소나무 봉우리는 고요하고, 월성은 비었네
夕陽漢上歌終曲	석양녘 한강가에서 마지막 곡 부르니
天地悠悠得失中	얻고 놓친 가운데에도 천지는 그대로구나

續感興二十首

이어서 감흥을 읊다 — 이십 수

天地昔未形	천지가 옛날에 형체를 갖추지 않았을 때
萬竅閉深廣	온갖 구멍은 막히고, 깊고 넓었네
明暗無向背	밝음과 어둠은 향배가 없었고
寒暑迷來往	추위와 더움은 바뀜이 희미했지
子開丑闢後	자회(子會)에 열리고, 축회(丑會)에 이루어진 후
有人一俯仰	그 분이 한번 세상을 두루 살펴보았네
馮翼縱難識	풍익(馮翼)[106]은 비록 알기 어렵지만
兩丸從此朗	해와 달은 이 밝음을 따랐네

萬化何暫停	만물의 변화가 어찌 잠시라도 멈추리오
一理非罔罔	이치는 흐릿한 게 아니라네
庖犧推三極	복희씨가 삼극(三極)[107]을 미루었으니
丁寧指諸掌	정녕 손바닥을 가리키듯[108] 명료하네
儀象始設位	의상(儀象)이 비로소 자리를 잡으니
大易行其中	대역이 그 가운데 움직이네
本源由化化	본원은 변화를 거듭하지만
可幾知終終	거의 끝을 알 수 있다네
若昧無中有	마치 어두워 없는 것처럼 보이지만
那知合處同	어찌 합처가 같음을 알리오?
確然隤然理	확실하고, 퇴연한 이치이니[109]
眞的不盲聾	진실로 분명해, 귀머거리, 소경이 아니지
升降坱六氣	승강이 여섯 기운[110]에 가득하고
洞澈涵萬機	훤히 꿰뚫어 만기를 담았네
尖斜方圓正	뾰족함, 비스듬, 네모남, 둥긂, 바른 것
動植走潛飛	동물, 식물, 달리고, 헤엄치고, 나는 것
庶物觸類長	여러 일들을 유추해서 적용하면[111]
互根竟莫違	서로 근본하여 끝내 어김이 없네
自有範圍大	스스로 범위가 광대하니

---

106 풍익(馮翼) : 형체가 없는 풍만한 대기.

107 삼극(三極) : 천(天), 지(地), 인(人)을 가리킨다.

108 손바닥을 가리키듯 : 《논어》〈팔일(八佾)〉에 "어떤 사람이 체제사의 내용을 묻자 공자께서 '알지 못하겠다. 그 내용을 아는 자는 천하를 다스림에 있어 여기에다 올려놓고 보는 것과 같을 것이다.' 하며 그 손바닥을 가리켰다.[或問禘之說 子曰不知也 知其說者之於天下也 其如示諸斯乎 指其掌]"라고 하였다.

109 확실하고, 퇴연한 이치이니 :《주역》〈계사전 하(繫辭傳下)〉에 "천도(天道)인 건(乾)은 확연하여 사람들에게 평이하게 보여주고, 지도(地道)인 곤(坤)은 퇴연하여 사람들에게 간략하게 보여준다.[夫乾確然示人易矣 夫坤隤然示人簡矣]"라는 말이 보인다.

110 여섯 기운 : 천지간의 여섯 가지 기운으로서, 음(陰)·양(陽)·풍(風)·우(雨)·회(晦)·명(明)을 말한다. 《春秋左傳 昭公 元年 注》

111 여러 …… 적용하면 :《주역》〈계사전 상(繫辭傳上)〉에 "이를 확대하여 같은 범주의 일에 적용해나간다면, 천하에서 가능한 일은 모두 끝마칠 수가 있다.[引而伸之 觸類而長之 天下之能事畢矣]"는 말이 있다.

豈無篤實輝	어찌 독실히 빛남이 없으리오
一原雖沖漠	일원이 비록 끝이 없어 보이나
森具見彰微	삼연히 갖춰져 은미하게 빛남을 볼 수 있지[112]
天下何思慮	천하가 무엇을 염려하리오
殊途亦同歸	길은 다르지만 또한 같은 곳으로 돌아가리
一元文明會	문명이 처음 열리는 때이니
放勳爲首出	방훈(放勳)[113]께서 먼저 출현하셨네
人道執厥中	인심과 도심의 중도를 잡으시니[114]
有心無形役	마음이 육신을 제어하지 못하네
平章親百姓	두루 밝히시니 백성들이 화목하게 되었고[115]
欽明臨萬國	공경과 밝음으로[116] 온 나라에 임하셨네
惟天日爲大	오직 하늘만이 가장 크거늘[117]
則之能終畢	평생을 바쳐 하늘의 덕 본받았네
重華克協于	순(舜)임금은 거듭 빛남이 요(堯)임금에 합하시니[118]

---

112 일원이 …… 있지 : 이천(伊川)이 말하기를, "충막(沖漠)하여 아무런 조짐이 없는 가운데 만상(萬象)이 이미 삼연(森然)히 갖추어져 있으니, 외물(外物)에 감응(感應)하지 않았을 때가 먼저가 아니고, 감응한 뒤가 나중이 아니다."라고 하였는데, 충막이란 전혀 현상으로 드러나지 않아 아무런 표시나 흔적이 없는 상태를 표현한 말로 태극(太極)을 가리키고, 삼연이란 수많은 물상(物象)이 죽 나열되어 있는 상태를 나타내는 말이다. 《近思錄 卷1》

113 방훈(放勳) : 요임금을 가리킨다. 《서경(書經)》〈요전(堯典)〉에 "옛 제요를 상고하건대, 방훈이시니, 공경함과 총명함과 문장과 의사가 아주 자연스러웠다.[曰若稽古帝堯 曰放勳 欽明文思安安]" 한 데서 온 말이다.

114 "인심과 …… 잡으시니 : 《서경》〈대우모(大禹謨)〉에 "인심은 위태하고 도심은 은미하니, 오직 정밀하고 일관되게 하여 그 중도(中道)를 진실로 잡아야 한다.[人心惟危 道心惟微 惟精惟一 允執厥中]"라는 말이 있다.

115 두루 …… 되었고 : 《서경》〈우서(虞書)〉에 "능히 큰 덕을 밝혀 구족을 친히 하시니 구족이 화목하게 되고, 백성을 고루 밝게 하시니 백성들이 덕을 밝히게 되었으며, 만방을 화합하여 고르게 하시니 백성들이 변하여 화평하게 되었다.[克明俊德 以親九族 九族旣睦 平章百姓 百姓昭明 協和萬邦 黎民於變時雍]"라는 말이 있다.

116 공경과 밝음으로 : 《서경》〈요전(堯典)〉에 "옛 요임금을 상고하건대 방훈이시니, 공경하고 밝고 문채롭고 생각이 깊고 편안하시며, 진실로 공손하고 능히 겸양하시어, 광채가 사방 끝까지 입혀졌으며 상하에 이르셨다.[曰若稽古帝堯 曰放勳 欽明文思安安 允恭克讓 光被四表 格于上下]"라고 한 데서 온 말이다.

117 오직 …… 크거늘 : 《논어(論語)》〈태백(泰伯)〉에 "위대하도다, 요의 임금 되심이여. 오직 하늘만이 비길 데 없이 크거늘, 오직 요임금만이 이 덕을 몸받았나니, 그 덕이 한없이 넓어서 백성들이 어떻게 형용할 줄을 몰랐도다.[大哉 堯之爲君也 巍巍乎唯天爲大 唯堯則之 蕩蕩乎民無能名焉]"라는 공자의 말이 실려 있다.

118 순임금은 …… 합하시니 : 《서경》〈순전(舜典)〉에 "옛 순임금을 상고하건대 거듭 빛나심이 요임금에게 합하시니, 깊고 지혜롭고 문채가 나고 밝으시며, 온화하고 공손하고 진실하고 독실하시어, 그윽한 덕이 올라가 알려지매 요임금이 이에 직위로 명하셨다.[曰若稽古帝舜 曰重華協于帝 濬哲文明 溫恭允塞 玄德升聞 乃命以位]"라고 한 데서 온 말이다.

垂裳踐其迹	의상을 드리우며 그 자취를 밟으셨네[119]
猗歟五十載	아름답구나 순임금의 오십 년 치세
治化覃靡極	어진 정치의 덕화가 끝이 없구나
四門開穆穆	사방에 문을 열어 화목하시니[120]
罔不率華夷	따르지 않는 오랑캐가 없네
天雖洚水降	하늘이 비록 홍수를 내리더라도[121]
肯教被壞離	어찌 망가지고, 헤어지게 놔둘 수 있으리
神姒乃受命	우(禹)임금[122]께서 이에 천명을 받아
九類畀在兹	홍범구주를 이곳에 내려주셨네[123]
如何太康世	어째서 태강(太康)의 세대에
五子涕漣洏	다섯 아우들은 눈물 흘렸나[124]

---

119 의상을 …… 밟으셨네 : 《주역》〈계사전 하(繫辭傳下)〉에 "황제와 요순이 의상을 드리우고 있으매 천하가 다스려졌다.[黃帝堯舜 垂衣裳而天下治]"라고 한 데서 온 말인데, 이는 곧 하는 일 없이 가만히 앉아 있어도 천하가 잘 다스려졌음을 의미한다.

120 사방에 …… 화목하시니 : 《서경》〈우서(虞書) 순전(舜典)〉에 "오전(五典)을 삼가 아름답게 하라 하시니 오전이 능히 순하게 되었으며, 백규에 앉히시니 백규가 때로 펴지며, 사문(四門)에서 손님을 맞이하게 하시니 사문이 화목하며, 큰 산기슭에 들어가게 하시니 열풍(烈風)과 뇌우(雷雨)에 혼미하지 않으셨다.[慎徽五典 五典克從 納于百揆 百揆時敍 賓于四門 四門穆穆 納于大麓 烈風雷雨弗迷]"라고 한 말이 보인다.

121 하늘이 …… 내리더라도 : 《서경》〈대우모(大禹謨)〉에 순임금이 말하기를, "이리 오라, 우야. 홍수가 나를 경계하거늘, 아뢴 말을 실천하고 공을 이룬 것은 그대가 현명하기 때문이다.[來禹 洚水儆予 成允成功惟汝賢]" 하였다.

122 우(禹)임금 : 일반적으로 요사(姚姒)라는 단어로 쓰이는 순(舜)과 우(禹)를 가리킨다. 요는 순임금의 성이고, 사는 우임금의 성이다.

123 우(禹)임금께서 …… 내려주셨네 : 《서경》〈홍범(洪範)〉에 "기자가 말하였다. '제가 들으니, 옛적에 곤이 홍수를 막아 오행을 어지럽게 늘어놓자 상제께서 진노하여 홍범구주를 내려주지 않으시니, 이륜(彝倫)이 무너지게 되었습니다. 곤이 귀양 가서 죽고 우가 뒤이어 일어나자 하늘이 우에게 홍범구주를 내려주시니, 이륜이 펴지게 되었습니다. 홍범구주의 첫 번째는 오행(五行)이고, 다음 두 번째는 공경하되 오사로써 함이요, 다음 세 번째는 농사에 팔정을 씀이요, 다음 네 번째는 합함을 오기로써 함이요, 다음 다섯 번째는 세움을 황극으로써 함이요, 다음 여섯 번째는 다스림을 삼덕으로써 함이요, 다음 일곱 번째는 밝힘을 계의로써 함이요, 다음 여덟 번째는 상고함을 서징으로써 함이요, 다음 아홉 번째는 향함을 오복으로써 하고 위엄을 보임을 육극으로써 하는 것입니다.'[箕子乃言曰 我聞在昔鯀陻洪水 汩陳其五行 帝乃震怒 不畀洪範九疇 彝倫攸斁 鯀則殛死 禹乃嗣興 天乃錫禹洪範九疇 彝倫攸敍 初一日五行 次二曰敬用五事 次三曰農用八政 次四曰協用五紀 次五曰建用皇極 次六曰乂用三德 次七曰明用稽疑 次八曰念用庶徵 次九曰嚮用五福 威用六極]"라는 말이 나온다.

124 어째서 …… 흘렸나 : 태강(太康)이, 안일에 빠지지 말라는 우임금의 교훈을 생각지 아니하고 낙수(洛水) 밖으로 사냥을 나가 10순(旬)이 지나도록 돌아오지 않자, 유궁(有窮)의 임금인 예(羿)가 하북(河北)에서 태강을 막아 돌아오지 못하게 하고 폐위시켜버렸다. 태강의 다섯 아우들이 낙수 가에서 기다리다가, 우임금이 남긴 교훈으로 태강을 원망하는 노래를 지어 불렀다. 《書經 五子之歌》

終焉曷喪歎	끝났지만 어찌 폐위됨을 슬퍼했으리
侯不復禮珪	제후가 예(禮)·규(珪)를 회복하지 못했기 때문이네
殷祖懋其德	탕임금이 그 덕에 힘쓰니
咸願後奚爲	왜 뒤로 미루시나! 빨리 오시기를 바랐지[125]
六七復興後	여러 해 동안 부흥했지만
有鑑徒增悲	돌아보건대 다만 슬픔만 더하네
西伯戡黎日	서백(西伯)이 여국(黎國)을 정벌하는 때
祖伊獨知幾	조이(祖伊)만이 그 낌새를 알았네[126]
天命侯周服	천명이 주나라에 복종하니
文德樹紀綱	문덕과 기강이 세워졌지
大老盍歸來	대로(大老)가 어찌 돌아가지 않겠는가[127]
願輔惠迪良	은택이 아름다워지는 데 도움 되길 원했네
刑寡乃御邦	형벌이 적은 것 곧 나라를 다스림이고
造舟以爲梁	배를 만들어 다리를 놓으셨네[128]

---

125 탕임금이 …… 바랐지 : 《맹자》〈양혜왕 하(梁惠王下)〉에 "《서경》에 '탕임금이 처음 정벌을 갈 나라로부터 시작하시니, 천하가 탕임금을 믿어서, 동으로 향하여 정벌을 하면 서쪽 오랑캐가 원망하고, 남으로 향하여 정벌을 하면 북쪽 오랑캐가 원망하여 말하기를 어째서 우리를 뒤로 미루는고 하여, 백성들이 탕임금에게 기대하기를 마치 큰 가뭄에 비를 바라듯 했다.' 하였다.[書曰 湯一征 自葛始 天下信之 東面而征 西夷怨 南面而征 北狄怨 曰奚爲後我 民望之若大旱之望雲霓也]"라는 말이 있다.

126 서백(西伯)이 …… 알았네 : 주나라의 문왕(文王)이 서백(西伯)으로 있던 시절에 상나라 주왕의 명을 받아 여국(黎國)을 정벌하여 이기자, 조기(祖己)의 후손인 조이(祖伊)가 주왕이 악을 고치지 않으면 상나라 국운이 다되어 망할 것이라고 느끼고는 주왕에게 달려가 그 사실을 고하고 정신을 차릴 것을 말하였다. 그러나 주왕은 악을 고치지 않고 있다가 끝내 멸망하였다. 《書經 西伯戡黎》

127 대로(大老)가 …… 않겠는가 : 《맹자》〈이루 상(離婁上)〉에 "백이(伯夷)와 태공(太公) 두 노인은 천하의 대로인데 문왕(文王)에게 돌아갔으니, 이는 천하의 아버지가 문왕에게 돌아간 것이다. 천하의 아버지가 돌아갔으니, 그 자제들이 문왕에게 돌아가지 않고 어디로 가겠는가.[二老者 天下之大老也 而歸之 是天下之父歸之也 天下之父歸之 其子焉往]"라고 한 말이 보인다. 또 《맹자》〈이루 상〉에 "태공(太公)이 주왕(紂王)을 피하여 동해의 바닷가에 살다가 문왕(文王)이 일어났다는 말을 듣고는 흥기하여 말하기를 '내가 어찌 그에게 귀의하지 않겠는가? 내가 듣건대 서백(西伯)은 노인을 잘 봉양한다고 하였다.'고 하였다.[太公避紂 居東海之濱 聞文王作 興曰 盍歸乎來 吾聞西伯善養老者]"라는 말이 나온다.

128 배를 …… 놓으셨네 : 《시경》에 "큰 나라에서 따님을 두셨으니, 하늘에 비길 만한 여인이로다. 납폐의 예(禮)로 그 길상(吉祥) 정하시고, 위수(渭水)에서 친영하사, 배를 만들어 다리를 놓으시니, 그 영광 드러나지 아니할까.[大邦有子 俔天之妹 文定厥祥 親迎于渭 造舟爲梁 不顯其光]"라는 구절이 있는데, 이 시는 주(周)나라 문왕(文王)이 태사(太姒)를 친영한 일을 읊은 것이라고 한다. 《詩經 大雅 大明》

畢竟孟津會	필경 맹진(孟津)의 회합[129]으로
于湯尤有光	탕임금을 이어 더욱 빛이 났지
君看鴟鴞詩	그대는 치효시(鴟鴞詩)[130]를 읽어보았나?
風雨搖全疆	비바람이 온 나라를 흔드니
能使覆巢卵	능히 둥지의 알을 뒤집을 만했지만
終見鳳來翔	마침내 찾아든 봉황의 춤을 보았네[131]
制作始大備	제도가 비로소 대략 갖춰졌으니
永世垂義方	영원토록 바른 도리가 이어졌네
大器難持久	큰 그릇은 오래도록 지키기 어려우니
基業不復昌	기업을 다시 부흥시킬 수 없었네
所以春秋世	춘추시대에 이르러
五始要更張	오시(五始)의 기준점이 다시 펼쳐졌네[132]
祥麟出何蹏	상서로운 기린은 왜 나왔다가 쓰러졌나
反袂心自傷	옷소매 돌려 눈물 닦자니 마음이 아프다네[133]

---

129 맹진(孟津)의 회합 : 《서경(書經)》〈태서(泰誓)〉에 "13년 봄에 맹진에서 크게 모였다.[惟十有三年春大會于孟津]"라고 하였는데, 주 무왕(周武王)이 은(殷)의 주왕(紂王)을 칠 때 8백의 제후(諸侯)가 집결했던 것을 말한다.

130 치효시(鴟鴞詩) : 《시경》〈빈풍(豳風)〉의 편명으로, 주공이 일찍이 악인들을 올빼미에 비유하여 지은 시이다. 주공(周公)의 형인 관숙(管叔), 채숙(蔡叔)이 일찍이 무경(武庚)에게 붙어서 주공을 지목하여 "장차 유자에게 불리할 것이다.[將不利於孺子]"라는 유언비어를 국중(國中)에 퍼뜨림으로써 성왕 또한 주공을 의심하기에 이르자, 주공이 마침내 동(東)으로 물러가서 3년 동안 있었다. 그런데 뒤에 성왕이 주공의 〈치효(鴟鴞)〉 시를 보고 또 뇌풍(雷風)의 변고를 당하고 나서는 크게 뉘우치고서 주공에 대한 의심을 풀고 주공을 맞이하자, 주공은 동으로 가서 무경과 관숙, 채숙 등을 치고 3년 만에야 비로소 돌아오게 되었다. 그 시의 대략에 "올빼미야, 올빼미야. 이미 내 자식 잡아먹었거니, 내 집까지 헐지 말지어다. …… 하늘이 흐리고 비 오기 전에, 뽕나무 뿌리를 캐어다가, 문을 튼튼히 얽어두면, 지금 너 같은 하민이, 감히 우리를 업신여기랴.[鴟鴞鴟鴞 旣取我子 無毀我室 …… 迨天之未陰雨 徹彼桑土 綢繆牖戶 今女下民 或敢侮予]"라고 하였다.

131 찾아든 …… 보았네 : 《서경》〈익직(益稷)〉에 "순임금이 창작한 음악인 소소를 아홉 번 연주하자, 봉황이 듣고 찾아와서 춤을 추었다.[簫韶九成 鳳凰來儀]" 하였다.

132 춘추시대에 …… 펼쳐졌네 : 다섯 가지 시작을 기준으로 내세운 《춘추(春秋)》의 필법을 말한다. '원년(元年), 춘(春), 왕(王), 정월(正月), 공즉위(公卽位)'가 그것인데, 원(元)은 만물이 비롯되는 기(氣)의 처음이고, 춘(春)은 사계절의 처음이고, 왕(王)은 천명을 받는 처음이고, 정월(正月)은 정교를 바로잡아 행하는 처음이고, 공즉위(公卽位)는 제후 나라의 처음이다.

133 상서로운 …… 아프다네 : 《춘추》 애공(哀公) 14년 조에 "봄에 서쪽으로 사냥 가서 기린을 잡았다.[西狩獲麟]" 하였는데, 《춘추공양전》에 풀이하기를 "기린은 어진 짐승이니, 훌륭한 왕자가 있으면 나오고 왕자가 없으면 나오지 않는다. 어떤 사람이 '노루 모양에 뿔이 난 이상한 짐승을 잡았다.'고 아뢰자, 공자는 '지금 훌륭한 군주가 없는데, 이 기린

不可帝秦義	진나라를 황제로 여기지 않는 의기
魯連書一封	노중련(魯仲連)의 편지 속에 담겨 있다네[134]
噫彼多少士	아, 저 많은 백가(百家)들이
遊說已頹風	현란한 말로 풍속을 무너뜨렸지
硎谷秋苽熟	겨울에 오이가 익었다고 형곡(硎谷)으로 유인했으니[135]
坑禍一何凶	갱유(坑儒)의 참사가 한결같이 잘못되었다 말하리
蕭墻最可畏	소장(蕭墻)[136]을 가장 두려워해야 하니
曷恃外城崇	어찌 높다란 바깥 성곽만을 믿겠는가?
王風亦已降	선왕의 풍교는 이미 무너졌으니
咄咄仰蒼穹	탄식하며 푸른 하늘만 바라보네
芒碭紅雲起	망탕산(芒碭山)에 붉은 구름이 떠오르니[137]
除殘策大功	잔학함을 덜어내고 큰 공을 계획했네
三章雖云善	삼장(三章)의 법[138] 비록 좋기는 하지만
亦多私害公	또한 사익이 공익을 해치는 것 허다했지
大耳繼炎精	귀 큰 아이[劉備]가 한(漢)나라[139] 정기를 이었으니

이 어찌하여 나왔단 말인가. 이 기린이 어찌하여 나왔단 말인가.' 하시고 옷소매를 돌려 얼굴의 눈물을 닦으셨는데, 눈물이 옷에 가득하였다.[麟者 仁獸也 有王者則至 無王者則不至 有以告者曰 有麕而角者 孔子曰 孰爲來哉 孰爲來哉 反袂拭面 涕沾袍顏]라고 하였다. 기린은 원래 상서로운 짐승인데, 지금 혼란한 때에 나왔다가 잡혀서 쓰러지니, 이는 세상이 영영 혼란할 조짐인 것이다. 이 때문에 공자는 이 기린이 자신의 처지와 같음을 서글퍼하고, 난신적자(亂臣賊子)를 처벌하기 위해 짓던 《춘추》 또한 이해에서 끝마쳤다 한다.

134 진나라 …… 있다네 : 노련자(魯連子)는 전국 시대 제(齊)나라의 고사(高士) 노중련(魯仲連)을 가리킨다. 그가 일찍이 말하기를, "저 진(秦)나라가 방자하게 황제를 자칭하고 죄악으로써 천하에 정사를 한다면, 나는 차라리 동해에 빠져 죽을지언정, 내가 차마 그 백성이 될 수가 없다.[彼卽肆然而爲帝 過而爲政於天下 則連有蹈東海而死耳 吾不忍爲之民也]"라고 하였다. 《史記 卷83 魯仲連鄒陽列傳》

135 겨울에 …… 유인했으니 : 형곡은 여산(驪山)의 골짜기 이름이다. 진시황이 분서갱유하던 당시 형곡에 함정을 설치해두고, 겨울에 오이꽃이 피었으니 보러 가자 하여 한꺼번에 다 죽였다고 한다.

136 소장(蕭墻) : 담장을 말한다. 담장 안의 환란은 자중지란(自中之亂)을 뜻한다. 《논어》〈계씨(季氏)〉에 "계손의 걱정거리는 전유에 있지 않고 소장 안에 있을 것 같다.[季孫之憂 不在顓臾而在蕭墻之內也]"라는 공자의 말이 나온다.

137 망탕산(芒碭山)에 …… 떠오르니 : 진시황이 늘 "동남방에 천자의 기운이 있다." 하여, 동쪽으로 행차하여 그 기운을 누르고자 하였는데, 훗날 한 고조(漢高祖)가 된 유방(劉邦)이, 자신이 장본인이라 여겨 망탕산으로 숨었는데 그가 가는 곳마다 오색구름이 떠 있었다 한다.

138 삼장(三章)의 법 : 한(漢)나라 고조(高祖) 유방(劉邦)이 처음 관중(關中)에 들어갔을 때에 진(秦)나라의 가혹한 법령을 모두 폐지하고 세운 세 종류의 법을 말한다. 그 내용에, "사람을 죽인 자는 죽인다. 사람을 다치게 한 자와 도둑질한 자는 처벌한다." 하였다. 통상 약법삼장(約法三章)이라 한다.

狐狸忍苟容	사나운 여우를 어찌 차마 용납하리오
其奈中道業	어찌하리오! 바른 정치를 세우려다
武侯髮又翁	제갈무후는 이미 백발이 되었네
傷心魏晉氏	위와 진을 생각하면 마음 아프니
僭竊徒相蒙	헛되이 황제 참칭만 본받았구나
六朝何足論	육조시대를 논한들 무엇하리
唐祚自李淵	당나라 이연(李淵)에게 복을 내렸네
雖得九州土	비록 구주의 영토를 얻었으나
難開一脈泉	한 줄기의 샘물을 열기는 어려웠네
私暱綱已紊	욕망을 앞세우니 기강이 이미 무너졌고
衆目乖後先	모든 법규들이 차례대로 어긋났네
何嘗一氣力	어찌하면 한줄기 기력으로
扶得他陽線	다른 양기를 얻어 유지할 수 있을까
天啓皇宋運	하늘이 송나라에 운세를 열어주어
奎光有爛然	규수(奎宿)[140]의 빛이 찬란하게 되었네
唐虞三代後	당우의 삼대 이후에
幸始不架牽	비로소 길이 열려 막히지 않았네
發源在洙泗	발원지가 수사(洙泗)[141]가에 있으니
重磨鏡始光	거듭 거울을 닦고 갈아 마침내 빛났네
不似手中衡	손으로 저울질하는 것과 달라
隨時任低昂	때에 따라 높고 낮음을 가르게 맡겼지
恭惟一太極	삼가 한 태극을 생각건대
三才共相當	삼재가 함께 서로 담당하였네
北辰居其所	북극성이 제자리를 지키고 있으면[142]

---

139 한(漢)나라 : 원문의 염(炎)은 한나라로, 한나라는 화덕(火德)으로 일어났으므로 염한(炎漢)이라 한다.

140 규수(奎宿) : 28수(宿)의 하나로 문장을 주관한다고 믿어진 별 이름.

141 수사(洙泗) : 중국 산동성(山東省) 곡부(曲阜)를 지나는 두 개의 강물 이름으로, 이곳이 공자의 고향에 가깝고 또 그 강물 사이의 지역에서 제자들을 가르쳤기 때문에, 보통 유가(儒家)를 뜻하는 말로 쓰인다.

142 북극성이 …… 있으면 : 《논어》 〈위정(爲政)〉에 "덕정(德政)을 펴게 되면, 북신(北辰)이 가만히 제자리를 지키고 있

列宿繞煌煌	뭇별들이 서로 비추며 감싼 듯
嘗聞憂道作	듣자니 일찍이 도를 근심하여 중용을 지으셨다니[143]
致曲又通旁	치곡(致曲)[144]하여 다시 두루 통하였네
復有私淑者	다시 사숙(私淑)[145]한 사람이 있었으니
大踢遊無方	두루두루 세상을 유람하셨네[146]
要使黜覇術	패도의 술수 쫓아내고자 힘쓰셨고
勸王推諸己	왕에게 자기를 미루어 행하기를 권장했네
行道竟無奈	도의 실현을 끝내 어쩔 수 없었지만
著論立人紀	글을 지어 인륜을 세우셨네
氣像何巖巖	기상이 어찌도 이리 매서운가
丘垤共仰止	낮은 언덕에서 함께 우러러보네
仡仡昌黎子	굳세고 굳센 창려자(昌黎子 : 韓愈)가
八代衰後起	팔대가 쇠잔한 후 나타났네
看道見不精	도학을 보았지만 정밀하지 못해
泥滓本源水	원줄기 물이 진흙탕에 더러워졌구나
千五百年間	그 후 천오백 년 동안
難復尋聖軌	다시 성인의 도를 찾아 보기 어려웠지
吁嗟無極翁	아! 무극옹(無極翁 : 周敦頤)께서

어도 뭇별들이 옹위하는 것처럼 될 것이다.[爲政以德 譬如北辰居其所 而衆星共之]"라는 말이 나온다.

143 도를 …… 지으셨다니 : 〈중용장구서(中庸章句序)〉에서 "《중용》은 무엇 때문에 만들었는가. 자사가 도학이 실전될 것을 근심하여 만들었다.[中庸何爲而作也 子思子憂道學之失其傳而作也]"라고 한 것을 가리킨다.

144 치곡(致曲) : 《중용장구》에 "그다음은 한쪽을 지극히 함이니, 한쪽을 지극히 하면 성실할 수 있다. 성실하면 나타나고, 나타나면 더욱 드러나고, 더욱 드러나면 밝아지고, 밝아지면 감동시키고, 감동시키면 변하고, 변하면 화할 수 있다.[其次 致曲 曲能有誠 誠則形 形則著 著則明 明則動 動則變 變則化]" 하였는데, 주자(朱子)는 "치(致)는 미루어 지극히 하는 것이고 곡(曲)은 한쪽이니, 선한 마음이 나오면 그 한쪽으로부터 모두 미루어 지극히 하여 각각 그 지극함에 나아가는 것이다." 하였다.

145 사숙(私淑) : 직접적인 가르침을 받지는 않았으나 마음속으로 사모하여 도나 학문을 닦음을 이른다. 《맹자(孟子)》 〈이루 하(離婁下)〉에 "나는 공자의 문도가 되지는 못하였으나, 나는 남에게서 들어서 사사로이 선하게 하였노라.[予未得爲孔子徒也 予私淑諸人也]"라는 말이 있다.

146 두루두루 …… 유람하셨네 : 주자(朱子)의 편지에 "공자가 어찌 지극히 공정하고 지극히 정성스럽지 않았으며, 맹자가 어찌 거친 주먹을 휘두르고 크게 발길질하지 않았겠는가.[孔子豈不是至公至誠 孟子豈不是麤拳大踢]"라고 한 데서 나온 말이다. 《晦庵集 卷28 答陳同夫書》

再闢此乾坤	다시 이 건곤을 여셨네
判合淳漓體	쪼개짐, 합해짐, 순후하고 가벼움의 실체가
陰陽象數文	음양과 상수로 설명했지
朝宗有大海	조종(朝宗)[147]에 큰 바다가 있으니
江漢滔滔奔	강수와 한수가 도도히 흘러가네
有圖言何盡	하도가 있지만 어찌 말로 할 수 있으리
無處理不存	설명할 수 없으면 존재하지 않는 이치이지
河南兩夫子	하남 정씨 두 부자[148]께서
吟弄得其門	풍월을 읊조리며 그 문도가 되었지
論性氣亦備	성(性)을 논하니 기(氣)가 또한 갖춰지고
正義禮彌敦	의(義)를 바르게 하니 예(禮)가 더욱 돈독해졌네
操得繩準平	지조를 잡으니 기준[149]이 공평해지고
盡掃簡編訛	잘못된 부분을 모두 걷어내버렸지
千載一心月	천년의 한마음 같은 달
光輝照還多	빛나고 가득히 비추네
消長固有時	스러지고 살아남은 진실로 때가 있으니
僞禁更如何	어찌 거짓됨을 막을 수 있으리
龍門藏寶匣	용문에 보갑이 감춰져 있으니[150]
遺韻發爲歌	남겨진 운이 노래가 되었네
聊知前聖學	알겠구나, 전성(前聖)의 학문은
不外乎存省	존양성찰의 안에 있다는 것을
諸子雖能言	제자들이 비록 말을 잘하더라도
文質昧錦絅	비단옷에 거친 옷을 문질을 걸치듯[151] 감춰졌네

---

147 조종(朝宗) : 보통 온갖 물줄기가 바다로 흘러 들어가는 것을 표현하는 말. 《서경》〈우공(禹貢)〉에 "강한(江漢)이 바다에 조종(朝宗)한다."는 글이 보인다.

148 하남 정씨 두 부자 : 정호(程顥)·정이(程頤) 형제를 가리킨다.

149 기준 : 원문의 승준, 즉 준승(準繩)은 수준기(水準器)와 먹줄로, 목수가 사용하는 도구이다. 흔히 사물의 준칙(準則)이나 일상생활에서 지켜야 할 법도를 가리키는 말로 쓰인다.

150 용문에 …… 있으니 : 주자의 시에 "용문에 전해 오는 노래가 있다.[龍門有遺歌]" 했는데, 그 주(注)에 "정자가 늘그막에 용문에서 살았다." 하였다. 여기서는 정주학(程朱學)을 이어간다는 뜻으로 쓰였다.

可柰伊蒲塞	어째서 이보새[伊蒲塞]의 학설152이
自西恣馳騁	서쪽에서 제멋대로 달려왔나
彌近大亂眞	크게 참되려다 어지러워졌고153
反求失要領	돌이켜 구하려다 요령을 잃었네
大悲和院說	대자대비의 불교의 학설이
燦燦心先炳	마음을 먼저 잡아 빛나고 빛나네
緣空入幻化	연기설과 공이 들어와 환영으로 변하니
詎能踐實境	어떻게 실체의 경지를 밟을 수 있으리
晦父纂爲書	주자께서 책을 엮으시자
養蒙始培根	아동 교육이 비로소 뿌리 내렸네
教學稍復古	가르치고 배움이 점차 옛것을 회복했고
道存師亦存	도학이 존재하니 우리의 도가 존재하네
昭晰中天日	하늘에 뜬 해처럼 밝게 빛나니
一破前衢昏	이전에 어두운 길을 단번에 격파했네
惟此繼開功	오직 성현의 말씀을 잇고 이어주셨으니
冰壺有的源	빙호(冰壺)154의 연원이 있더군
櫂歌歌九曲	무이도가(武夷櫂歌) 구곡(九曲)을 지으셨으니
雲捲武夷山	무이산에 구름이 걷혔다네
疑釋鵝湖講	아호(鵝湖)의 토론에서 의문이 풀렸고155

---

151 비단옷에 …… 걸치듯 : 《중용장구》 제33장에 《시경》의 "비단옷을 입고 홑옷을 덧입는다.[衣錦尙絅]"라는 구절이
  있다.

152 이보새[伊蒲塞]의 학설 : 보통 줄여서 이보찬[伊蒲饌]이라고 하는데, 재(齋)를 올릴 때 바치는 음식 등을 말한다. 이
  보새는 범어 upāsaka의 음역으로, 오계(五戒)를 받은 재가 남자 불교 신도를 말한다. 우바새(優婆塞)라고도 하며 근
  사남(近事男), 근선남(近善男), 청신남(淸信男), 청신사(淸信士) 등으로 의역된다. 여자 신도는 우바이(優婆夷)라고
  한다.

153 크게 …… 어지러워졌고 : 〈중용장구서문〉에 "이단의 학설이 날로 새로워지고 달로 성하여 노불의 무리가 나옴에
  이르러서는 더욱 이치에 가까워 크게 참된 모습을 어지럽혔다.[異端之說 日新月盛 以至於老佛之徒出 則彌近理而
  大亂眞矣]"라고 하였다.

154 빙호(冰壺) : 얼음을 담은 옥병. 청명한 심지(心地)를 비유할 때 빙호에 가을 달이 비치는 것 같다는 뜻의 빙호추월
  (冰壺秋月)이라는 표현을 흔히 쓴다. 주희(朱熹)의 스승 이통(李侗)의 인품에 대해서 등적(鄧迪)이 "빙호추월처럼
  투명하여 흠이 하나도 없다.[如冰壺秋月 瑩徹無瑕]"라고 평한 말이 《송사(宋史)》 권428 〈도학열전(道學列傳) 이통〉
  에 나온다.

規成鹿洞關	백록동(白鹿洞)에서 규약이 이뤄졌지[156]
聞說參同契	든건대, 참동계(參同契)[157]의 학설
龍虎鍊成丹	정기를 운행으로 단약이 된다 했네
用使斯民壽	사용하면 사람들이 장수할 수 있고
兩腋如生翰	겨드랑이엔 날개가 솟아난다지
定知名教外	진실로 명교가 아닌 것 알 수 있으니
高遠行亦難	높고 먼 행동은 실천하기 어렵네
舍㫋荒唐說	황당한 사설들을 씻어내서
教他人理安	성리의 안돈함을 사람에게 가르쳐야지
世道日以降	세도가 나날이 허물어지니
無人矻頑愚	완악함과 어리석음을 걱정하는 이가 없네
太極還混沌	태극이 다시 혼돈에 휩싸이니
兩儀自空虛	양의(兩儀 : 陰陽)는 절로 공허해지네
性命是甚物	성과 명은 도대체 무엇인가?
倫綱掃地無	윤리와 기강이 빗자루로 쓸어낸 듯 사라졌네
無端滅天理	천리는 끝없이 사라지고
紛紛利慾趨	이욕에 분주히 달려드네
旋將昭明界	밝은 세계가 장차 돌아가더니
化作荊榛途	변화하여 가시밭 길로 바뀌었네
所以我東儒	우리 조선의 선비들이
尋繹古聖書	옛날 경전의 뜻을 찾아 이어서

---

155 아호(鵝湖)의 …… 풀렸고 : 아호(鵝湖)는 중국 강서성(江西省) 연산현(鉛山縣)에 있는 산 이름인데, 송나라 때 주희(朱熹), 여조겸(呂祖謙), 육구연(陸九淵) 형제가 이 산의 아호사(鵝湖寺)에 모여 철학적 강론을 펼쳤던 것을 기념하여 아호서원(鵝湖書院)을 세웠다. 《宋史 卷434 陸九淵傳》

156 백록동(白鹿洞)에서 …… 이뤄졌지 : 주희(朱熹)가 만든 백록동서원의 규약 내용은, 첫째는 부자유친 등 오륜의 조목, 둘째는 널리 배운다는 '박학지(博學之)' 등 학문하는 순서, 셋째는 말을 충직하고 진실되게 하라는 '언충신(言忠信)' 등 수신(修身)의 요결, 넷째는 의리를 지키고 이익을 꾀하지 말라는 '정기의 불모기리(正其義 不謀其利)' 등 사무 처리의 요결, 다섯째는 자신이 원치 않는 것을 남에게 베풀지 말라는 '기소불욕 물시어인(己所不欲 勿施於人)' 등 대인 관계의 요결 등으로 구성되어 있다. 《朱子大全 卷74 雜著 白鹿洞書院揭示》

157 참동계(參同契) : 《주역》의 효상(爻象)을 차용하여 도가(道家)의 연단양생법(鍊丹養生法)을 논한 책으로, 후한(後漢)의 위백양(魏伯陽)이 지었다.

法因殷師教	법은 은나라 선비들의 가르침을 이었고
禮述周公材	예는 주공의 도리를 말씀하셨네
階級始分明	공부의 절차가 비로소 분명해졌고
大本得深培	대본(大本)이 깊이 북돋워질 수 있었네
天錄四百載	천록을 받아온 사백 년 동안
賴此人文開	이에 힘입어 인문이 활짝 열렸다네
云何挽近世	어째서 지금 시대를 슬퍼하는가
擾擾蒙養乖	세상은 시끄럽고 육아는 어긋났네
但事騈儷習	다만 변려풍의 습속을 섬기고
黃白便爭魁	황백(黃白)158의 일이 으뜸을 다투는구나
立身嗟無路	아, 입신양명할 길이 없으니
顚踣何爲哉	넘어지고 쓰러진들 어찌하리오
我願課小學	나는 소학을 공부하고자 하니
敎人以其方	사람을 가르치는 방법이었지
父母事之謹	부모를 섬길 때는 삼가고
定省及溫涼	아침저녁으로 잠자리가 추운지 살펴보지159
疏節無或忽	소절(疏節)160에 간혹 소홀함이 없어야 하니
持身敢不莊	몸가짐을 더욱 무겁게 해야 하네
新新日又日	나날이 새로워지고 날로 새로워지라는 말
有盤視諸湯	탕(湯)임금의 욕조에 보였지161

---

158 황백(黃白) : 도사(道士)가 단약(丹藥)을 단련하여 황금과 백은을 만드는 일.

159 아침저녁으로 …… 살펴보지 : 정성(定省)은 혼정신성(昏定晨省)의 준말로, 어버이를 정성껏 모시는 것을 말한다. 《예기》〈곡례 상(曲禮上)〉에 "자식이 된 자는 어버이에 대해서, 겨울에는 따뜻하게 해드리고 여름에는 시원하게 해드려야 하며, 저녁에는 잠자리를 보살펴드리고 아침에는 문안 인사를 올려야 한다.[冬溫而夏淸 昏定而晨省]"라는 말이 나온다.

160 소절(疏節) : 《예기(禮記)》〈옥조(玉藻)〉에 "어버이가 늙으시거든 나갈 때에 방위를 바꾸지 않고 돌아올 적에 시기를 넘기지 않으며, 어버이가 병들면 얼굴빛과 용모를 성하게 하지 않으니, 이는 효자의 소략한 예절이다.[親老 出不易方 復不過時 親瘠 色容不盛 此孝子之疏節也]"라는 말이 보인다.

161 나날이 …… 보였지 : 반(盤)은 세숫대야이다. 은(殷)나라 탕왕(湯王)의 반명(盤銘)에 "진실로 어느 하루에 새로워졌거든 나날이 새로워지고 또 나날이 새로워져야 한다.[苟日新 日日新 又日新]" 하여, 몸을 씻어 때를 없애듯이 마음의 때를 씻어 덕을 새롭게 향상시키리라 다짐하였다. 《大學章句 傳2章》

學可希賢聖	배워서 성현이 되기를 바라니
曠世如同堂	시대는 달라도 같은 집에 있는 듯
斯道雖云遠	사도(斯道)가 비록 멀지만
步履必安詳	행동할 때 반드시 침착해야지
安詳履坦坦	천천히 편안하게 걸어가야 하니
愧他奔趍忙	외물에 끌려 달려감을 부끄러워하네
不忙不閒間	바쁘고, 한가하지도 않는 사이에
數飛乃可翔	자주 날갯짓하면 날 수 있다네[162]
飛躍孰使然	하늘을 날고 연못에서 뛰어놂은 누가 그렇게 한 것인가[163]
理非象外尋	이치는 상외(象外)에서 찾는 것이 아니라네
人同秉彝好	사람들은 모두 떳떳한 본성을 좋아하니
胡爲外物侵	어찌 외물이 침범할 수 있겠는가
明善無難事	선을 밝히는 것은 어려운 일이 아니니
復初須檢心	처음을 회복하여 모름지기 마음을 단속함이지
戰兢方知免	전전긍긍하여 비로소 훼손의 면함을 알았고[164]
弘毅爲道任	넓고 굳센 것은 책임이 무겁고 갈 길이 멀어서지[165]
上帝常臨汝	상제께서 항상 너를 굽어보고 계시니[166]

---

162 자주 …… 있다네 : 《논어(論語)》〈학이(學而)〉에 "배우고 때때로 그것을 익히면 또한 기쁘지 않겠는가?[學而時習之 不亦說乎]" 하였는데, 주자(朱子)의 주에 "습은 새가 자주 나는 것이니, 배우기를 그치지 않음을 새가 자주 나는 것과 같이 하는 것이다.[習 鳥數飛也 學之不已 如鳥數飛也]" 하였다.

163 하늘을 …… 것인가 : 《중용장구》 제12장에 《시경》에 이르기를 '솔개는 날아서 하늘에 이르고, 물고기는 연못에서 뛰논다.' 하였으니, 상하에 이치가 밝게 드러남을 말한 것이다.[詩云 鳶飛戾天 魚躍于淵 言其上下察也] 하였다.

164 전전긍긍하여 …… 알았고 : 《논어》〈태백(泰伯)〉에서 증자가 죽음에 임해 제자들에게 "나의 발을 들춰보고 나의 손을 들춰보아라. 《시경》에 '전전긍긍하여, 깊은 못 옆에 서 있는 듯이 하고, 얇은 얼음을 밟는 듯이 하라.' 하였으니, 이 제는 내가 훼손을 면했음을 알겠노라. 얘들아.[啓予足 啓予手 詩云戰戰兢兢 如臨深淵 如履薄氷 而今而後 吾知免夫 小子]"라고 하였고, 증자는 또 《예기》〈제의(祭義)〉에서 "부모가 온전하게 낳아주었으니 자식이 온전하게 돌아가야 효도라 이를 수 있다. 육체를 손상하지 않고 몸을 욕되게 하지 않아야 온전하다고 이를 수 있다.[父母全而生之 子全 而歸之 可謂孝矣 不虧其體 不辱其身 可謂全矣]"라고 하였다.

165 넓고 …… 멀어서지 : 《논어》〈태백(泰伯)〉에 증자(曾子)가 말하기를 "선비는 도량이 넓고 뜻이 굳세지 않으면 안 되니 책임이 무겁고 길이 멀기 때문이다. 인(仁)으로 자기의 책임을 삼으니 또한 막중하지 않은가. 죽은 뒤에야 끝나는 것이니 또한 멀지 않은가.[士不可以不弘毅 任重而道遠 仁以爲己任 不亦重乎 死而後已 不亦遠乎] 하였다.

166 상제께서 …… 계시니 : 《시경(詩經)》〈노송(魯頌) 비궁(閟宮)〉에 "두 마음을 품지 말고 근심하지 말지어다. 상제가 너를 굽어보고 계시노라.[無貳無虞 上帝臨汝]"라는 말이 나온다.

曷不整冠襟	어찌 의관을 단정하게 하지 않을 수 있을까
木也苟善養	재목이 진실로 잘 길러졌다면
何患非鄧林	어찌 등림(鄧林)¹⁶⁷이 아니라고 근심하겠는가
伊昔諸君子	옛날의 여러 군자들은
牖後示至言	후학을 일깨워 지언(至言)을 보여주셨지
小子敢怠荒	제자들이 감히 게으르고 태만할 수 있으리오
新知須故溫	새로움 아는 것은 온고지신¹⁶⁸에서 비롯되지
蓄之久而發	축적함이 오래되면 밖으로 드러나니
何待外譽喧	어찌 바깥의 추임을 기다리겠는가
勖哉將心目	힘쓸지어다. 마음과 눈이
不被陰翳昏	그늘처럼 어두워지지 않아야지
如非根株固	만일 뿌리와 그루가 단단하지 않으면
豈望枝葉繁	어찌 가지와 잎이 무성함을 바라겠는가
天地彌藏理	천지는 굳게 이치를 감추었으니
理會收一原	이치는 일원(一原)을 찾는 일이지

奉餞鄭侯顯奭

태수 정현석¹⁶⁹을 삼가 전별하다

絃歌幸我武城民	무성(武城)¹⁷⁰의 백성이 된 것 행운이었는데

---

167 등림(鄧林) : 전설상의 숲. 옛날에 과부(夸父)가 해를 쫓아 달려서 해가 들어가려 할 즈음에 목이 말라 하수(河水)와 위수(渭水)를 마셨는데도 부족하여 대택(大澤)의 물을 마시려고 하였는데 도중에 목이 말라서 죽고, 버려진 그의 지팡이가 화(化)하여 등림이 되었다고 한다. 《山海經 卷8 海外北經》

168 온고지신 : "옛것을 충분히 익힌 위에 새로운 것을 또 아는 사람이라면 남의 스승이 될 자격이 있다.[溫故而知新 可以爲人師矣]"라 했다. 《論語 爲政》

169 정현석(鄭顯奭, 1817~1899) : 본관은 초계(草溪)이며 자는 보여(保汝), 호는 박원(璞園)이다. 정기화(鄭琦和)의 아들이다. 1867년(고종 4)부터 1870년(고종 7)까지 진주목사(晉州牧使)로 재임하였다. 의기사(義妓祠)를 중건하였다. 교방기구(教坊機具)를 다시 설치하고 의암별제(義巖別祭)를 만들었다. 1870년(고종 7) 김해부사로 전임되었다. 문장이 뛰어났으며 음악에도 관심이 많았다. 1872년(고종 9) 교방에서 볼 수 있는 노래와 춤을 기록한 《교방가요(教坊歌謠)》를 지었다.

却恨留恂願莫伸	아쉽구나. 붙잡아서 선정 펼치길 바랄 수 없음을
春以來斯春以往	봄에 이곳에 오셨다가 봄 되어 떠나시니
一春和氣載蒲輪	봄날 화기가 포륜[171]에 실려 가네

退而寄子規韻走和

퇴이가 자규새 시를 부쳐 왔기에 급히 화답하다

白頭無伴坐悽悽	흰머리 늙은이 홀로 쓸쓸히 지내는데
南國春殘綠漸低	남국은 늦봄이라 녹음이 점점 드리우네
憐爾空山明月夜	애처롭구나! 공산(空山)에 달 밝은 밤
欲歸何處苦爲啼	어디로 돌아가려고 괴롭게 울고 있나

---

170 무성(武城) : 공자께서 자유(子游)가 다스리는 무성(武城)에 가서 현악(絃樂)에 맞추어 노래 부르는 소리를 듣고 빙그레 웃으시며 "닭을 잡는 데 어찌 소 잡는 칼을 쓰느냐?"라고 농담을 하자, 자유가 대답하기를 "제가 전에 선생님께 들으니, 군자가 도를 배우면 사람을 사랑하고, 소인이 도를 배우면 부리기가 쉽다고 하셨습니다."라고 하였다. 《論語 陽貨》

171 포륜(蒲輪) : 부들로 바퀴를 감싸서 진동을 줄인 수레. 군주가 현인을 초빙해 오는 것을 비유할 때에 쓰는 말이다.

창와문집 권2 · 菖窩文集 卷之二

서(書)

上寒洲李先生癸酉
한주 이 선생에게 올리다(계유)

영남로(嶺南路)가 비록 멀기는 하지만 이틀만 묵으면 수레 앞에서 절하고 뵐 수 있었으나 신병(身病)으로 가지 못했고 또 병들어 소식도 전할 수 없어 오랫동안 문후(問候)를 여쭙지 못했습니다. 전번에 마부(馬夫)가 의춘(宜春)[1]에서 모시고 다닌다는 소식 역시 들은 후에도 나아가 뵙지 못했으니 대인군자를 한번 시중드는 일도 역시 운수가 있어야 하는가 봅니다. 한스런 마음을 지금까지 품고 있어서 변변치 못한 뜻을 풀지 못하고 있었는데 이아래(李雅來)가 은혜로운 가르침을 담은 편지를 소매 속에 넣어 가지고 옴에 절하고 무릎 꿇고 거듭 세 번을 읽음에 인애(仁愛)로써 보살펴주시는 뜻이 깊으니, 이 일은 면목이 없지만 보통 있을 수 있는 일이 아니니 이 뜻을 어찌 감히 잊을 수 있겠습니까!

가까운 지역의 몇몇 분이 선생님께 사모하고 심복하는 것은 공자 문하의 70제자가 문장을 이룬 사람이 있고 재능을 이룬 사람들이 있는 것과 같으니 공자의 도가 장차 남쪽으로 내려오고 이웃이 있어 외롭지 않음을 볼 수 있을 것입니다. 산천재(山天齋)의 계(禊)를 만들자는 것은 명원(鳴遠 : 俛宇 郭鍾錫)이 첫 논의를 낸 것이고, 뇌룡정사(雷龍精舍)를 짓고자 하는 것은 희규(禧奎)의 뜻입니다. 이것은 모두 선생(先生 : 南冥)을 사모하고 장차 우리의 학문을 강론하려는 것입니다. 선생님(=이진상)께서 오셔서 한 자리를 여는 날이 어찌 없겠습니까!

들으니 임금님께서 마음을 비우고 큰 도량으로 직언(直言)을 받아들여 맑게 변화시키고 묵은 폐단을 근본적으로 개혁하신다 하니 이것이 그때입니다. 다만 "바다 위에서 이를 쫓아가서 빼앗는다."[2]는 규칙은 우리 유림의 기운을 저상(沮喪)하는 것입니다. 하릴없이 허(許)·안(安)

---

1 의춘(宜春) : 지금의 경상남도 의령.

2 바다 …… 빼앗는다. : 누군가 올린 상소의 비답(批答)에 있는 내용으로 보이는데, 정확히 알 수 없다.

의 무리들이 격분하고 최(崔)의 상소가 이 일에 미치니 탄식하고 또 탄식하는 바입니다.

거경궁리(居敬窮理)는 곧 유자(儒者)의 마음을 보존하여 학문하는 방법의 하나로 그 길에 부합하는 것이나, 저희는 오히려 스스로 계획하지 못하고 알면서 하지 않는 것과 몰라서 어찌할 바를 모르는 그 사이에 있습니다. 성글고 얕은 저의 견해는 일찍이 이기를 논함에 있어서 서로 해치지 않고[不害] 마주하여 서는[對待] 것으로 보았습니다. 지난번에 선생님께 〈지의록(贄疑錄)〉[3] 일 부를 얻어 받들어 헤아려보고 처음으로 이 이(理)는 지극히 높아[至尊] 상대가 없으며[無對] 천하의 모든 사물이 모두 이 이의 작용이 아닌 것이 없음을 알았습니다. 이에 더욱 한스러운 것은 조금 더 빨리 문하에 나아가지 못한 일이며, 또 장차 어떻게 하면 참다운 근원을 얻어 몸에 녹아들게 하며 전날의 잘못된 앎을 바르게 하고 성현이 말씀하신 주리(主理)론의 참다운 요체를 엿볼 수 있겠습니까?

의문 나는 것은 별지(別紙)에 기록했습니다. 거듭 도통(道統)을 위하여 보중(保重)하시기 바랍니다.

別紙 별지

주자(周子)가 말하기를, "태극이 동(動)하여 양(陽)이 생겨나고 정(靜)하여 음(陰)이 생겨난다." 하였는데, 동과 정이 그 시초에 기(氣)의 기틀을 타서 동정(動靜)이 되는 겁니까? 아니면 스스로 동정을 이루는 겁니까?

답왈(答曰) : 태극의 동정이 바야흐로 음양을 생겨나게 하는 것인데 음양이 생기기 전에 어떻게 기의 기틀을 탈 수 있겠는가! 주자(朱子)가 말하기를 "이것이 바로 이(理)다." 하였거늘 동정이 어떻게 기와 관련이 있겠는가! 퇴계(退溪)가 말하기를 "태극에 동정이 있다는 것은 태극이 스스로 동하고 정하는 것이다." 하였네.

이공호(李公浩 : 李養中)가 묻기를 "극(極)에는 두 가지 뜻이 있으니 상극(上極)은 형상(形狀)이고 하극(下極)은 지리(至理)인 까닭에 주자(朱子)가 말하기를 '무형(無形)이면서 이가 있다.' 하고 퇴도(退陶)는 '상극은 유형의 극에 가탁(假託)한 것이고 하극은 무형의 이를 이름으로 지시한 것이

---

3 〈지의록(贄疑錄)〉 : 면우 곽종석이 한주에게 성리(性理)에 관해 질정한 것을 한 권으로 묶어놓은 책의 이름.

다.' 하였다."라고 하였습니다. 오늘날 말하는 극에 두 가지 뜻이 있다는 것은 주(周), 주(朱) 두 선생의 본뜻을 잃을까 두렵습니다. 이미 유형의 극을 말하고 무형의 이를 말하는 것은 소위 두 가지 뜻이 있다는 것은 아니지 않겠습니까?

답왈 : 형(形)은 없고[無形] 이(理)는 있다[有理]는 것은 곧 사람들로 하여금 쉽게 깨닫도록 하는 이론이지 올바른 해석은 아니네. 극은 단지 사물의 근본 바탕[根柢]과 관건(關鍵 : 樞紐 : 문지도리와 인끈)의 이름일 뿐이고 근본 바탕과 관건이라고 이름할 수 없는 것이 실제로는 천하의 큰 근본 바탕이며 관건이라는 것이 곧 적절한 가르침이네.

또 말하기를 "극이 없을 때가 가장 극하다."[4] 하는 것은 무극(無極)과 태극(太極)이 두 가지 다른 사물[二物]이 되는 혐의가 없지 않습니다. 무극과 태극은 본디 두 가지 사물이 아닌즉, "극함이 없는 것이 가장 극하다."[5]처럼 보고 덧붙여둡니다.

답왈 : 토가 달리니 잘 알겠네.

태극도(太極圖) 오행권(五行圈)의 먹으로 둘러친 것은 모두 토(土)에 이어져 매였고 화(火)에서 금(金)에 이르는 먹으로 둘러친 것도 토에 이어져 매여 있습니다. 수(水)에서 목(木)에 이른 먹으로 둘러친 것은 토에 이어서 매여 있지 않으니 곧 상생(相生)하는 것은 서로 만나고 상극(相剋)하는 것은 피하는 것입니까?

답왈 : 오행권(五行圈 : 오행을 원으로 두른 표시)을 묵(墨)으로 연결한 것은 생생지묘(生生之妙 : 낳고 낳는 묘한 도리)를 드러내는 것인즉 상극하는 것은 피하는 바가 있다는 것이네.

김이정(金而精 : 金就礪)이 묻기를 "'이가 발하면 기가 따르고[理發氣隨], 기가 발하면 이를 탄다[氣發理乘].'는 설은 곧 심중(心中)을 나누어 이기(理氣)로 말한 것이고 하나의 심(心) 자를 말할 것 같으면 이기 두 글자를 함께 포함하여 이 속에 있는 것이다." 하였는데, 이 심중(心中)의 심 자

---

4 극이 …… 극하다. : 이 부분은 원문에 "極이 업소딕 가장 極하다"로 적혀 있다.

5 극함이 …… 극하다. : 이 부분은 원문에 "極홈이 업시 가장 極하다"로 적혀 있다.

와 일심(一心)의 심 자는 모두 방촌(方寸)이라 말합니까? 퇴도(退陶)께서 "심(心)은 하나일 따름이다. 범연하게 말하면 심은 진실로 모두 방촌을 주로 하여 말하나 그 체(體)와 그 용(用)은 방촌의 마음이면서 우주에 가득 찬 것이다." 하였는데, 곰곰이 뜻을 살펴보면, 심통성정(心統性情)의 심 자도 역시 방촌을 겸하여 말하는 것과 같습니다. 중도(中圖)에서 말하는 바 기품(氣稟)의 기(氣) 자는 어찌 방촌의 기가 아니겠습니까! 그렇지 않으면 마음의 본체가 곧 태극의 본체인데 무슨 기로 말할 수 있겠습니까! 주자가 말하기를 "심기(心氣)의 순수하고 맑은(精爽) 것이 기(氣)다. 방촌을 따라 합해지고 모여서 순수하고 맑게 되지 않는 것이 없다." 하셨습니다. 대개 심은 두 가지 의미가 있으니 본체는 이(理)고 방촌은 기(氣)입니다. 어찌 방촌을 아울러 심즉이(心卽理)라 말할 수 있겠습니까! 심합이기(心合理氣)의 설은 방촌을 아울러서 그 전체를 말하는 것일까 걱정됩니다.

답왈 : 마음은 이(理)와 기(氣)와 질(質)의 세 가지 차원이 있네. 하나로 이만 가리키면 본체를 말하는 것으로 태극이 되고, 아울러 기까지 포함하여 가리키면 전체를 말하는 것으로 순수하고 맑은 것(精爽)이 되네. 하나로 질(質)을 가리키면 몸에 해당되는 것을 말하여 방촌이 되는 것으로 그 설이 모두 통하네. 만약 일신(一身)을 주재(主宰)하는 것으로 논하면 이(理)일 따름이네.

허령(虛靈)한 지각(知覺)은 기에 속합니까, 이에 속합니까?《주자어류(朱子語類)》에서 "허령은 스스로 마음의 본체이니 어찌 이가 아니리오!"라 하였고, 주자께서 또 어떤 사람이 지각(知覺)에 대해 묻자 답하여 말하기를 "순수하지 않은 것은 기이고 기에 앞서 지각의 이(理)가 있으니 어찌 지각을 오로지 기에만 속할 수 있겠는가?" 하셨습니다. 세상의 학자들은 단지 퇴도 선생의 '도(圖)' 가운데서 이 네 글자를 네 모퉁이에 나누어 위치시킨 것으로서 전적으로 기를 이에 해당시키니 주자의 뜻이 아닐까 두렵고, 또 퇴도 선생이 도(圖)를 만든 취지에 맞지 아니할까 두렵습니다. 어리석은 생각으로는 본체의 속은 비록 기질(氣質)로 이름할 수는 없다 하더라도 또한 이 기에서 취함이 없을 수 없습니다. 그러한즉 허령지각은 어쩌면 이기를 아우른 것(兼理氣)으로 보는 것이 근사할지 모르겠습니다.

답왈 : 명덕(明德)으로부터 말하면, 허령은 하나로 그 이를 가리키네. 그러므로 말하기를, 마음의 본체를 마음 위에서 말하면 허령은 그 실상이 합이기(合理氣)인 까닭에 그림 가운데 나누어서 쓴 것이네. 만약 오로지 기에 속하는 것으로만 말하면 태허(太虛)의 도는 가장 허령한 본

성이니 역시 장차 이를 말하여 기라 할 수 있겠네.

노사(蘆沙 : 奇正鎭)가 말하기를 "명덕(明德)은 마땅히 심(心) 자로서 보아야 한다." 또 말하기를 "심이라 하지 않고 명덕이라고 하는 것은 무슨 까닭인가? 심 자는 참과 거짓됨을 포괄하나 명덕은 바로 진실한 본체를 가리키는 것이다." 그러한즉 명덕은 당연히 기분(氣分)에 속하는 것입니까? 말하기를 "그릇으로 비유하면, 기(氣) 자는 바로 그릇을 가리키고 명덕은 그릇 속의 물을 가리킨다."는 이 설이 병통이 없는 듯하니 어리석은 생각으로는 마땅히 명덕은 그릇 가운데 담겨 있는 물이라고 말하겠습니다.

답왈 : 명덕은 마음의 본체를 가리킨 것이고 묘용(妙用)은 바로 마음 가운데 다만 이를 가리킨 것이네. 소위 '무망(无妄)'이 어찌 실리(實理)가 아니겠는가! 보내준 편지에 그릇 속에 담긴 물이란 말에 깨달은 바가 있네.

〈천명도(天命圖)〉 가운데 칠정(七情)은 기쁨[喜]과 사랑[愛]으로 화냄[怒]과 미워함[惡]을 마주 보게 하고 슬픔[哀]으로 즐거움[樂]을 마주 보게 했는데, 욕(欲) 자가 이 육정(六情) 가운데 없는 것은, 욕은 사단(四端)에서 믿음[信]과 같이 존재하지 않는 곳이 없다는 뜻인가 봅니다.

답왈 : 〈천명구도(天命舊圖)〉에는 욕(欲) 자를 쓰지 않았으니 과연 훌륭한 가르침[盛諭]과 같네.

훌륭하신 논의[盛諭]에 '소이발자(所以發者)'를 훈석(訓釋)하기를 "써 발(發)하는 까닭이 이(理)야."[6]라 하셨는데, 율곡(栗谷)의 근본 취지는 퇴도의 뜻과 큰 차이가 없으니 오히려 제비가 날고 고기가 뛰는[飛躍] '소이(所以)'의 '소이' 자가 아니라 '쇄소응대(灑掃應對)'는 반드시 '소이연(所以然)'이 있다는 '소이' 자와 같다면 '소이'는 체(體)가 되는데 훌륭하신 논의는 용(用)이 되는 것으로 보이니 바라건대 다시 상세히 밝혀주시면 합니다.

답왈 : 용으로부터 체에 이르는 것은 그 중요함이 '이(以)' 자에 있네. 소이연(所以然)은 그 체이네. 율곡 설은 거꾸로 서 있고 퇴계 설은 곧게 서 있는 것이니 어찌 차이가 없겠는가! 오히

---

6 써 …… 이(理)야. : 이 부분은 원문에 "써 發히닉난 바는 理也"로 적혀 있다.

려 다만 그 실질은 모두 이(理)를 근본으로 하고 있다는 것이네.

훌륭하신 논의에, 귀신이 바로 덕이고 덕이 바로 귀신이며 귀신이 성(誠)이고 성이 귀신이라 하셨는데, 이것은 뒤섞여 있는 설인 것 같습니다. 어리석은 생각으로는 귀신의 덕은 귀신이 귀신이 되는 까닭이며 사물을 체험하여 남김이 없는 것이 성(誠)이 아닌가 합니다.

답왈 : 《중용(中庸)》에서는 귀신의 덕을 말하지 않고 바로 귀신이 덕이 된다고 말하고 있네. 애초에 귀신이 스스로 한 물건이 되고 덕도 스스로 한 물건이 되는 것이 아닌 까닭에 나의 의견이 이와 같은 것이라네.

上寒洲先生丙子正月

한주 선생에게 올리다(병자 정월)

엎드려 새해를 맞이하여 도체(道體) 평안하시기 바랍니다. 아드님의 시(詩)와 예(禮)에 관한 독서는 조예가 어떠합니까? 희규(禧奎)는 안부를 물은 이래로 더욱 이 학문에 뜻을 두었으나 요즘 몇 년 동안 하는 바라고는 다만 병을 조섭하는 것입니다. 이 마음을 한번 놓아버리고는 수습하지를 못하니 저잣거리에 버려진 물건이 된 지도 또한 오래입니다. 어찌 성현의 심오한 경지를 엿볼 수 있기를 바라겠습니까! 심(心)과 이(理)에 대한 공부는 마땅히 성(性)과 정(情) 사이에서 체험해야 하는 것으로 반드시 입과 귀로 일삼는 것이 아닌 것인데 부끄러울 따름입니다. 그러나 이미 홀로 깨달아 얻은 실제가 없고 또 선생께 질의도 할 수 없으니 마침내 구체적인 물사(物事)에서 이치를 모르는 것이 심하게 되고 응수(應酬)하는 때에 이(理)를 살펴보는 것이 밝지 아니하여서 혹은 틀린 일을 하지 않을 것을 어찌 바랄 수 있겠습니까! 지난날에 일찍이 선생께 나아가 엎드려 인도하고 교회(教誨)하는 말씀을 듣고자 하여 비로소 무릉(武陵)의 딸네 집에 도착하였는데 목이 메어 다시는 힘을 다해 앞으로 달려 나갈 수 없게 되었습니다. 누가 이 일을 주재하여 나의 길을 막아 나로 하여금 끝내 큰 덕이 있는 문하에 나아가지 못하게 하는 것입니까! 다만 가벼운 예물로 바꾸어 보내며 안부를 여쭙고 아울러 몇 가지 의문 나는 곳을 진술하오니 더욱 가련하게 여기셔서 자상한 가르침을 주시지 않겠습니까? 성양(聖養)[7]은 그 진보하는 것만 보고 멈추는 것을 보지 못했는데 지금 불행하게도 명이 짧아 세상을 버리니 운수가 어긋나 어진 인물이 수명을 얻지 못하는 것은 옛날이나 지금이나 같은 것 같습니다. 가슴이 아파 말을 할 수가 없습니다.

別紙 별지

졸곡(卒哭) 후에는 무시곡(無時哭)은 그칩니다. 요즘 사람들은 혹 예문(禮文)을 잘못 보고 아울러 아침과 저녁에 하는 통상의 곡도 폐지합니다. 《가례(家禮)》에 따르면 졸곡 후에는 오로지 아침과 저녁에 곡을 한다는 글만 있지 식사를 올릴 때 곡하는 것에 해당하는 것은 필시 아닌 것 같습니다. 생각건대 《의례(儀禮)》에는 하실(下室)에서는 다시 음식을 올리지 않는다고 했으니 옛날에는 졸곡 후에는 음식을 올리지(上食) 않았음을 알 수 있습니다. 퇴도(退陶)께서 말하시기를 "소상(小祥)이 지나면 아침과 저녁의 곡은 그만하고 오직 초하루와 보름(朔望)에만 함께 모여서 곡한다." 하였습니다. 만약에 아침과 저녁에 식사를 올리면서 곡하는 것이 마땅하지 않다면 초하루와 보름에 함께 모여서 곡한다(朔望會哭)고 말하는 이것이 예의 뜻에 바로 합치합니다. 그러나 이미 음식을 올리고 있다면 효자의 정으로 보아 곡하는 것을 용납하는 것은 어떨지 모르겠습니다.

與柳溪堂疇睦
계당 류주목8에게 보내다

희규(禧奎)는 궁벽한 고을에서 나고 자라 견문(見聞)이 좁고 고루하고 전지(田地)의 근본도 모두 없어져서 옛 성현의 학문에 나아가지 못함을 스스로 알고 있으며, 사우(師友)들의 (재덕이 없음에도 기대하는) 잘못된 바람에 만에 하나도 부응하지 못함이 부끄럽습니다. 다만 근래(近來)에 학자들이 수립(樹立)함이 드문 것을 보면 그 병통(病痛)이 비근(卑近)한 것을 싫어하고 고원(高遠)한 것을 좋아하는 데 있는 것 같습니다. 그런 까닭에 힘을 쓰는 것은 많아도 실제의 효과(實效)

---

7 성양(聖養) : 자동(紫東) 이정모(李正模, 1846~1875)를 말한다.

8 류주목(柳疇睦) : 서애 류성룡의 셋째 아들로 강우지역 선비들과도 교류했던 수암(修巖) 류진(柳袗)의 주손(胄孫)으로 좌의정을 지낸 낙파(洛坡) 류후조(柳厚祚)의 아들(1813~1872). 300여 명의 문인을 배출한 석학으로 입재(立齋) 정종로(鄭宗魯)의 문인이기도 하다.

는 적습니다. 이것은 우리 집안의 노선생(老先生 : 남명 선생)께서 깊이 미워하신 것으로, "손으로는 쇄소(灑掃)하는 절차도 모르면서 입으로는 천리(天理)를 논한다."는 것입니다. 들으니 강좌와 강우 지역 모두에 문풍(文風)이 떨치지 못하고 많은 선비들은 인습을 그대로 따른다고 합니다. 계급을 깊이 살펴서 위기지학에 종사하면 다른 날에 우리의 도가 남쪽으로 전해져서 장차 문하에서 구산(龜山)[9] 같은 대학자가 얼마나 나올지 누가 알겠습니까!

모자란 사람이 우러러 사모하는 마음은 절실한데 어찌하면 문인 제자의 열에 나아가 참여할 수 있겠습니까! 바라건대 느껴서 통하는[觀感] 효과가 있으면 만년을 보내는 계획을 이룰 수 있겠습니다. 마침 인편이 있어서 감히 못난 사람의 회포를 풀어놓으니 엎드려 바라건대 도체(道體) 더욱 평안하셔서 못난 사람의 기대에 부응해주시기 바랍니다.

與南磐皐永熙

반고 남영희에게 보내다

해를 걸러 안부가 막히니 오로지 일념으로 우러러 사모함이 자나 깨나 마음속에 있는데 어제 향교에서 심성설(心性說) 몇 가지를 얻어 보았는데, 범상한 선비의 번잡한 논의가 아니라 단서(端緒)를 발휘(發揮)함이 극도로 정밀하고 상세하여 몸으로 체득한 공부가 아니면 그럴 수 있는 것이 아니었습니다. 이에 더욱 적절한 때에 문하에 나아가 감동스러운 논의를 듣고자 하였으나 돌이켜 보면 낡아 빠진 뗏목은 사람이 탈 수 없으니 어찌하겠습니까! 대개 명리(名理)의 가장 요긴한 부분은 후학(後學)이 감히 다투어 논의할 바가 아닙니다. 그러나 다만 못난 제가 일찍부터 의문을 품은 바였으나 해결하지 못한 것이 있음으로 인하여 글로써 가르침을 구하오니 하나하나 비판하여 보내주시면 다행이겠습니다.

정자(程子)가 말씀하시기를 "성(性)은 곧 이(理)이다[性卽理]. 마음은 지각(知覺)이 사람에게 있어 이 이를 구비한 것이다." 하고 주자(朱子)가 명덕(明德)을 해석하여 말하기를 "허령불매(虛靈不昧)하여 뭇 이치[衆理]를 갖춘 것"이라 하셨습니다. 허령지각(虛靈知覺)은 곧 심(心) 자의 근본 상태이니 이상할 것이 없습니다. 어떤 학설은 이가 이를 갖춘다는 것을 싫어하여 이것을 일러 마음은 곧 기라고 말합니다.

---

9 구산(龜山) : 중국 송나라의 유학자 양시(楊時, 1053~1135)의 호.

그러나 이 '갖춘다는 글자(具字)'는 이것이 저것을 갖추는 것을 말하는 것이 아니라 그 허령지각을 말하는 것인즉 '뭇 이치(衆理)'는 '갖춤(具)'을 포함하는 것입니다. 주자는 또 말씀하시기를 "성은 뭇 이치를 갖추고 있다."고 하셨으니 어떤 사람이 말한 것처럼 또한 성이 기가 된다 할 수 있겠습니까? 곰곰이 생각해보면 사람의 한 몸이 하는 지각운동(知覺運動)에서 기는 갖추어진 재료(資具)가 되고 이는 주재(主宰)가 되는 것인즉 주재는 내버려두고 단지 그 자구(資具)만 논하는 것이 어찌 가능하겠습니까! 희로애락(喜怒哀樂)이 발하기 전을 기질(氣質)의 성(性) 운운하는 것은 대개 이 이가 떨어져 기질 속에 있는 연후에 처음으로 이름하여 성이라 하는 것이 됩니다. 그러나 이로 인하여 발(發)하지 않은 상태에서 기질이 있다고 하는 것은 불가합니다.

그러므로 옛날의 논의에서 미발(未發)이라는 것은 모두 이를 따라 그것을 말한 것이다 하였으니 자사(子思)가 말한 바 대본(大本)의 중(中)이라 한 것이 이것입니다. 말하기를 맑고 탁하며 순수하고 혼잡한 것[淸濁粹駁]이 이미 미발에 갖추어져 있다면 순자(荀子)의 성악설이나 양주(楊朱)[10]의 선악이 섞여 있다는 설과 가깝지 않겠습니까! 그러면 소위 발(發)하지 않은 상태에서는 요순과 보통 사람이 하나라는 말은 믿을 수 없게 됩니다. 장자(張子 : 張載)가 말하기를 "형(形)이 있은 연후에 기질(氣質)의 성(性)이 있다." 하였는데, 이 형(形) 자는 발(發) 자의 뜻으로 보게 한 것 같은데 어떻습니까? 그 밖에 바라는 것은 옥체 보중하시는 것뿐입니다.

與崔夢關惟允

몽관 최유윤에게 보내다

달 전에 찾아와 주시고 더하여 정성껏 가르침을 주시니 이 뜻을 어찌 감히 잊을 수 있겠습니까! 다만 이 그 학문을 논한 심오한 부분에서 모호하여 분명치 않은 것은 말씀에서도 이해할 수가 없으니 옛사람[古人]이 말한 바 다른 사람은 낮을 말하고 있을 뿐인데 도리어 밤을 말하고 있는 것은 아닌지 모르겠습니다. 《대학(大學)》의 시를 인용한 여러 장(章)의 장구(章句) 가운데 '지(之)' 자의 있고 없음[有無]이 찬미하여 기리는[詠歎] 것의 여부(與否)에 있는가는 어리석은 제가 감히 묻고자 하는 것이 아닙니다. 그러나 《중용장구(中庸章句)》에서 보면 허다한 '지(之)'

---

10 양주(楊朱) : 양주는 자신만을 위해야 한다는 위아주의(爲我主義)를 주창했는데, 맹자가 세상을 어지럽히는 인물로 보아 배척했다.

자가 찬미하고 안 하고[詠不詠]를 논함이 없으며 모두가 그러합니다. 진실로 뜻하는 것이 있다면 어찌 《대학(大學)》과 《중용(中庸)》이 그것을 해석하는 데 일치하지 않는 것일까요? 요점은 이것은 별다른 뜻이 없는 것인데 말하는 자가 왜곡하여 억지로 따지고 파들어가는[穿鑿] 말을 하는 듯하다는 것입니다. 뒷세상에 태어난 학자들은 옛 성인의 책에서 의미 있는 곳을 찾는 것이 마땅한데 무슨 제한이 있어서 반드시 의미 없는 곳을 찾을 것입니까! 대저 근래(近來)에 문장의 의미를 억지로 따지고 파들어가는 이런 사람들이 많으니 어찌 선생[軒下]께서 살피지 않을 수 있겠습니까! 죄송해하면서 이만 그칩니다.

與崔夢關丙寅
최몽관에게 보내다(병인)

지금 임 어른[林丈] 편에 보내온 소식에 몸을 잘 조섭하셔서 점점 정상을 회복하고 계신다 하니 사문(斯文)의 큰 다행입니다. 희규는 하는 일 없이 데면데면 지낼 따름이니 무슨 방법으로 배 속의 허다한 찌꺼기를 모두 없애서 이 마음을 광명(光明)한 경계에 있게 할 수 있겠습니까! 이 관문을 뚫고 나오려면 쇠사슬로 묶듯이 하는 것이 매우 옳으나 근심과 두려움은 언제나 아드님의 처지에 생각이 미치면 더욱 사람으로 하여금 슬프게 하는데, 누가 진실로 힘을 다하여 서로를 북돋워주는 공부를 이와 같이 정성스럽고 지극하게 하겠습니까!

요즈음 들으니 조정의 의론이 바다 오랑캐와 화친하고자 한다 하니 이것은 어찌 이미 결정된 일이 아니겠습니까마는 선왕의 국토[境土]가 장차 이로부터 나라는 적에게 떨어지고 인류는 금수(禽獸)로 바뀌게 될 것인데 누가 있어 춘추대의를 잡아 한 몸을 헌신하여 삼학사(三學士)와 정대부(鄭大夫 : 桐溪 鄭蘊)처럼 싸울 수 있겠습니까! 만약 그런 사람이 없다면 우리 무리가 지킬 바는 '죽음에 이르러도 변하지 않는다.[至死不變]'는 네 글자에 지나지 않을 뿐입니다. 다시 무엇을 하겠습니까!

與金聖符麟燮

성부 김인섭[11]에게 보내다

우러러 오로지 지극한 함양과 만복을 바랍니다. 희규는 미천한 집의 문을 기어 다니는데 오로지 홀로 떨어져 있는 탄식이 가슴에 사무칠 뿐입니다. 만약 내가 집사(執事)와 상종할 때를 얻어서 경전의 뜻과 역사론을 듣는다면 사우(師友) 사이에서 서로 강마하는 유익함을 바랄 수 있을 것이나 다만 두려운 것은 물이 새는 그릇이 물을 담아놓을 수 없는 것과 같으니 어찌하겠습니까!

《시경(詩經)》에서 말하고 있지 않습니까? "화락하고 편안한 군자는 벼슬을 구하여 화락하고 편안하네.[豈弟君子 干祿豈弟]"라고. 지금 집사께서 벼슬을 구하는 것은 늙은 어버이를 위한 것입니다. 근래에 인심이 옛날과 달라 염치는 없고 명리(名利)를 따르는 사람들이 넘치고 넘칩니다. 집사의 입지(立志)가 고명(高明)함에 세간(世間)의 홍성과 쇠미(衰微)가 본래 마음을 움직일 수 없는 것인즉 갑자기 마음이 변하여 물러나 논밭에 머물며 닭이나 치고 기장을 심는 것이 또한 어찌 어버이를 봉양하는 도리가 아니라 하겠습니까! 들으니 훈경(薰卿 : 晚醒 朴致馥), 퇴이(退而 : 后山 許愈)와 더불어 물러나 매실이 익을 때[黃梅[12] 만날 약속을 하셨다 하니 가서 이 즐거움을 함께하려면 미리 생각해두어야 하겠습니다.

答權信寶

권신보[13]에게 답하다

지난번에 보여주신 〈심론(心論)〉 한 장을 요즈음 다시 펼쳐서 읽어보니 이치가 정연(井然)한 조리(條理)가 마치 손바닥 안에 있는 것과 다를 바 없이 이해하기 쉬우니 어리석은 제가 어찌

---

11 김인섭(金麟燮) : 호는 단계(端磎, 1827~1903). 상산(商山)이 관향이며 단성 농민 항쟁의 중심인물. 17세에 진사, 20세에 문과에 급제한 후 사간원 정언이 되었다가 정치가 그릇되어감을 보고 벼슬을 그만두고 낙향하여 학문에 정진했다. 단성 농민 항쟁의 주동자로 지목되어 하옥되었고, 고종 1년 사헌부 지평이 되었다가 그만두고 선비들이 남명 선생의 《학기(學記)》의 그림을 멋대로 고치려는 것을 반대하는 논변을 하기도 했다.

12 매실이 익을 때[黃梅 : 황매산(黃梅山)을 말하는 것인지도 모르겠다.

13 신보(信寶) : 권침(權琛)의 자(字). 권완(權琬)으로도 알려진 선비.

감히 그 사이에 별다른 말을 늘어놓겠습니까! 그러나 심통성정(心統性情)의 심(心) 자는 형께서 하나로는 본체를 가리키는 것으로 말씀하시고 겸(兼)해서는 방촌(方寸)을 가리키는 것으로 말씀하십니다. 본체(本體)의 심(心)은 바로 이(理)이니 인의예지(仁義禮智)가 그것이고, 방촌(方寸 : 胸中)의 심(心)은 단지 기(氣)이니 청탁수박(淸濁粹駁 : 맑고 흐림과 순수하고 어긋남)이 그것입니다. 대개 심(心) 자는 매우 넓은 뜻을 포함하는 까닭에 선유(先儒)들 가운데는 하나로 이를 가리키는 것으로 말하는 분도 있고, 하나로 기를 가리키는 것으로 말하는 분도 있으며, 겸(兼)하여 이기(理氣)로 말하는 분도 계십니다. 하나로 이를 가리키는 것은 본체의 심이고, 하나로 기를 가리키는 것은 방촌의 심이며, 이기(理氣)를 겸하여 말하는 것은 본체와 방촌을 아울러 말하는 것입니다. 방촌의 심을 옛사람이 비록 말하지 않았다 해도 심은 반드시 집이 있은 연후에 이름을 얻어 심이 되는 것이니 만약 방촌을 말하지 않으면 심(心)은 바람 그림자[風影]와 무엇이 다르겠습니까! 정자(程子)는 "심은 비유컨대 곡식의 씨[穀種]와 같아 그 생명의 이치가 바로 성(性)이다." 하시고, 주자(朱子)는 "곡식이 바로 심이라면 어떻게 조[粟]가 되고, 차조[秫]가 되며, 자라는 벼[禾]와 다 자란 벼[稻]가 되는가?" 하셨습니다. 그 바탕이 성(性)인데 이와 같은 부류의 곡(穀) 자는 모두 아울러 껍데기를 갖고 말한 것과 같습니다. 그렇지 않다면 주자는 반드시 심(心)을 알갱이[粒子]와 같은 것으로 비유하고 반드시 곡(穀)을 바로 심이라 하지 않았을 것입니다. 그런즉 그림을 그려 사람들에게 보이는 자가 어찌 방촌(方寸)을 버리고 단지 본체만 들어 무형의 이[無形之理]라고 할 수 있겠습니까!

이렇기 때문에 상도(上圖)에서는 오행(五行)의 정수(精髓)를 타고났다 하고 오상(五常)의 이(理)를 갖추었다고 써서 학자로 하여금 먼저 그 성정(性情)의 타고난 것이 각기 그 근원[苗脈]이 있고 또한 이기(理氣)가 원래 서로 떨어져 있는 것이 아님을 볼 수 있습니다. 만약 허령지각(虛靈知覺)은 전적으로 기(氣)만 가리킬 수 없는 것이라면 대저 이 네 글자는 필경 동그라미 가운데의 사물이기 때문입니다.

주자는 허령(虛靈)은 스스로 마음의 본체라 하고 또 이와 기의 합이 바로 지각할 수 있게 하는 것이라고 말했습니다. 퇴계가 고봉에게 답하기를, 이기의 합이 마음[心]이 되고 자연히 허령지각의 묘를 갖게 되는 것이라 하였으니 허령지각은 이를 버리고 전적으로 기만 가리키는 것이라는 것이 옳겠습니까! 고명(高明)[14]께서는 이 네 글자에 대해서 말씀하시길, 기이지 이가 아니라 하시며 인의예지 네 글자로 상대하게 하면서 기가 이를 갖추고 있는 증거로 삼습니

---

14 고명(高明) : 상대방에 대해 높이는 말.

다. 그런즉 심의 전체(본체와 방촌)에서 이기를 반(半)은 쓰고 반은 남기는 혐의가 없을 수 있겠습니까?

가령 허령지각이 전적으로 기에 속한다 해도 다만 그 본연(本然)(이가 있은 후에 기가 있다.)에서 보면 또한 이가 주재가 되고 기는 자구(資具)가 되는 것이니 어찌 일찍이 기가 주(主)가 되고 이는 자(資)가 된다고 하지 않았겠습니까! 가령 기품(氣稟) 가운데를 가리켜서 본성이라고 말하는 것은 대개 본성은 본디 기품 밖에 존재하는 것이 아니며 이미 본성을 가리킨다고 말하는 본성은 단지 이일 따름인 것이니 다시 어찌 기가 있다고 논할 것입니까! [본체의 가운데는 역시 본연의 기를 겸하지 않으니 기가 용사(用事)하지 않을 때는 기 일반이 없는 것과 비슷하다.]

이 중도(中圖)에서 이(理) 자를 드러내는 까닭은 학자로 하여금 본성의 선함을 알게 하기 위함인 것이니, 이것이 어찌 도설(圖說)에서 말하는 바, 비록 기(氣) 속에 있으나 기는 스스로 기이고 성(性)도 스스로 성이라서 서로 섞이지 않는다는 것이 아니겠습니까! 하도(下圖)는 단지 그 발(發)한 곳을 이와 기를 합하여 말한 것이므로 청탁수박(淸濁粹駁) 네 글자를 동그라미 속에 두고 분리하여 속하지 않게 하고 차례로 배열한 것이며, 거꾸로 글을 쓴 것은 본연의 성을 침해하지 않으며 이발(理發)과 기발(氣發)의 기틀이 됨을 알게 한 것입니다. 이로써 어리석은 제가 감히 단언하면, 심은 이가 기를 갖춘 가운데라고 말합니다. 〈심학도(心學圖)〉는 다만 심을 말하고 성을 말하지 않은즉 인과 의의 글자는 모름지기 쓰지 않고 허령지각(虛靈知覺)과 신명(神明) 여섯 글자에서 그치는데 인의예지(仁義禮智) 역시 그 가운데에 있는 것입니다. 인심도심(人心道心)을 보면 허다한 심(心) 자가 동그라미 밖에 있는데 그 동그라미 안에 있는 것은 기(氣) 자가 감히 간섭하는 바가 아니라는 것을 알 수 있습니다. 또 신(神)은 주자가 말한 바 금(金)의 신, 목(木)의 신의 신(이 신 자는 모두 이를 말한 것이다.)이며, 명(明)은 《대학(大學)》의 명덕장구(明德章句) 본체의 명(明)은 일찍이 사라짐이 없는 밝음입니다.

대개 이 그림은 학자가 힘쓸 곳에 따라 말한 것이니, 대저 군자가 사람들을 가르침에 힘쓸 곳[用功]은 이 이를 보존하고 이 이를 성찰하며 이 이를 밝히고 이 이를 따르는 것에 지나지 않을 뿐이니 기 위에서 무슨 힘쓸 일이 있겠습니까! 이에 허령지각이 이이고 기가 아니라는 것을(기가 비록 없지 않다 해도 이는 주가 될 수 있다.) 깨달으면 또한 방촌의 밖에 다시 별도의 심이 없으며 본체의 가운데는 단지 이 이가 있을 따름이라는 것을 알 수 있을 것입니다.

모를 것은, 이런 분별없는 주장[瞽說]이 과연 선생께서 그림을 그린 본뜻에 합치하느냐는 것이며, 고명의 깨달아 얻은 것과 비교하여 어떠합니까? 바라건대 다시 가르침을 주시면 합니다.

與朴薰卿致馥

훈경 박치복에게 보내다

　거처하시는 곳에서 하룻밤을 묵으면서 깊은 회포를 다 풀지 못했으니 남은 아쉬움이 응당 어떻겠습니까! 근일에 선생께서 남쪽으로 행차하시는 것은 대개 뇌룡정(雷龍亭)의 일 때문인데 다시 옆에 나아가지 못한 것은 세(勢)가 그러했기 때문입니다.

　토동(兎洞)에 도착하여 수습하여 보니 계물(契物)의 숫자가 겨우 백 개 남짓이었으며 계원의 집에서 종이 한 장을 얻은즉 선(先) 부로(父老)들께서 뇌룡정을 건립하는 일로 관청에 보고한 것이었습니다. 남아 있는 물건인즉 근본적인 것이 될 만했고 그 일인즉 증거가 되기에 충분했습니다. 그러나 또한 경솔하게 할 수 없는 까닭에 동편 가로 방향을 바꾸는 것으로 실마리를 여니, 한 사람도 불가하다는 사람이 없었습니다. 관청에 알리는 뜻으로 명첩(名牒)을 받아 연명(聯名)하고 직접 오지 못하는 곳에는 글을 보내서 서면으로 승낙을 받은 것이 거의 한 읍 전체에 이르며, 귀하는 이미 약속했으므로 가장 뒤에 보냅니다. 이것으로 여러분들에게 보이고자 하니 어떻겠습니까? 무릇 이 일은 관청의 힘을 빌리지 않으면 순조롭기 어려울 같아서 등장(等狀)을 올리고자 이번 26일에 모이기로 정했으니 다행히도 많은 일이 풀릴 것 같습니다. 때맞추어 입성(入城)하시기를 간절히 바라는 바입니다.

與李致萬鳳錫

치만 이봉석에게 보내다

　어머니 상을 당한 후에 아버지가 돌아가신 사람이 어머니 복(服 : 상복)을 다 입는가, 다 입지 않는가 하는 것은 예(禮)의 큰 절목[大節]이므로 그 일을 어찌 감히 억지스런 견해[臆見]로 논단(論斷)하겠습니까!

　경호(鏡湖)[15]는 말하기를 "어머니 상을 당한 후에 아버지가 돌아가신 사람은 어머니의 복을 차마 다 입을 수 없는 것인데 이것은 아버지의 죽음 때문이며 차마 죽음에 이르게 한 것을 견디기 어려운 때문이다."라고 하였고, 한주(寒洲)는 "염습하여 관에 안치했느냐 안 했느냐

15　경호(鏡湖) : 이의조(李宜朝, 1727~1805). 《가례증해(家禮增解)》를 저술했다.

하는 것은 모름지기 논할 것이 없고, 다만 돌아가셨는가 아닌가를 기준으로 하는 것이 마땅하다. 비록 일각의 사이라도 어머니가 먼저 돌아가시고 아버지가 뒤에 돌아가신 것이면 '아버지가 생존해 계신 어머니 상[父在爲母]'이니 복(服)을 낮추어 기년복(朞年服)으로 하는 것이 정론(定論)이 아닐까 한다."고 말씀하셨습니다. 근래에 성재(性齋 : 許傳)의 학설에 의하면 "어머니 상을 치르는데 소상(小祥)을 지내지 않아서 아버지가 돌아가셨으면 어머니 복을 삼년(三年)으로 늘리고, 이미 소상을 지냈는데 아버지가 돌아가셨으면 그대로 기년복에 지팡이를 짚고[杖朞] 심상(心喪)으로 삼 년을 마친다." 하고, "만약 어머니 상을 치르는데 소상을 지내지 않았는데 아버지가 돌아가셨으면 아버지가 주상(主喪)으로 손님을 맞을 수 없으며, 제주(題主)를 하지 않았는데 아버지가 돌아가셨으면 아버지는 제주가 될 수 없다."고 하였습니다. 삼우(三虞)와 졸곡(卒哭)을 지내지 않았거나 소상을 지내지 않았는데 아버지가 돌아가셨으면 아버지는 삼우와 졸곡, 소상을 지낼 수 없으니 이것은 아버지 이름으로 상을 주재할 수 없는 것이니 아들은 아버지가 돌아가신 예를 쓸 수밖에 없는 것입니다. 비록 죽음을 차마 인정하지 않고자 하여도 아버지가 할 수 없으니 아버지가 살아 계시지 않기 때문입니다. 무릇 복은 비록 제도에 따라 단호하게 시작해야 하나 일에는 변하는 바가 있으며 예제(禮制)는 변화에 따르는 것이니 성재의 학설이 어찌 본 바가 없어 그러하겠습니까! 그러나 이것은 예의 권도(權道)라 말할 수 있는 것이니 결국은 경호(鏡湖)와 한주(寒洲)의 논의가 의리에 바른 것과는 같지 않습니다.

지금 귀 집안의 일은 어머니 상을 당해 장사를 치른 지 일 년이 지났고 이미 '망실(亡室)'로 제(題)하여 왔는데 상을 늘리고자 하여 어찌 갑자기 제주(題主)를 (아들로) 고쳐 쓸 수 있겠습니까? 마땅히 사유를 갖추어 두 빈소에 아뢴 다음 축에 쓰는 말씀에는 '사자(祀子)를 대신하여[攝] 모(某)'라고 쓰는 것이 가할 듯합니다.

與權祈汝

권기여[16]에게 보내다

지난 날 헌하(軒下)에서 논의를 들은 것이 매우 많은데, 그 가운데는 서로 어긋나서 맞지 않

---

16 권기여(權祈汝) : 하당(荷塘) 권석로(權錫魯).

는 것이 있었습니다. 이것은 평일의 소견이 같지 않음에 말미암는 것이니 어찌 갑자기 마음껏 논의하여 회포를 풀기를 바라겠습니까. 희규는 비록 우매하여 하나도 아는 바가 없지만 감히 몇 가지 문제를 가지고 분별하여 밝히고자[卞明] 하오니 들어주시기 바랍니다.

무릇 사람이 말을 타고 감에 말이 아니면 갈 수 없음을 희규도 또한 알고 있습니다. 그러나 사람과 말에 있어서 스스로 가는 바의 주인이 없을 수 없습니다. 주(朱) 선생께서 태극을 논하여 말하기를 "동(動)하여 양(陽)을 생기게 하니[動而生陽] 또한 다만 이(理)일 뿐이고, 정(靜)하여 음(陰)을 생기게 하니[靜而生陰] 이 또한 단지 이일 따름이다."라 했으니 어찌 기가 아니면 동하고 정할 수 없음을 몰라서이겠습니까! 특별히 그 주인 되는 바가 이에 있음을 말한 것입니다. 또 말하기를 "태극이란 것은 본연(本然)의 묘(妙)이고 동정(動靜)이란 것은 올라타는 바의 기틀이다."라 했으니, 이것으로 보면 이는 기를 타서 발하는 것[理乘氣而發者]이고 기는 이를 실어서 발하는 것[氣載理而發者]입니다. 그런즉 이가 발하는 주인이 되는 것이 가하겠습니까? 기가 발하는 주인이 되는 것이 가하겠습니까? 만약 기가 발하는 주인이 된다면 이것은 음양이 묘가 되고 태극이 기틀이 되는 것입니다. 기가 큰 근본[大本]이 되면 이는 반대로 작용하는 물질이 됩니다. 이것이 어찌 말이 되겠습니까? 이것으로 어리석은 나는 일찍이 말하기를 "기는 이의 자구(資具)가 되므로 스스로 전단(專斷)할 수 없으며 이라는 것은 기의 주재(主宰)로 스스로 동하고 정할 수 있다."고 했습니다. 그러므로 주자는 말씀하시기를 "이에는 동정이 있으므로 기에도 동정이 있다. 만약 이에 동정이 없다면 기가 어찌 스스로 동정이 있겠는가!" 하셨습니다. 이것으로 보면 이가 발하는 주체가 되는 것이 어찌 명확하지 않겠습니까! 만약 '발하는 것이 기라 말하는 것인즉'[17] 율곡은 반드시 '발하는 것이 기[發者氣]'라고 말하지, 반드시 '발하게 하는 것이 기[發之者氣]'라고 말하지 않습니다. 어찌 그 사이에 한 '지(之)' 자를 헛되이 놓을 리 있겠습니까? '발(發)해내는 것이 기'[18]라고 말하는 까닭입니다. 이와 같이 보면 두 글자의 뜻도 역시 알 수 있는 것입니다. 만약 '발케 하는 것이 이'[19]라고 말하면 비단 위 구절[上句]과 뜻이 서로 어긋날뿐더러 이는 자연(自然)이 아니라 반대로 작용(作用)의 혐의가 있습니다. 그러므로 어리석은 나의 견해로 살펴보면 발하는 것은 이이고 이를 발하게 하는 것은 기라고 하는 것이 아마 마땅할 것 같습니다. 말[馬]이 출입(出入)하는 것은 사람이 출입하는 것이 아닌 것입니

---

17 발하는 …… 것인즉 : 이 부분은 원문에 "發하난 거시 氣라 云則"으로 적혀 있다.

18 발(發)해내는 …… 기 : 이 부분은 원문에 "發히닉는 거시 氣라"로 적혀 있다.

19 발케 …… 이 : 이 부분은 원문에 "發케 하난 거시 理라"로 적혀 있다.

다. 이는 높아서 상대가 없으니[理尊無對] 이것을 알면 이런 의심이 없을 것이며, 그릇에 물을 담는 설이 또한 근거가 됩니다. 진북계(陳北溪)[20]가 말하기를 "심은 단지 그릇 안쪽에 물건을 담는 것과 흡사하니 이것이 바로 성(性)이다." 하였으니 이것은 심의 지반(地盤)을 가리켜 말한 것으로 《대학(大學)》〈명덕장구(明德章句)〉의 소주(小註)에 말한 바 "담고[盛] 모으는[貯] 것은 싣는 [載] 것에 해당한다."는 것 또한 이것을 말한 것입니다. 이것으로 말하면 심은 기[心是氣]라는 학설이 과연 의심이 없는 것이며 본체의 심으로 말하면 바로 이라는[心卽理] 학설이 어찌 불가함이 있겠습니까! 주자께서 그러함을 이미 보았기 때문에 심의 본체는 그 이라고 바로 가리켰으며 범범(泛泛)하게 말하여 심은 바로 기라 하였으니 이것을 어찌 근거하여 믿을 수 있겠습니까! 또 돌 가운데 옥이 있으면 모르는 사람은 이것을 보고 반드시 돌이라 할 것이고 옥을 캐는 사람이 바깥 부분을 긁어내면 비록 모르는 사람도 반드시 옥이라 말할 것입니다. 바깥을 긁어내지 않고 아는 사람으로 하여금 이것을 이름하라 하면 옥석(玉石)이라고 말하는 데에 지나지 않을 것입니다. 그러한즉 이기가 합한 것[合理氣]의 학설 또한 어찌 그런 것이 아니겠습니까! [진심(眞心)이 방촌(方寸) 가운데 있는 것은 진옥(眞玉)이 돌 가운데 있는 것과 같다.] 선과 악을 나누어 말하는 사람은 성이 발하여 정이 되는 때에 형기(形氣)가 덮어 가리지 않고 바로 본연(本然)에 순응하면 선이 되니, 이것은 칠정(七情)이 사단(四端)에 근본이 있어 각기 그 바름[正]을 얻은 것입니다. 형기(形氣)가 덮어 가리는 바가 되어 그 본연(本然)을 잃어버리고 제멋대로 사는 것은 악이 되는 것이니, 이것은 칠정이 그 바름을 얻지 못하여 도리어 사단에 해를 끼치는 것입니다. 소위 선의 기틀과 악의 기틀이라는 것이 이것입니다. 정자(程子)께서 "사람이 태어남에 기가 이를 타고나면서 선악이 있다."고 말씀하셨는데 이것은 기에 올라타 유행하는 이를 가리켜서 말씀한 것입니다. 무릇 맑고 깨끗한[淸淨] 그릇의 물은 또한 맑고 깨끗하며, 더럽고 탁한[汙濁] 그릇의 물은 더럽고 탁하니 사람이 그 더럽고 탁한 것을 보고 물의 본성이 아니라고 말하는 것은 가하나, 물이 아니라고 말하는 것은 불가한 것입니다. 이것이 소위 악(惡) 또한 성이 아니라고 할 수 없다는 것입니다. 율곡(栗谷)께서 본 것이 바로 여기에 있으니, 그 근원을 따져보면 퇴도(退陶)의 뜻과 심하게 서로 구별되는 것이 아닙니다. 다만 위주로 하는 바가 같지 않기 때문에 입언(立言)이 약간 다른 것입니다. 호락(湖洛)의 논쟁에 대해서는 어리석은 내가 가만히 생각해보건대 낙론(洛論)이 옳은 것 같습니다. 대개 인(人)과 물(物)이 형태를 갖추기 전에는 단지 혼연(渾然)한 일리(一理)이지만, 생명을 타고날 때는 사람은 이것을 얻어 사람이 되는 이가

---

20 진북계(陳北溪) : 진순(陳淳, 1159~1223). 송(宋) 장주(漳州) 사람. 자(字)는 안경(安卿). 주희의 제자.

있는 것이고, 물(物)은 이것을 얻어 물이 되는 이가 있는 것입니다. 소위 물에 따라 부여된다 [隨物賦予]는 것이 이것입니다. 만약 본원(本原)상에서 말하면, 이미 인(人)이 되고 물(物)이 되는 것이 달라지고, 이 또한 구속되는[局] 것이니 어떻게 서로 통한다고 말할 수 있겠습니까! 한 강물에다 비유하면, 구기[勺]^{21}를 갖고 가서 물을 뜨면 단지 한 구기의 물을 얻을 것이고, 접시를 갖고 가서 물을 뜨면 다만 한 접시의 물을 얻을 것이며, 한 통(桶)과 한 항아리에 이르면 각기 스스로 그 양(量)에 따라 같지 않을 것입니다. 그러므로 그 떠 오는 물은 또한 그릇에 따라 많고 적음이 있을 것이나 그 물이 원래 하나의 강물이었음은 변함이 없는 것입니다. 망령되이 사리에 맞지 않은 설을 가지고 고명(高明)을 번거롭게 하니 참으로 크게 두렵습니다. 다만 이와 같이 하지 않으면 서로 드러내어 밝히는 것과 혹은 하나하나 논(論)해 바루어서, 하여금 지당한 곳으로 돌아가게 하는 것이 부족하지 않겠습니까?

與許退而

허퇴이^{22}에게 보내다

병이 오래가니 눈물 흐르는 것도 끊겼는데 언제나 은재(隱齋) 산수(山水)의 뛰어난 경치와 기정(箕亭) 수월(水月)의 한가로움이 생각납니다. 어느 하나도 은거하여 수고로운 것을 즐거워하는 정취와 때로 여러 뛰어난 선비들과 시를 말하고 학문을 강론하는 것이 아닌 것이 없으니, 그 즐거움이 과연 어떠하신지요? 다만 한스러운 것은 이 세상에 같이 살면서도 이런 즐거움을 같이하지 못하는 것입니다.

돌아보면 40년 세월이 빨리 지나간 것이 마치 물이 흘러가는 것과 같습니다. 가령 어제의 질병이 오늘 낫는다 해도 다가올 일에는 맞서기 어렵고 이미 지나간 일은 또 밝습니다. 비유컨대 산길은 자주 사용하지 않으면 도로 띠 풀이 나와 길을 막습니다. 이것은 근본을 알아 편안해도 앞으로 나아가는 일은 어렵다는 것입니다. 주신 서문은 뜻을 붙임이 매우 원대하니 진실로 감히 감당할 수 없으나 그 글의 구절과 마디[句讀]의 펼치고 맺음이 크게 문필가의 격식(格式)이 있어서 이를 배우고자 하였으나 배울 수 없었습니다. 맹자가 소위 큰 기술자[大匠]라

---

21 구기[勺] : 10분의 1홉.
22 허퇴이(許退而) : 후산(后山) 허유(許愈).

도 남에게 걸음쇠와 자[規矩]는 줄 수 있어도 그 사람으로 하여금 교묘하게 다듬게 할 수는 없다고 하였으니 가장 적확한 말씀입니다.

與鄭厚允

정후윤[23]에게 보내다

향교[黌堂]는 우리 무리가 모여서 거처하는 곳으로 여러 날 동안 모여서 맨 먼저 의논한 것이 실마리가 있었으니 매우 성대한 일이라 하겠습니다. 곰곰이 살펴보면, 근세의 소위 학자라는 사람들은 반드시 이기(理氣)를 강설(講說)하는 것을 가장 먼저 해야 할 일로 삼아서 몸으로 체험하여 실제로 얻는[體驗實得] 공부를 한다는 말을 들은 적이 없습니다. 아래로 사람의 일[人事]을 궁구(窮究)하지 않고서 위로 천리(天理)를 통달할 수 있는 사람이 있겠습니까? 무릇 학문은 단지 자신을 이루어 만물을 이루게 하는 것[成己成物]에 있는 것으로, 멀리 가고자 하면 가까운 곳에서 시작하고[行遠自邇], 높이 오르고자 하면 낮은 곳에서부터 출발하는 것[登高自卑]은 우리 집안에 전해온 전식(典式)으로 한결같음이 이와 같습니다. 이것으로 성인(聖人) 문하의 여러 제자들이 당(堂)에 오르고 방에 들어가는 경지[升堂入室][24]에 도달하는 데 무슨 한계가 있겠습니까? 오히려 말하기를 "성(性)과 천도(天道) 같은 말씀은 들어본 적이 없다."[25]고 하였으니 그 뜻을 알 만합니다. 시험적으로 지금 세상에서 자신을 위한 학문을 하는 사람이 얼마나 될 것인가를 묻는다면 나 자신 다른 사람을 점검할 겨를이 없으며 스스로 또한 남을 위한 학문[爲人之學]으로 귀착될까 두렵습니다. 근자에 성재(性齋)의 등명(燈銘)을 읽어보니, "누가 어두운 방에서도 속일 수 있으리오! 나는 그를 스승 삼겠네." 하였는데, 그 말씀에는 경계하여 깨우치는 곳이 있으니 그대의 뜻은 어떠한지 모르겠습니다. 《사례책제(四禮策題)》는 이미 만들어진 것을 보았는데, 성(成) 어르신의 힘쓰심이 깊고 넓은 것은 우러러볼 만합니다.

---

23 정후윤(鄭厚允) : 노백헌(老柏軒) 정재규(鄭載奎).

24 당(堂)에 …… 경지[升堂入室] : 학문이 점점 깊어져가는 것을 묘사하는 어구.

25 성(性)과 …… 없다. : 《논어(論語)》〈공야장(公冶長)〉. "夫子之言 性與天道 不可得而聞也".

與鄭厚允乙亥

정후윤에게 보내다(을해)

마음(心)이 한 몸의 주재(主宰)가 되는 것은 마치 상제(上帝)가 하늘(天)의 주재가 되는 것과 같습니다. 하늘에 주재가 있기 때문에 해와 달이 번갈아가면서 세상을 밝히고 사계절이 서로 어긋나지 않으며, 몸에 주재가 있으므로 귀와 눈이 듣고 보며 손과 발이 움직이는 것이니, 이것이 어찌 이는 큰 근본(大本)이 되고 기는 자구(資具)가 되는 것이 아니겠습니까?

대개 태극의 본체는 음과 양에서 볼 수 있는 것이며, 마음의 본체는 방촌 가운데서 가리킬 수 있습니다. 마음(心)의 지반(地盤)은 진실로 기가 한데 모여서 정신(精爽)이 되는 것이니 본체(本體) 상(上)에서도 또한 기를 갖고서 말할 수 있을 것입니다. 주자께서 말씀하기를 "마음의 이는 태극이고 마음의 동정(動靜)은 음양이다."라고 하셨으니, 이와 같이 보면 비단 뒤섞여 있는 곳(渾淪處)에서도 서로 섞이지 않는 것(不相雜)을 분별할 수 있을 것이며, 나누어져 있는 곳(分開處)에서도 또한 서로 분리되지 않는 것을 볼 수 있을 것이니 훌륭한 말씀(盛論)입니다. 마음의 동정은 맹자께서 말한 바 나가고 들어옴이 때가 없어(出入無時) 그 고향을 알 수 없다는 것[26]이 이에 해당하는 것 같습니다. 그런즉 동정은 다만 기에 속하고 적연부동(寂然不動)하여 감이수통(感而遂通)하는 이(理)와는 무관(無關)한 것이겠습니까? 허령지각(虛靈知覺) 외에 다시 별다른 마음이 없다는 것은 훌륭한 학설입니다. 진실로 그렇다면 혹자는 이가 이를 자구로 삼는 혐의가 있기 때문에 심과 기의 학설이 되는 것입니다. 그러나 허령지각이 어찌 전적으로 기에만 속하겠습니까? 또 말하기를, 기가 이를 갖춘다고 하면 이가 기 가운데 일정 구역의 물(物)이 되니 어떻게 (기보다) 먼저 있는 것이 되겠습니까? 그러므로 어리석은 나는 말하기를, 심(心)은 이가 기 가운데에 갖추어진 것이며 체(體)는 공능(功能)이라는 것이 훌륭한 논의라 생각합니다. 두려운 것은 역시 체는 즉 심의 본체가 갖는 공능으로 심의 묘용(妙用)임을 뜻밖에도 명료하게 파악하지 못하는 것입니다. 어떤지 모르겠습니다.

---

26 마음의 …… 없다는 것 : 《맹자(孟子)》〈고자장구 상(告子章句上)〉. "出入無時 莫之其鄕 惟心之謂與".

答崔士玉鏻翰

사옥 최장한에게 답하다

보내주신 편지의 절절한 내용은 자상하고 엄밀함이 명확한 경지에서 나온 것임을 알 수 있어서 깨닫지 못하는 사이에 옷깃을 여미고 살피게 하였습니다. 무릇 학문하는 것은 어버이를 섬기는 것에서 시작하고 어버이를 섬기는 도리는 뜻을 받드는 것이 큽니다. 그러나 음식과 건강 또한 봉양치 않을 수 없는 것이니 백 리 길을 쌀을 지고 와 부엌에 들어가서 맛있는 요리를 갖추어 올리는 일도 지금 세상에서 다시 그런 사람이 있겠습니까! 만약 그런 사람이 있다면 비록 학문을 하지 않았다 할지라도 배웠다 할 것인데, 하물며 심학(心學)을 하여서 원대하게 스스로에게 기대하는 사람이겠습니까! 가만히 생각해보면 〈서명(西銘)〉 한 편은 어버이를 섬기는 일의 처음과 끝이 구비되어 있으니, 그 매듭을 짓는 곳은 옥성(玉成) 한 구절[27]보다 절실한 것은 없습니다.

그러나 귀하의 처(處)한 바는 다만 갈고닦아 옥을 이루게 하는 것만이 아니니 또한 후생(厚生)의 물자가 없으면 할 수 없는 것입니다. 다만 마음이 만사(萬事)의 저울과 표준[衡準]이 된다 하여도 저울이 바르고 표준이 공평하면서도 마무리하는 것[煞]이 치우친 곳에 있으면, 섬김을 순조롭게 할 수 있는 사람이 거의 없을 것입니다. 대저 의리와 사물이 연후에라야 진정한 학문이라 할 수 있습니다. 귀하는 어떻게 생각하시는지요.

與郭鳴遠

곽명원[28]에게 보내다

일전(日前)에 벗 허유(許愈)로부터 산천재(山天齋)에서 모였던 일이 있음을 알았는데, 재액(災厄)을 당한 후로 산천재가 모두 풀밭이 된 지 오랩니다. 우리 인형(仁兄)이 아니면 누가 있어 이런 뜻을 가지고 사람들로 하여금 청렴을 귀하게 여기고 게으른 사람을 일으켜 세우는 (남명 선

---

27 옥성(玉成) 한 구절 : 중국 송나라 학자 장재(張載)의 〈서명(西銘)〉 끝부분의 "가난과 천함, 근심과 걱정은 그대를 옥처럼 갈고닦아 완성시키려는 것이다.[貧賤憂戚 庸玉汝於成也]"를 말한다.

28 곽명원(郭鳴遠) : 면우(俛宇) 곽종석(郭鍾錫).

생의) 학풍을 끊어지지 않게 하고 경의(敬義)의 공부를 서로 힘쓰게 할 수 있겠습니까! 그런즉 마땅히 용감하게 나아가 그대를 도와야 했는데 사고가 생겼습니다. 또 여러 분들[諸公]이 혹은 병환으로 혹은 집에 있지 않아서 다만 다섯 분만 왔다가 갔다 합니다. 그러나 일이 이루어지고 못 이루어지는 것이 어찌 모이는 사람들의 많고 적음에 달렸겠습니까! 들으니 말하는 사람이 있었다 하는데, 그의 마음 쓰는 것은 착한 실마리[善端]를 방해하여 억누르는 것에 지나지 않으니 어찌 그것을 겁내어 이 일을 그만두겠습니까! 또 한 가지가 있으니 우리 고을은 즉 노선생(남명)께서 머리를 말리던[燥髮] 고을로 이곳에서 도(道)를 강론하신 것이 거의 50년인데 용암서원이 훼철되고 뇌룡정(雷龍亭)도 황폐하게 되니 후배들의 탄식하고 애석해하는 것이 귀공의 고을과 다를 것이 있겠습니까!

바야흐로 또 몇 분 선비들과 의논하여 한 계(契)를 만들어 회강(會講)할 때의 재물로 한다 하니 이것이 가능하지 않으면 산천재에 모이는 일에 장애가 있다 말할 것이니, 그 세(勢)인즉 서로 의지하고 그 재물인즉 서로 도우니, 이 일이 다 이루어진즉 장차 반드시 실질적인 효과를 볼 만한 것이니 어찌 우리 무리의 큰 다행이 아니겠습니까! 어제 박만성(朴晚醒)이 계신 곳을 지나면서 귀공이 《주자어류(朱子語類)》에서 의문이 있는 수많은 조항을 물은 것을 보았는데, 그 탐색의 정밀함과 분변의 명백함, 그리고 묻기를 좋아하는 성실함은 흠앙할 만했습니다. 또 남려(南黎)[29] 형의 책상 위에 세 군자께서 가야산을 유람한 기록이 있었는데, 그 문장이 걸림이 없이 우아하며 기백이 늠름하게 통하고 있어서 사람으로 하여금 감동하여 움직이게 하는 곳이 있었는데, 하물며 명리(名理)의 핵심을 실컷 논의하여 회포를 풀고 그 귀결이 같은 곳으로 돌아가는 것이겠습니까! 이것은 진실로 산중(山中)에서는 드물고 기이한 일인데, 곁에서 따르지를 못했으니 어찌 나의 정의(情誼)가 얕기 때문이 아니겠습니까! 당초에 모자란 이 몸의 거처가 더군다나 황폐한 벽촌이라 견문(見聞)이 모자라고 고루함에 오로지 해가 저물어 가는 탄식만 절절합니다.

---

29 남려(南黎) : 후산 허유의 다른 호.

答郭鳴遠甲戌

곽명원에게 답하다(갑술)

함께 모이는 것[合㙎]이 무엇이 어렵겠습니까? 편지로 지난해의 일과 그리운 회포를 전해 오니 마땅히 보답해야 할 것인데 어찌할까요?

한주 선생[洲丈]께서는 퇴도 선생의 근본 가르침[宗旨]을 얻었으니 3백 년 서로 논박하고 서로 논변하던 것을 분명하게 밝혀 우리 무리들로 하여금 단서(端緒)를 명백히 알게 하셨으니, 어찌 우리 유림의 우연이겠습니까! 달 전에 몇 가지 의문에 대해 답을 해주셨는데, 그 깨우침에 게으르지 않고 열어주심에 숨김이 없으시니 진실로 지식이 얕고 고루한 제가 감당할 바가 아니나, 그 사이에는 의심이 없는 것도 아니니 '소이발(所以發)'의 '소이(所以)' 자에 대한 물음에 답하시기를 "쓰임[用]으로부터 체(體)를 달(達)한다. 이(以) 자를 거듭 둠에 그러한 까닭[所以然]인즉 그 체(體)인 것이다." 하였는데 이것은 그런 것이니 발(發)하는 것은 이요 이를 발하게 하는 것은 기라는 것으로 논하면 비약(飛躍 : 소리개가 날고 고기가 뛰어오르는 것)하는 것은 기이고 비약하게 하는 까닭은 이(理)이며, 동정(動靜)하는 것은 기이고 이를 동하게 하고 정하게 하는 것은 이(理)라는 것인데, 그러한 뜻이 과연 그르치거나 어긋남이 없겠습니까? 형께서 다행히도 자세히 분석하여 가르쳐주셨으니 앞의 편지 가운데 은고(銀膏)의 비유는 깊고 절실하다 할 만하니 어찌 그 설을 받아들이지 않겠습니까! 주자께서 지각(知覺)은 마음의 허령한 것인가[心之靈]라는 질문에 답하시기를 "지각하는 이가 먼저 있다." 하시고, 또 말씀하시기를 "이와 기가 합하여 바로 지각할 수 있게 하는 것이니 이와 기가 합한 것 밖에 별도로 허령한 것이 있겠는가? 이것이 갖추어져 있고 이것이 실려 있으며 이것을 베풀며 이것을 쓰는 것이 서로 의지하고 서로 부합하는 것이다."라 하셨습니다. 어리석은 저의 견해가 또한 하나가 있으니, 거울은 본디 스스로 밝은 것이니 사물이 비추어져서 밝음이 더해지는 것이겠습니까! 불은 기름이 아니면 불붙기 어려우나 기름이 없으면 불탈 수 없다고 말하면 옳겠습니까? 잠자는 사람을 불러 일으킬 때 놀라서 일어나는 것이 영(靈)입니까? 이를 부르는 것이 영(靈)인 것입니까? 원컨대 다시 이것을 밝혀주시면 합니다.

答郭鳴遠

곽명원에게 답하다

근년(近年)에 보여주신 여러 조목에 대해 논하신 바는 밝은 분석이 정연(整然)하여 가부(可否)를 말할 필요가 없을 정도이나, 다만 제일조의 술(戌)이 만나면[戌會] 땅이 잠긴다는 것은 강유(剛柔)가 사질(死質)이 되는 것인데, 사질의 표면에서 기가 행할 수 있겠습니까? 해(亥)가 만나면[亥會] 하늘이 무너진다[天陷]는 것은 음양이 죽은 기[死氣]가 되는 것인데 이(理)가 사기의 위에 탈 수 있는 것입니까? 이것은 그렇지 않을 것 같아 두렵습니다. 이미 기가 죽었다고 말하면 다시 회복할 가능성이 없는 것인데 기를 말하는 사람은 이가 어느 곳에 탈 수 있다고 하는 것입니까? 음양이 생겨나기 전에는 단지 이 이가 있을 따름이며 이 이 가운데서 스스로 음이 생겨나고 양이 생겨나는 묘리가 분명타 말할 수 있지 않겠습니까! 주자께서 천지가 생기기 전에 필경 먼저 이 이가 있다고 말씀하신 것도 또한 이 뜻입니다. 끝 조목에 미발(未發)의 전(前)에는 비록 기질(氣質)의 성(性)이 없다고 하나 또한 기질의 성이 없지 않다고도 말할 수 있는 것이니, 이것은 더욱 그렇지 않습니다. 본연(本然)과 기질(氣質)의 두 가지 성이 이 가운데 함께 포함되어 있다면 미발의 전에 이미 선과 악의 씨앗이 있다는 것이니, 순자(荀子)의 성악설과 양자(楊子)의 선악이 섞여 있다는 논의와 가깝지 않겠으며, 《중용》에서 말하는 바 미발지중(未發之中) 역시 두 가지 근본이 되는 것이 아니겠습니까?

한주(寒洲) 어른이 논하시기를, 기가 용사(用事)하지 않을 때는 기가 없는 것과 비슷하므로 모름지기 말하지 않는 것이다 하시고, 노사(蘆沙) 어른의 설은 만약 기질의 좋지 못한 것이 기질의 성이 된다고 하면, 이것을 일러 말하면 미발하는 것은 없다고 하십니다. 지금 존경스런 깨우침[尊諭] 또한 없지 않다 운운하시는데, 과연 두 어른의 논의와, 무엇을 얻고 무엇을 잃은 것인지 다시 이를 상세하게 살펴보시는 것이 어떻겠습니까?

성양(聖養)은 결국 질병을 이기지 못했으니, 아! 우리 무리에서 다시 이와 같은 사람이 있겠습니까! 신후(身後)의 적막(寂寞)함은 더욱 아프고 안타까운데, 들으니 그대께서 계획하여 오랜 친구가 협소한 땅에 묻힘을 면하게 하셨다니, 어찌 그 뜻이 지금 세상에서 곽원진(郭元振)[30]을 다시 보는 것과 같지 않겠습니까!

---

30 곽원진(郭元振) : 고려 때 사람으로, 모르는 사람이 조상의 장례를 치르지 못했다고 하소연하자 이름도 묻지 않고 돈을 내어주었다는 고사(古事)가 있다.

요즈음 학자는, 재능이 모자라는 사람은 스스로 한계를 지어 편안해하여 앞으로 나아가려는 용기가 없고, 재주가 높은 사람은 혹 많이 비근한 것을 싫어하는 폐단이 있으니 '지나침은 오히려 미치지 못함만 못하다.[過猶不及]'는 말은 이런 것을 말하는 것이 아니겠습니까? 그 계급이 가지런하면서 엄격하고 깊이 품은 재주가 우뚝하여 심원한 사람은 오직 명원이 있을 뿐이라는 것은 나의 말이 아니라 사람들이 공공연히 말하는 것이니, 이에 맞춰서 덧붙이는 것입니다.

與周元老熙敬
원로 주희경에게 보내다

며칠 전에 어른을 뵙고 기(記)와 발(跋) 등 여러 작품을 받들어 읽으니 그 문장의 취지가 담담하기가 깊은 못과 같아 오래도록 사람으로 하여금 가슴속을 탁 트이게 하니 이것은 문장 각각이 실질에 맞아 밖으로 드러난 것이 아니면 그럴 수 있겠습니까! 희규는 물러나 허물어진 집에 엎드려 단지 책 읽는 것을 일삼을 따름인데, 그 이치의 핵심을 밝히는 데 망연하여 알지 못하므로 말함에 배운 바가 없어 방향을 잃는 데에 이르렀습니다. 논하신 바 '색은(索隱)' 부분의 말씀은 근세 학자들의 큰 병통을 절실하게 맞히셨습니다. 더욱더 가깝고 실제적인 곳에서 평이하고 담백함에 힘쓰면 반드시 맛없음의 맛이 있을 것입니다. 대체로 강좌(江左)에는 비록 글하는 선비[文士]가 많으나 풍속이 새롭고 기이한 것을 숭상하여 이 같은 병증(病症)이 없는 사람이 거의 없으니 탄식할 만합니다.

答李叔瑞廷鉉
숙서 이정현에게 답하다

모든 일이 순조롭고 더욱 부모님 모시는 여가에 학문하며 별일 없다는 편지를 보니 위안되고 마음속이 후련함을 어찌 말로 다하겠습니까! 이 늙은이는 한계[31]에서 돌아왔는데, 두 발에

---

31 한계 : 한주 이진상이 거처하던 성주의 대포(大浦).

병을 얻었는데 아직도 병을 떨치고 일어나지를 못하니 이것으로 부들과 버들[蒲柳]이 (추운 겨울에도 푸르른 소나무와 달리) 쉽게 시든다는 것을 알았습니다. 크게 웃고 또 웃습니다. 나의 이번 발걸음이 어찌 헛된 것이었겠습니까! 말씀과 뜻을 표현하심에 우뚝하고 빛나며 온화하고 부드러움을 보고 그 답하고 묻는 일에 미쳐서는 근거를 살핌이 넓고 막힘이 없으시어 정밀하고 상세하니 어찌 평일에 보시고 얻은 것이 적확하지 않고서야 이와 같을 수가 있겠습니까!

탐구하셔서 보내주신 답목(荅目)은 마땅히 받들어 부응함에 하나라도 빠질 수가 없습니다. 원본을 보내드릴 수는 없고 또 눈병이 나서 초출(抄出)하기도 어려우며, 대신 베끼려 해도 사람이 없습니다. 훗날의 인편을 기다리시면 합니다. 급하여 다 말하지 못합니다.

答李聖養
이성양에게 답하다

답장을 받자오니 장중하고 자세하며 엄밀하여 읽다가 깨닫지 못하는 사이에 자세를 바로 잡게 되었는데, 하물며 사람들의 말이 온당치 않음에 대해 일깨워주심이 확실한 것이겠습니까!

자기를 이루고 사물을 이루는[成己成物] 공부가 과연 이러함을 잘 알 수 있었습니다. 저의 학설을 글로 써놓은 후 시간 날 때마다 스스로 반복하여 생각해보니 역시 병통이 있음을 깨달았습니다. 대개 명덕(明德) 심성(心性)의 학설은 해결되지 않은 문제로 남은 지 오래입니다. 노사(蘆沙) 어른은 말씀하시기를 "명덕은 마음[心]이다." 하시고, 이어서 또 말씀하시기를 "기와 어긋나지도 않고 물과 어긋나지도 않는 본체"라 하시고, "억지로 심을 설명할 때 편의로 성정(性情)을 그 가운데 포괄한다 하는 것인즉, 심(心) 자에 대한 설명은 명덕으로 이미 넉넉하며 기와도 어긋나지 않고 물과도 어긋나지 않는다." 하시며, 바로 명(明) 자를 각주(脚註)하셨습니다. 그 말씀이 실로 적절하여 빠진 것이 없으니, 전에 보낸 글에서 조목조목 따져본 것이 망령된 설이었음을 이미 알고 있었는데 지금 가르침을 받고 보니 더욱 분명해집니다. 한주(寒洲) 선생의 곧 심중(心中)을 하나의 이(理)라고 하신 것은 어쩌면 기(氣) 밖에 별도로 한 개의 이가 분명히 있어서, 기와는 서로 상관하지 않는 것으로 여길 수 있습니다. 무릇 허령불매(虛靈不昧)한 것이 심(心)이면 갖추어서 대상에 응대하는 작용은 모두 허령(虛靈)의 실제로 하는 작용[實事]인 것이니 허령한 것이 기가 아닌데 허령한 것이 이일 까닭이 있겠습니까?

만약 심중(心中)을 하나의 이일 뿐이라 말하면, 이것은 허령이 바로 이가 된다는 것입니다. 어리석은 저의 견해는, 이는 기를 떠날 수 없고 기는 반드시 이를 싣고 있는 것이나 (말하는) 상황이 다른 까닭에 가리키는 바가 같지 않습니다. 그러나 떼어놓을 수 없는 가운데 저절로 순선하여 잡스런 것이 섞이지 않은 것과, 또한 섞이지 않은 가운데 분명하여 간극이 없는 것이 있습니다. 《혹문(或問)》의 소주(小註)에서 합하여 이것을 말하면[合而言之], 기(氣)가 곧 이 이(理)이고 이가 곧 기이며, 분리해서 말하면[分而言之] 이는 스스로 이가 되고 기는 스스로 기가 됨을 알 수 있습니다. 한주 어른께서 가리킨 바는 어쩌면 명덕(明德) 장구(章句)의 본뜻이 아닐지도 모르며, 또한 학자로 하여금 점차 기를 이로 인식하는 폐단이 있게 할지도 모릅니다. 저와 같은 연배의 선비들 가운데 역시 이와 같은 학설을 주장하는 사람이 있으니 최(崔) 성진(誠進) 어른과 허(許) 퇴이(退而) 형이 그러합니다. 갖추지 못한 (본인의) 학설[瞽說]이 어긋남은 혹여 스스로 깨달은 것이 분명치 않은 데에 있을 것이나, 감히 여러분들이 아직 살피지 못한 부분도 있다고 말하고 싶습니다. 슬며시 포상(浦上 : 寒洲)에 다시 질문하여 그 가부(可否)를 듣고자 합니다. 다만 갖추지 못한 학설 가운데 "성(性) 또한 선(善)과 불선(不善)이 없다는 것은 옳지 못하다."는 한 구절은 정자(程子)께서 말하신 바 "악(惡) 또한 성(性)이라고 말하지 않으면 안 된다."는 뜻에서 취한 것이며, 주자(周子)께서도 "오성(五性)이 감응하여 움직임에 선악이 나누어지는 것이니 성(性)에 어찌 일찍이 불선이 있겠는가? 모두 기를 품수함에 구애되는 것인데 (구애 없이) 바로 드러나는 것이 선이 되고 바르지 못하게 드러나는 것은 불선이 된다."고 말씀하신 것이 있습니다. 그러나 바르지 못하게 드러나는 것과 바르게 드러나는 사이[橫直之間]에 주인과 객의 차이가 너무 동떨어져 있으니 명덕의 본체를 기가 어찌 구속하는 바가 있겠습니까! 만약 우리 성양(聖養) 같은 분이 아니면 어찌 감히 이와 같은 학설과 말을 고하여 다시 하나의 부차적인 학설을 이루어서 혼미함을 없애겠습니까! 이것이 (제가) 구구하게 바라는 바입니다.

答李聖養

이성양에게 답하다

지난번 용암서원에서 돌아오는 길에 퇴이(退而)를 만나 하룻밤을 묵으면서 그의 형 및 만성과 더불어 《송경유록(松京遊錄)》을 얻어 보았는데, 선죽교에서 술 뿌려 제사 지낸 일은 어찌 장한 일이 아니겠습니까! (선죽교의 일은) 천년이 지나도 눈물이 의로운 옷깃을 적시게 하는데, 하물며 주고받은 여러 작품이 모두 비장(悲壯)하며 표일(飄逸)하고 주관(周官) 인지(麟趾)의 구절에 이르러서는 더욱 사람들로 하여금 탄상(嘆賞)을 금치 못하게 함이겠습니까!

희규는 경전의 뜻에 대해서는 그 얕은 부분(皮殼)도 엿보지 못했는데 하물며 감히 그 밑바다 핵심까지 꿰뚫어 알기를 바라겠습니까! 다행히 나의 벗들의 절차(切磋)하는 공부에 힘입어 같은 곳으로 함께 돌아가는 날을 바랄 뿐입니다. "의관을 바로 하고 규범과 절도에 맞게 한다."고 말하는 비천한 (본인의) 학설은 과연 보잘것없는 것 같습니다만 겉이 경건하지 않으면서[不敬] 안이 바를 수[內直] 있겠습니까! 정자(程子)께서 어찌 나를 속이겠습니까! 이 모든 병통은, 나는 (치유)할 수 없는 것이며 부러운 형께서는 이미 행할 수 있는 것입니다. 어찌 이러한 것으로 사람들의 배운 바가 얕고 깊음을 단정하겠습니까! 가르쳐주신 바 마음은 "마음을 가라앉혀 온 정성을 다하지 못함을 근심하고 서지 못함을 근심한다."는 말은 덕을 진보시키고 업을 닦는 [進修] 방향을 미혹되지 않게 하고, 현인이 되고 성인이 되는 기초가 되기에 넉넉하니, 그 스스로 (현인과 성인 되기를) 기대하는 바가 어찌 멀겠습니까! 오로지 더욱 그 뜻과 (성인 되는) 사업을 면려(勉勵)할 뿐입니다.

與田聖耿鳳奎

성경 전봉규에게 보내다

가만히 세상의 학자들을 살펴보면 실제로 얻음[實得]에는 힘쓰지 않고 부질없이 기송(記誦) 사장(詞章)[32]의 업(業)으로 사람들의 이목을 즐겁게 하는 일을 취하니 이것은 그 말폐(末弊)를 구제하는 것이 아니며 실제로 공을 이루기 어려운 것입니다. 공자께서 배워서 알고 부지런히 실천하면 공을 이루는 것은 한가지라 말씀하셨으니, 그대의 독실(篤實)한 자질로써 도를 바라면서 아직 그 문에 이르지 못했어도 가는 길을 그만두지 않으면 덕이 높아지고 학업이 넓게 될 것[德崇業廣]이니 어찌 성공할 날이 없겠습니까! 바라건대 편지 왕래를 계속하여 함께 연구하고 서로 보탬이 됨이 어떠하겠습니까?

---

32 기송(記誦) 사장(詞章) : 시가와 문장을 외우고 읽기만 함.

與曺仲韶錫魯

중소 조석로에게 보내다

계신 곳의 집안사람에게 살펴 물으니 좋은 일이 오랫동안 모이고 정성을 다하여 심신을 기름에 (건강이) 젊은 시절을 뛰어넘는다 하니 이것은 새봄의 기쁜 소식입니다.

희규는 또 나이 하나를 더 먹었으나 학문은 진보가 없어 끝내 명성을 떨치지 못했습니다. 만약 그대와 같은 사람과 함께 힘써 보완하고 아침저녁으로 힘썼다면 거의 잘못을 줄이는 도가(寡過之道) 있게 되고 끊임없이 실천하여 (도를) 바꿈이 없었을 것이니, 어찌 이와 같이 한스럽겠습니까!

가을에 몇 친우들과 남위(南爲)[33]에서 큰 바다를 구경하고 돌아온 지 무릇 30여 일이 지났습니다. 일찍이 들으니 산과 바다를 구경하는 것이 학문에 보탬이 없지 않다고 했는데, 오늘에 하나도 얻은 것이 없어 가슴속의 허다한 삿된 생각이 이전과 다름없이 그대로 있으니 모두 진실로 축적한 것이 없기 때문이라 홀연히 한번 보는 것이 과연 나에게 무슨 도움이 있겠습니까! 어느 때에 (남명의) 지리산 유람을 이어서 영진(靈眞) 굴(窟)을 찾아보고 연하(煙霞)의 액(液)을 원 없이 먹을 수 있겠습니까? 가만히 생각하면 남명 할아버지 후 수백 년에 할아버지의 위업을 이어받을 책임을 누가 있어 맡겠습니까! 그대와 형칠(衡七 : 復菴 曺垣淳)은 뜻이 고상하고 구차함이 없으니 우리 가문의 기대가 어찌 얕겠습니까? 족보에 관한 일은 사세가 장차 부지런히 힘써 행해야 할 것이며 김해 그 한 가지 일[34]은 의리로 변석하여 부수어야 할 곳입니다. 그대의 생각이 정해졌는지 모르겠습니다. 빨리 편지로 알려주시기 바랍니다.

答李應仲瓚錫

응중 이찬석에게 답하다

편지를 받고 꼼꼼히 읽어보니 뜻과 취향이 깊고 멀며 말씀의 기운이 세심하여 빈틈이 없는 것으로 보아, 학문에 뜻을 가졌으며 공을 이루려는 노력으로 조금씩 진보하고 있음을 알 수

---

33 남위(南爲) : 거제도를 가리키는 듯하다.
34 김해 그 한 가지 일 : 남명의 부인 남평조씨 가문에서 창녕으로 본관을 바꾼 것에 대한 시비(是非) 문제.

있으니 축하할 만합니다. 성현의 책은 하나라도 학문하는 요점이 아닌 것이 없으나 선배들이 특별히 《대학(大學)》 공부를 시급히 힘써야 할 책무로 삼은 것은 무엇 때문일까요? 대체로 이 책은 삼강령(三綱領)과 팔조목(八條目)이 조리가 정연하고 짜임새가 있어 하나도 빠진 것이 없습니다. 배우는 사람은 모름지기 이 책을 오랫동안 읽어 깨달음이 깊어 그 명료함이 마음의 눈에 있다면 다른 책들은 이 《대학》의 짜임새를 보충하는 것에 불과할 뿐입니다.

일찍이 한훤당(寒暄堂 : 金宏弼) 선생께서 일생 동안 《소학(小學)》을 읽으시면서 스스로 '소학동자'로 칭하셨으니 이 법문(法門)을 존중하며 사용한즉 어찌 옛사람을 본받지 못할 것을 근심하겠습니까!

인사(人師)와 경사(經師)의 깨우침은 매우 당연한 것이니, 반드시 먼저 심사(心師)를 세운 후에 인사와 경사를 차례로 얻어야 합니다. 그렇지 않으면 비록 성현과 함께 거처한다 해도 무슨 도움이 있겠습니까! 편지에서 말한 산야(山野)의 노동과 집이 가난함에도 부모를 친히 봉양하는 것은 그럴 수밖에 없는 것이니 옛날 동생(董生)35 또한 이와 같이 하지 않았겠습니까?

배우기를 잘하는 사람은 일용(日用)하고 평소에 실천하는 것이 배움 아닌 것이 없으니 우려할 바는 심사(心師)를 세우지 못하고 힘이 남는데도 실행하지 않는 것이니 더욱 힘쓰시기를 바랍니다.

與金學奎

김학규에게 보내다

지난날 이웃한 친구들과 손잡고 금성(錦城)을 유람함에 혹독한 비에 놀림을 당해 3일을 묵고 돌아왔는데 그사이에 매우 아름다운 경치를 볼 수 있었습니다. 일찍부터 산을 보는 것[看山]은 인자(仁者)가 아니면 해당하는 바가 없는 것으로 알았는데, 우리들의 독서는 구차하지 않아도 좋을 것에 얽매여서 각각이 지키고 내가 구하는 의리가 아니면 절대로 서로 학문 연마를

---

35 동생(董生) : 한유(韓愈)가 동생(董生)에 관한 글을 지었는데, "아아! 동생이여. 아침에 나가 밭 갈고 밤에 돌아와 옛사람의 글을 읽어 날이 다하도록 쉬지 않네. 어떤 때는 산에 가서 나무하고, 어떤 때는 물에 가서 고기를 잡아 부엌에 들어가 맛있는 음식 요리하고, 부모 계신 곳에 가서 문안드리니, 부모님 걱정하지 않으시고 처자는 원망하지 않는구나.[嗟哉董生 朝出耕 夜歸讀古人書 盡日不得息 或山而樵 或水而漁 入廚具甘旨上堂問起居樵 父母不慼慼 妻子不咨咨]"라고 했다.

서로 도와주는 열(列)에서 상종(相從)함이 없으니 쑥과 삼[蓬麻]³⁶이 어찌 붙들어주지 않아도 스스로 곧아질 수가 있겠습니까! 일찍이 주자와 남헌(南軒)³⁷께서 서로 방문하실 때 2천 리의 험한 길인데 얼마나 부지런하셨겠습니까! 세상에는 두 분 선생의 사귐과 같은 것이 없어진 지 오랩니다. 난계(蘭溪)의 약속과 아호(鵝湖)의 강론을 듣는 것과 같은 일을 요즘 세상에서 다시 보기는 어려울 것 같습니다. 때마침 승려 한 사람이 문 앞을 지나가기에 산중의 안부를 물으며 급하게 대충 써서 보냅니다.

答曹衡七垣淳
형칠 조원순에게 답하다

인편이 와서 (소식을) 들었습니다. 대개 효우(孝友)가 정치하는 것이며 글을 배우는 것이 즐거움이 된다고 합니다. 형칠(衡七)은 지금 세상에 있으면서도 옛사람의 도를 실천하는 사람이라 말할 수 있습니다. 이 마음으로 학문하여 나아간즉, 학문한 바가 하나도 나에게 있는 것이 아님이 없어 지행(知行)이 병진(並進)할 수 있을 것이니 이를 부러워합니다. 족보에 관한 일은 어제 통문(通文)의 글을 보았는데, 이미 할 수 있는 세(勢)가 없음에 누가 있어 형칠께서 말한 바와 같이 성토(聲討)할 수 있겠습니까! 소위 조금이나마 염치를 안다는 판서 어른 같은 분도 별생각 없이 잘못이라고 하시지 않으니 탄식을 그치지 못한즉, 우리는 우리 족보를 만들어 한 파의 계통을 밝혀놓는다면 바야흐로 후세에 어찌 영원히 공론하는 사람이 없겠습니까! 이를 기다릴 뿐입니다.

答族弟夏瑞南奎
족제 하서 남규에게 답하다

편지는 잘 받았으며, 보내주신 물품뿐 아니라 그대의 두터운 정의가 이 같으니 어찌 불안

---

36 쑥과 삼[蓬麻] : 《순자(荀子)》〈권학(勸學)〉. "蓬生麻中 不扶而直".

37 남헌(南軒) : 장식(張栻, 1133~1180). 호굉(胡宏)의 제자로 호상학(湖湘學)의 집대성자. 주희, 여조겸과 더불어 동남삼현(東南三賢)으로 불린다.

(不安)함이 많지 않겠습니까! 농사를 돌아보니 스스로 먹고살 계책도 없고 오늘날의 효상(爻象)역시 두렵고 위태하여 조심하지 않을 수 없으니 장차 어찌하면 온전할 수가 있겠습니까? 뜻있는 선비들 가운데는 더러 산에 들어가기도 하나 오히려 자취를 의탁함이 깊지 않을까 두려우니 대개 시의(時義)가 그러하기 때문입니다. 그대의 거처는 나의 거처에 비해서도 더욱 궁벽하여 세(勢)가 장차 헐릴 수밖에 없을 것이니 어찌 그대의 뜻이 어떠한지 살피지 않을 수 있겠습니까?

與族姪而伯鎭明

족질 이백 진명에게 답하다

지난날 시행치 못한 것이 한스러운 마음만 돋우고 있으며 어떤 일[某事]에 관해서는 그 줄거리를 대략 들었는데 군(君)은 무슨 생각으로 일 처리를 주저하십니까? 계문자(季文子)가 세 번 생각한 후에 행한다고 하자, 공자께서 두 번만 생각하는 것이 좋다고 하셨습니다. 일을 먼저 하고 생각하는 일은 떨쳐버릴 뿐인데 그렇게 하지 않고 마음상의 저울대라 (변명)합니까?

이 가운데 한 사람도 도의(道義)로 서로 방문함이 없으니 가슴에 울분만 쌓일 뿐입니다. 이것이 다시 세속 일에 서로 간섭하는 것입니까? 뜻마다 그림자와 벗하여 서로 추종하고 소나무 몇 그루와 연못가에서 머물면서 부질없이 회남조(淮南操) 한 곡조를 읊음으로써 스스로 편안해하니 이런 마음의 깨달음이 고인의 의취(意趣)와 같은지 모르겠습니다.

與京中譜所乙亥三月

서울의 족보 편찬하는 곳에 보내다(을해 삼월)

족보를 하나로 만드는 까닭은 조상을 높이고 종족을 공경하는 일입니다. 하나로 한즉 소목(昭穆 : 항렬과 촌수)을 밝히는 것으로 파를 합하고 계통을 모아 한 근원으로 통일함에 (일가끼리)서로 길 가는 사람 보는 지경에 이르지 않게 하는 것입니다. 믿음이 있고 의심이 없는 일을 헤아리는 저울대가 어찌 사사로운 뜻으로 함부로 하는 것을 용납하는 곳에 있겠습니까!

130

의리(義理)에 따라 (족보에) 마땅히 들여야 할 것을 들이는 것과 마땅히 들이지 않아야 할 것을 들이는 것은 아는 사람을 기다리지 않고도 명백하게 구별할 수 있습니다.

남평(南平)을 본관으로 하는 조씨(曺氏)는 바로 우리 문정공(文貞公) 노선생(老先生 : 南冥) 처가가 있는 집안인즉 본관이 다르다는 것은 진실로 의심할 수 없는 것이며, 지산(芝山 : 曺好益)과 장호공(莊湖公 : 曺潤孫) 두 집안 역시 일찍이 남평조씨와 통혼(通婚)한 일이 있으니 두 가문 모두 어떻게 본관이 다르지 않다는 것을 알면서 통혼을 했겠습니까!

삼가 《국조과보(國朝科譜 : 국조문과방목)》를 살펴보면, 남평조씨에 유인(由仁), 휘(彙), 간(幹)이 있으며, 유인은 태조 병자년의 과거에 합격한즉 남평을 본관으로 한 것이 고려(高麗) 때부터 있었음을 알 수 있고, 또 《남평읍지(南平邑誌)》를 고찰해보면, 조씨(曺氏)는 대대로 살았던 토성(土姓)입니다. 그러한즉 남평을 본관으로 하는 것은 그 유래가 또한 오래지 않습니까?

지난 정해년에 남평조씨들이 본관을 바로잡는다고 하면서 우리 창녕조씨와 족보를 같이 한 것이 이 족보입니다. 누가 주장했는지 모르지만 일이 심각한 것은 말할 필요도 없습니다.

오늘날 족보를 만드는 날에 고증하여 바로잡는 곳에서 용납하지 않아야 하는 인물이 그 집안인 까닭에 거짓으로 청하면서도 염치를 모릅니다. 이와 같은 일을 그만두게 하지 않으면 근본을 버리고 조상을 배반하는 사람들이 이런 자취를 이어서 (계속) 일어날 것이니, 그런 데서 삼강오륜을 어떻게 할 것입니까! 의리는 천하 공공의 것으로 한 집안이나 한 사람이 사사로이 할 수 있는 것이 아닙니다. 그 집안으로 하여금 조금이라도 의리를 알게 한다면 누가 그들을 족보에 들어가라고 해도 반드시 동의하지 않을 것입니다. 이 일은 아마도 생각이 없음이 심한 것이 아니겠습니까! 일가들의 뜻을 자세히 살피시고 자제하여서 결단코 그 집안과 족보를 같이하지 마십시오. 우리 집안은 비록 남명 선생의 직계 후손은 아니지만 자손의 열(列)이 되는 것은 한 가지이니 의리로 보아 어찌 감히 한 집안은 나가고 한 집안은 들어가겠습니까! 여러 어른들께서는 지극히 공정하고 지극히 바른 도리[至公至正之道]로써 이 일을 처리해주시기 바랍니다.

창와문집 권3 · 菖窩文集 卷之三

잡저(雜著)

浦上問答
한계[大溪]에 계신 한주 선생과의 문답

질문 : 〈대학(大學) 전(傳)〉 수장(首章)의 어떤 것이 미발(未發) 공부(工夫)가 됩니까?

왈(日) : 〈명덕(明德) 전(傳)〉에서 체(體)와 용(用)을 겸하고 동(動)과 정(靜)을 일관한다는 말은 어쩌면 미발 공부 하나에만 해당할 수는 없을 것 같습니다. 다만 '하늘의 밝은 명령을 마음에 새겨 잊지 아니한다.[顧諟明命][1]는 말은 경험으로 존양(存養)의 뜻을 아는 것이 더 중요하다는 것입니다.

질문 : '물리(物理)의 지극한 곳[極處]에 이르지 않음이 없다.'는 것은 이(理)가 마음[心]에 이르렀다는 것입니까? (아니면) 마음이 이에 이르렀다는 것입니까?

왈 : 마음은 밝은 거울과 같으니 거울은 일찍이 사물을 쫓아 내보냄이 없이 사물을 비추는 것이니 또한 어찌 와서 거울 속으로 들어간 것이겠습니까! 단 거울은 본래 맑고 밝은 것인즉 비추는 바의 사물은 예쁜 것과 추한 것, 정밀하거나 조악한 것에 상관없이 뚜렷이 드러나 남김이 없습니다. 지금 말하는 '이가 이른다.[理到]'는 뜻 역시 단지 이것과 같아서 '이른다[到]'는 것은 그 극처(極處)를 탐구하여 남은 것이 없음을 말하는 것입니다.

질문 : 성의(誠意)의 의(意)는 마음이 발(發)하는 것이고 희로애락(喜怒哀樂)의 정(情)은 성(性)이 발하는 것인즉 정(情)과 의(意)는 두 가지로 갈라지는 것과 같습니까?

---

1 하늘의 …… 아니한다.[顧諟明命] : 《서경(書經)》〈태갑 상(太甲上)〉. "先王顧諟天之明命".

왈 : 정은 곧바로 드러나는 것이므로 실제에 근거하여 말하는 것이며 성지발(性之發)은 뜻이 억지로 만든 것인 까닭으로 상황에 따라 말한 것입니다. 심지발(心之發)에서 정과 의는 두 갈래의 뜻이 있는 것이 아니라 스스로 두 가지입니다. 지금 사람이 서울로 가는데, 곧바로 동해로 가는 것은 정(情)이요, 조령을 경유하고자 하거나 추풍령을 경유하고자 하는 것은 의(意)입니다.

질문 : 의(意)라는 것은 마음이 발하는 바인데 뜻을 성실히 하는 것[誠意]을 반드시 마음을 바르게 하는 것[正心]의 앞에다 두는 것은 무슨 까닭입니까?

왈 : 명덕(明德)을 밝히는 일은 반드시 그 발하는 바에 근거하여 밝음에 이르는 까닭에 마음을 바르게 하고자 하는 사람은 먼저 그 뜻을 성실하게 하는 것이니 곧 용(用)으로부터 출발하여 체(體)에 달(達)하는 것입니다.

질문 : 그 마음을 바르게 한 것[正其心]과 바름을 얻지 못한 것[不得其正]은, 어떤 것이 마음의 체(體)를 가리키며 어떤 것이 마음의 용(用)을 가리키는 것입니까?

왈 : 정심(正心)을 설명한 전문(傳文)의 체용(體用)에 관한 논변은 매우 많으나 오직 주극리(朱克履)의 설이 가장 근접합니다. 대개 (경문에서) 정기심(正其心)을 말한 것은 체(體)와 용(用)을 겸하여 말한 것이고, (전문에서) 그 용을 살피고 그 체를 보존하되 바름을 얻지 못한다는 것은 전적으로 용의 작용한 바를 말한 것입니다. 용이 작용하지 않으면 체는 서지 못합니다.

질문 : 명덕과 성의 등의 공부에서도 경(敬) 자는 마땅히 존재하지 않을 수 없는데 필히 〈정심장(正心章)〉 장구(章句)에서만 드러내어 게시하는 것[表揭]은 무슨 까닭입니까?

왈 : 지선(至善)에 머묾[止]은 삼강령(三綱領)의 표적(標的)이 되는 까닭에 〈전문(傳文)〉의 〈지선장(止善章)〉 머리에서 경(敬)과 지(止)를 드러내어 밝히는 것입니다. 마음은 만 가지 변화를 주재하는 까닭에 장구(章句)의 정심(正心)조(條)에서 특별히 경(敬)과 직(直)을 설명한 것입니다.

질문 : 〈보망장(補亡章)〉을 만든 의도는 본래 정자(程子)의 십육조(十六條)의 의도에 있고, 그

말은 자신(주자)의 십일조(十一條) 가운데 있습니다. 글을 수집하여 편집하고(采輯) 뜻을 붙이는 것은 모두 제오(第五)장(章)의 빠지고 생략된 것을 보완하는 것과 같은 것입니까? 어떤 사람이 말하기를 "채집(采輯)과 보궐(補闕)은 두 가지 설임이 분명하다. 채집이라는 것은 정자(程子)의 설을 채집했다는 것이고 보궐이라는 것은 정자의 설에서 빠지고 생략된 것을 보충한 것이다." 하는데 이 설은 어떠합니까?

왈 : 채집이라는 것은 버려두거나 잃어버린 것(放失)을 수집하여 편집하는 것인데, 정자는 본래 책을 이루지 못했으니(不成書) 무슨 버려지고 잃은 것이 있어서 수집하여 편집할 수 있겠습니까! 제오장은 본래 있던 것을 잃어버린 것이며 기타 뒤섞여 있는 것(錯簡)은 버려지거나 흩어져서 본래의 제 자리를 잃어버린 것입니다. 정자가 이미 다 바루지 못하여 주자가 이것을 채집한 것입니다. 〈성의장(誠意章)〉 아래의 말과 치지정심(致知正心) 장구의 말과 경(敬) 자는 본디 있던 것을 잃어버린 것입니다. 정자 또한 이에 관한 말씀이 없었으므로 주자께서 붙이고 보완한 것입니다.

질문 : 《대학》의 성의(誠意)는 바로 《중용》의 근독(謹獨)이며 《대학》의 정심(正心)은 바로 《중용》의 계구(戒懼)입니다. 성의와 근독은 이미 발한 상태(已發)에서의 공부(工夫)이며 정심과 계구는 아직 발하지 않은 상태(未發)에서의 공부입니다. 그러면 《대학》은 성의(誠意)를 먼저 한 이후에 정심(正心)하는 것이며 《중용》은 계구를 먼저 한 이후에 근독하는 것은 어떠합니까?

왈 : 성의의 요점은 진실로 근독에 있으며 성의 자(字)는 넓게 보면 근독 자(字)입니다. 엄밀히 말하면, 정심은 계구(戒懼) 공부로 은연(隱然)히 말하지 않아도 맞아 들어가는 것이며 정심이라고 하지 않는 것은 바로 계구가 대체로 화내고 두려워하는 것 등과 같이 객(客)이 힘쓰는 곳이기 때문입니다. 모름지기 극치(克治)하는 공부는 전적으로 미발(未發)에 속할 수 없는 것입니다. 《대학》은 덕을 진보시키는(進德) 것을 추구하는 까닭에 성의를 먼저 한 후에 정심하는 것이며, 《중용》은 주로 하는 것이 도를 밝히는(明道) 데 있는 까닭에 계구를 먼저 한 이후에 근독하는 것이니 체(體)를 세운 이후에 용(用)을 행하는 것입니다.

질문 : 〈제가장(齊家章)〉의 가(家) 자 위에 특별히 하나의 기(其) 자를 드러낸 것은 무엇 때문입니까?

왈 : 가(家)와 신(身)은 사람들이 사귀고 접하는 곳인 까닭에 입언(立言)함이 비교하여 다른 것입니다.

질문 : '덕은 몸을 윤택하게 한다.[德潤身]'의 덕(德) 자는 〈장구(章句)〉에서 별다른 해석이 없는데 '먼저 덕을 닦고 쌓아야 한다.[先愼乎德]'의 덕(德) 자인즉 명덕(明德)으로 해석했는데 어째서입니까?

왈 : 성의(誠意)는 명덕(明德)이 처음 하는 일입니다. 덕윤신(德潤身)은 단지 그 효과를 말한 까닭에 별다른 해석을 하지 않은 것이고, 평천하(平天下)는 명덕의 지극한 공업(功業)이므로 '선신호덕(先愼乎德)'은 반드시 용공(用工)함을 기다리는 까닭에 특별히 드러내어 명덕으로 이를 해석한 것입니다.

○ 어떤 사람은 말하기를 "성의(誠意)는 명덕 가운데의 일인즉 덕윤신(德潤身)의 덕(德) 자는 훈석(訓釋)을 기다리지 않는 것이고, 평천하(平天下)는 신민(新民)하는 가운데의 일인즉 신덕(愼德)의 덕(德) 자는 반드시 해석한 연후에 평천하하는 도리를 아는 것이나 또한 명덕 밖의 일은 아니다."라 했는데 이 설이 정밀하고 적절한 것 같습니다.

질문 : 정이천(程伊川)이 충신(忠信) 두 글자를 해석하여 말하기를, 자신을 다하는 것을 이르기를 충이라 하고, 이것을 충실하게 하는 것을 일러 신이라 했습니다. 정명도(程明道)가 말하기를, 발(發)하여 이미 스스로 다한 것을 일러 충이라 하고 물정을 따라 어긋남이 없는 것을 신이라 했습니다. 주자께서 이천의 설로써 친숙하며 절실하게 하셨는데 평천하 장구는 명도의 설을 인용했으니 어째서입니까?

왈 : '발하여 물정을 따른다.[發已循物]'의 해석은 무리를 얻어 사람들을 다스리는 의리에 더욱 친절한 까닭에 여기에서는 홀로 명도의 설을 사용한 것입니다.

질문 : 《중용》 한 책에서는 심(心) 자를 말하지 않는데 어째서입니까?

왈 : 도(道)를 밝히는 데는 모름지기 먼저 성(性)을 말해야 하며 성 밖에 마음이 따로 있는 것이 아니니 조심(操心)의 요점 또한 계구(戒懼)와 근독(謹獨) 밖에서 나오지 않습니다. 생각건대

심(心)은 성글고 성(性)은 엄밀하기 때문에 성을 말하고 심을 말하지 않는 것으로 환하게 보이는 천리를 드러내는 것입니다.

질문 : 허동양(許東陽)은 인심(人心)은 기(氣)에서 발하고, 도심(道心)은 이(理)에서 발한다고 하는데 이 설은 온당치 못한 것 같은데 어떠십니까?

왈 : 주자께서 〈우모전(禹謨傳)〉에서 또한 '형기(形氣)에서 발하는' 것과 '의리(義理)에서 발하는' 것을 말씀하셨는데, 허동양이 처음 이것을 설로 만들었는데 배척되지 않았습니다. 다만 이것은 그 발하는 곳을 취하여 그 기틀을 말한 것입니다. 대개 인심은 이가 형기에 근거하여 발하는 것이며 형기가 스스로 발하여 정(情)이 되는 것은 아닙니다. 도심은 진실로 이가 직접 발하나 또한 밖의 사물과의 느낌에 근거하나 본래 의리에 속하는 까닭에 의리에 따라서 지각하는 것입니다. 맹자께서 말한 바 입의 맛에 대한 것과 귀의 소리에 대한 것과 눈의 색에 대한 관계와 같습니다. 사체(四體 : 온몸)의 안일은 이것이 인심이고, 부자 사이의 인과 군신 사이의 의, 손님과 주인 사이의 예를 현자(賢者)에게서 아는 이것은 도심입니다. 인심은 형기 쪽의 일이고 도심은 의리 쪽의 일입니다.

질문 : 《중용》 수장(首章)의 성(性)과 도(道) 자는 인(人)과 물(物)을 겸(兼)하여 말한 것입니까?

왈 : 중용의 도는 사람과 물의 도리를 다하여 지극한 곳에 이르는 것이니 그 가르침은 자기를 이루고 만물을 이루게 하는[成己成物] 데에 이르는 것인즉 어찌 사람과 만물을 겸하여 말하지 않겠습니까? 하물며 장(章) 안에 또 '만물을 기른다.[育萬物]'라는 물(物)이 있으니 홀로 사람만 말하고 물을 말하지 않는다고 할 수 있겠습니까!

질문 : 성과 도는 본래 동일한 구절인데, 누가 말하기를, 인과 물을 겸하여 말하는 것은 사람과 사람의 성과 도는 같고, 물과 물의 성과 도는 같다고 하는데 어떠합니까?

왈 : 그 이의 섞여 있는 것[渾然]에서 말하면 인과 만물의 성과 도는 모두 같으나, 그 이의 분명한 것[粲然]에서 말하면 사람과 사람의 성과 도가 같고, 물과 물의 성과 도가 같습니다. 혼연한 것에서 보면 이가 하나이고 찬연한 것에서 보면 나누어서 구별되는 것입니다.

질문 : '중화(中和)'에서 '중(中)'을 먼저 말한 이후에 '화(和)'를 말하고 '비은(費隱)'²은 '비(費)'를 먼저 말한 이후에 '은(隱)'을 말하는데 무슨 까닭입니까?

왈 : 수장(首章)은 처음 한 이치로[一理] 도의 큰 바탕을 말하는 까닭에 체(體)를 앞세우고 용(用)을 뒤로 한 것이며, 십이(十二)장은 '중(中)'으로써 만사(萬事)를 매듭지어 도에 나아가는 차례를 말한 까닭에 용(用)을 앞세우고 체(體)를 뒤로 한 것이니 중(中)이 은(隱)이요 화(和)가 비(費)입니다. 다만 화(和) 하나만 말한즉 또한 본디 비와 은을 겸한 것입니다.

질문 : 비은(費隱)은 모두 이(理)의 견지에서 설한 것입니까?

왈 : 충성과 효도, 공경과 자애[忠孝敬慈]는 이의 비(費)로 도의 당연한 작용이며, 인의예지(仁義禮智)는 이의 은(隱)으로 도의 그러한 체(體)입니다. 지금 솔개와 물고기[鳶魚]로 이를 증거하면, 그 날아오름과 높이 뛰는 것은 이의 그럴 수 있는 것으로 비의 용에 속하는 것이며, 날아오르는 까닭과 뛰어오르는 까닭은 은(隱)으로 이의 체는 눈으로 볼 수 없는 것입니다.

질문 : 십삼(十三)장 제사(第四)절에 유독 부부 하나만 말하지 않은 까닭은 어째서입니까?³

왈 : 군자의 도에서 네 가지[子, 臣, 弟, 朋⁴ 바라는 바는 모두 삼접(三摺 : 자신을 포함한 세 주체가 있음)을 말한 것이며, 부부는 단지 양접(兩摺 : 제삼자가 없음)일 뿐이니 어찌 상대에게서 바라는 것으로 다른 사람을 섬길 수 있겠습니까? 다만 위 문장에서 말한 '충서(忠恕)' 두 글자가 바로 가능한 도(道)일 뿐입니다.

질문 : 《중용》의 이십이(二十二)장 이후부터는 '천(天)'과 '인(人)' 사이를 말하는데 인도(人道)를 말한 것이 다섯 장이고 천도를 말한 것은 여섯 장이며, 그 이하 세 장은 인도를 말하고 또 세

---

2 비은(費隱) : 《중용》 12장. "군자의 도는 그 작용은 광대하지만 그 본체는 은미하다.[君子之道 費而隱]"

3 십삼(十三)장 …… 어째서입니까? : 《중용》 13장 4절에서 부자, 군신, 형제, 붕우를 말하고 부부를 말하지 않은 이유를 물은 것이다.

4 네 가지[子, 臣, 弟, 朋 : 《중용》 13장의 "자식에게 바라는 것으로 부모를 섬기고, 신하에게 바라는 것으로 주군을 섬기며, 아우에게 바라는 것으로 형을 섬기며, 벗에게 바라는 것을 먼저 베푸는 것"을 말한다.

장은 천도를 말하는데, 어찌하여 차례가 같지 않습니까?

왈 : 자사(子思)께서 《중용》을 지으실 시초에는 장(章)을 나누지 않았는데, 책을 읽는 사람들이 부득불 장을 나눔으로써 입언(立言)함에 차례가 있게 된 것입니다. 이십일(二十一)장은 이미 '자성명(自誠明)'으로써 천과 인에 대해서 설명한즉, 그 차례는 부득불 먼저 천도(天道)를 말하고 다음에 인도(人道)를 말한 것입니다. 천은 일찍이 인을 떠난 적이 없고 인은 일찍이 천이 아닌 적이 없었던 까닭에 인도를 말한 다음에 또 천도로써 이은 것이며, 이십오(二十五)장 전체의 단락으로 말하면, 비록 인도에 속하나 이미 성(誠)이란 것은 '스스로 이룸[自成]'으로 시작하는 것인즉 '스스로 이룸'은 천도를 잇는 것을 말한 것이며, 자도(自道)는 방향이 인도를 향한 것입니다. 성(誠)이란 것은 사물의 마침과 시작[終始]인데, 또 '스스로 이룸[自成]'을 깨우치면서 '정성되게 하는[誠之]' 것을 귀중하게 하고 또 인도로 돌아감을 보증합니다. 인도가 이미 이루어지면 천도에 합치하는 까닭에 아래 절(節)에서는 바로 성이란 것[誠者]이 성기성물(成己成物)[5]하고 내외(內外)를 합치시키는 도가 되는 것이며, 이십육(二十六)장의 첫머리는 '고(故)' 자를 드러내어 인도를 밝힘으로써 천도에 이를 수 있다는 것으로 끝을 맺습니다.

제사(第四) 큰 절(節)은 처음과 끝이[首尾] 모두 천도가 되는 까닭에 천도를 말하는 것이 인도를 말한 것보다 많습니다. 그러나 오히려 이것을 공부하는 절목에서는 자세하지 않아 배우는 사람들이 높고 먼 것[高遠]을 추구하는 것을 두려워한 까닭에 이십칠(二十七)장 이하에서 특별히 인도를 상세하게 밝혀 천도의 지극한 조예[極功]에 점차로 이르게 하고자 하는 것입니다.

그래서 세 장(章)을 연이어 인도를 말하고 또 세 장을 연이어 천도를 말함으로써 심오한 뜻을 끝까지 밝혀 사람들로 하여금 도달하게 하고자 하는 것입니다. 혹은 차례대로 말하고 혹은 서로 대립되게 말한 것은 모두 반복하여 추구하고 밝히기 위함입니다.

질문 : 이십오(二十五)장의 성(誠) 자, 도(道) 자 장구[6]의 상절(上節)은 물(物)과 인(人)을 대립시켜 말하고, 하절(下節)은 심(心)과 이(理)를 대립시켜 말한 것은 어째서입니까?

왈 : 성(誠)은 실리(實理)의 자연으로, 본디 내 마음에 갖추어져 있어 수양하기를 기다리지 않

---

5 성기성물(成己成物) : 《중용(中庸)》에서 '誠'을 논하는 맥락에서 언급된다. 誠은 자아의식을 눈뜨게 하고, '인격적 자아'를 형성하고, 이 인격적 자아가 타자(他者 : 人과 物)에 영향을 미쳐 '타자'의 본성을 완성시킨다는 뜻.

6 성(誠) 자, 도(道) 자 장구 : "誠者 自成也 而道 自道也"를 말한다.

는 까닭에 이어서 물(物)까지 포함하여 말하는 것입니다. '성지(誠之)'의 도는 이 이치를 운용하는 것으로 수양하는 바가 있기 때문에 유독 사람에게만 해당되는 것으로 말한 것이며, 이 실심(實心)이 있어 바야흐로 미루어 실리(實理)를 발출하는 까닭에 아래 글에서 또 심(心)과 이(理)로 대립시켜 말한 것입니다.

질문 : 이십팔(二十八), 구(九)장 장구는 위(앞) 장[上章]의 '아랫사람이 되어 배반치 않으며[爲下不倍]'를 이어서 말하고, 위 장의 '윗자리에 있어도 교만하지 않으며[居上不驕]'를 이어 말한다고 하는데, 삼십일(三十一), 이(二)장 장구는 단지 위 장을 이어서 말한다고 한 것은 어째서입니까?

왈 : '거상불교(居上不驕)'와 '위하불배(爲下不倍)'는 한가지로 사람의 도리[人道]이며, 인도는 모름지기 수양하는 노력을 하는 까닭에 입언(立言)이 비교적 빽빽하게 붙어 있고[緊貼] '소덕천류(小德川流)'와 '대덕돈화(大德敦化)'[7]는 한가지로 하늘의 도리[天道]이니, 천도는 그 자연을 따르는 까닭에 입언이 비교적 놓여서 열려 있는 것[放開]입니다.

질문 : 《중용(中庸)》 말장(末章)의 '움직이지 않아도 공경하고[不動而敬]'와 '말하지 않아도 신뢰하는[不言而信]' 것에서 행동을 앞에 놓은 이후에 말을 위치시키고, '부동이경(不動而敬)'은 보이지 않는 곳에서 경계하고 삼가는 것을 말하며, '불언이신(不言而信)'은 들리지 않는 곳에서 두려워하며 근심하는[恐懼] 것으로, 입언함이 마땅히 이와 같아야 할 것입니다. 그런즉 그 아래에 먼저 〈상송(商頌)〉의 '열조시(烈祖詩)'를 인용하여 '불언이신(不言而信)'에 붙이고, 다음에 〈주송(周頌)〉의 '열문시(烈文詩)'를 인용하여 '부동이경(不動而敬)'에 붙였는바, 이것은 특별히 신뢰[信]를 먼저한 이후에 공경[敬]을 위치시킨 것인데 어째서입니까?

왈 : 그것은 경(敬)이 신(信)보다 더욱 친근하고 가깝기 때문입니다.

질문 : 〈천명구도(天命舊圖)〉는 천명(天命) 자로부터 인물(人物)에 이르기까지 받는 바 맥락(脈絡)이 관통(貫通)하는데 〈신도(新圖)〉는 그렇지 않습니다. 〈구도(舊圖)〉에서는 기(氣)가 천여이(天與理)자를 포함하고, 〈신도(新圖)〉에서는 '이기묘응(理氣妙凝)' 네 글자를 천명(天命) 글자의 좌우(左右)

---

7 '소덕천류(小德川流)'와 '대덕돈화(大德敦化)' : 《중용》 30장.

에 나누어 배치했는데 어째서입니까?

왈 : '천원(天圓)'은 바깥에 있고, '지방(地方)'은 가운데에 있어 천하의 많고 많은 물(物)을 거론하면 어느 것 하나도 천명을 받아 생명을 부여받는 도리를 갖추지 않은 것이 없으니 단지 한 곳에서만 보는 것은 옳지 못합니다. 〈구도〉의 맥락은 옆으로 땅 가운데[地中]를 가로질러 건너는 것이 베 짜는 자리의 첫대[織席之耑] 같아서 마침내 자연스러움이 빠진 까닭에 〈신도〉에서는 이를 고친 것입니다. 그리고 사람은 통(通)하고 물(物)이 막힌 것[塞]은 각기 분수가 정해진 것으로 천즉이(天卽理)인 것입니다. 이(理) 자 안에는 반드시 천(天) 자를 드러낼 필요가 없는 것이니 이(理)는 본디 기(氣)에 국한되는 것이 아니니 천명은 기에 합당할 수 있는 것이 아닙니다. 기(氣) 자 안에 이(理) 자가 붙어 있는 것으로 보는 것은 반대로 이를 제한하는 혐의가 있습니다. 이가 실로 근심과 슬픔[憂哀]이면 오기(五氣)가 상극(相克)하는 정(情)인즉 미워하고 화내며 두려워하고 탐욕하며 후회함[惡怒懼欲悔]이 있습니다.

질문 : 이일재(李一齋 : 李恒)가 말하기를, 〈태극도(太極圖)〉에서 위의 한 동그라미는 태극의 본체를 드러내어 말하는 것으로 전적으로 이를 말하고 기를 말하지 않는 까닭에 음양(陰陽)에 의거하여 그 본체를 가리켜도 음양에 섞이지 않는다고 말하게 됩니다. 〈하도(下圖)〉에서 '이기(理氣)를 겸(兼)함[兼理氣]'으로 말한 것은 태극의 전체(全體) 대용(大用)이 갖추어지지 않음이 없음을 말한 것입니다. 그런고로 이를 해석하여 말하기를 '음양은 하나의 태극[陰陽一太極]'이라 하니 이 설은 병통이 없는 것 같은데 고봉(高峰 : 奇大升)이 공격하여 배척한 것은 어째서입니까? 저의 낮은 소견으로는 아래 동그라미 가운데 작은 동그라미는 위의 동그라미가 태극의 본체가 되는 데 방해되지는 않는 것 같습니다.

왈 : 태극 제일 동그라미는 이 기가 있지 않을 때 먼저 이 이가 있는 곳이며, 제이 동그라미는 음양이 이미 생겨났을 때 태극이 바로 그 가운데에 있는 것을 가리키는 것입니다. 겸하여 바깥에서 그 동그라미를 가리키는 것은 음양이 하나의 태극인 것입니다. 하나로 내부의 작은 동그라미를 가리키는 것은 바로 이것이 태극의 진체(眞體) 묘용(妙用)인 것입니다. 일재의 설이 병통이 되는 것은 이기를 구별하지 않는 곳에 있습니다. 대개 이기를 겸하여 말한즉, 기가 음양인 것은 어째서인가 하면 태극의 전체대용(全體大用)을 말한 것입니다. 태극이 정(靜)함은 음에 속하여 그 체가 음에서 갖추어지며, 태극의 동(動)함은 바로 양이며 그 쓰임[用]은 양에서 실

행되는 것입니다.

질문 : 어떤 사람이 말하기를, 호론(湖論)은 주기(主氣)하고 낙론(洛論)은 주리(主理)한다고 하니 두 논의의 종지(宗旨)가 이처럼 차이가 있는 것입니까?

왈 : 호론이 성(性)을 말하는 것은 기에서 잡(雜)되고 이에서 불순(不純)하니 심을 말한즉 하나로 기만 가리키면서 반대로 이를 빠뜨리니 이것은 진실로 주기론의 좁은 소견(局見)입니다. 낙론의 주성(主性)은 진흙탕인 것은 같아 다를 것이 없습니다. (그 말이 다르며 본래 기에 의거한 이이니 실로 스스로 다른 것이다.) 심을 말한 것은 영(靈)에 구애되며[말하기를 심은 기가 아니라 기의 영(靈)한 것이 심이라 한다.] 그 진실이 둘로 나누어집니다. (마음은 본연의 기라고 말한다.) 이것은 흠이 될 만한 것으로 오히려 주리의 종지를 잃은 것이 아닌가 합니다.

질문 : 부친상의 졸곡(卒哭) 후에 그 선대의 제사는 복(服)이 가벼운 사람으로 대신하는데 신주(神主)가 없으면 지방(紙榜)을 어떻게 써야 합니까?

왈 : 신주가 없고 상중에 지방을 쓰는 것은 옛 관례를 따라 부르는 것이며, 행사하는 처음에 종자(宗子)가 새로이 상을 당함에 변고를 차마 어찌할 수 없어 권도로 구제(舊題)에 따라 대신 출주(出主)하여 추모하는 뜻을 다하려 한다는 것을 고하는 것이 어떻겠습니까?

질문 : 《사례책제(四禮策題)》에 예묘행관(禰廟行冠)은 부조(父祖)가 이를 주관한다 하는 조(祖) 자는 형(兄) 자를 잘못 쓴 것이 아닙니까? 《의례(儀禮)》에 "관우예묘(冠于禰廟)는 부형(父兄)이 이를 주관한다." 했는데 이것이 근거가 되지 않겠습니까?

왈 : 《의례》에 근거하면 마땅히 형이 되겠습니다만, 할아버지[祖]가 계신다면 조가 주(主)가 되는 것 또한 고례(古禮)입니다.

질문 : 지팡이를 짚고 담제(禫祭) 지내지 않고[杖而不禫], 담제를 지내면서 지팡이를 짚지 않는 것[禫而不杖]은 이의(異義)가 없는 것인지요?

왈 : 장이부담(杖而不禪) 담이부장(禪而不杖)은 곧 하(賀)의 설(說)이 틀린 것입니다. 지팡이를 짚고서 반드시 담제를 지내야 하고 담제를 지내면서 반드시 지팡이를 짚는 것이 예의 처음과 끝입니다. 아버지가 살아 계시면 지팡이를 짚지 않는다는 것은 오히려 지팡이를 짚어야 한다는 의미입니다.

雷龍亭重建議
뇌룡정을 중건하는 논의

하나의 집 건물이 지어지고 무너짐도 세도(世道)가 일어나고 쇠락하는 것과 연결되어 있으니 이것은 주자가 이씨(李氏)의 구릉에 올라 희령(熙寧) 시대의 황량함을 한스러워한 까닭이다. 아! 우리 고을은 남명 노선생께서 태어나신 곳으로 토동(兎洞)은 바로 선생께서 거니시던 곳이다. 옛날에 정자가 있어서 '뇌룡(雷龍)'이라 했는데, 회산서원이 훼철되면서 정자도 따라서 용암사의 동쪽 가로 옮긴즉, 옛 정자는 터만 남았다. 이 때문에 우리 돌아가신 부형들이 언제나 감개(感慨)하며 탄식하였는데, 이 땅은 황폐한 대로 둘 수 없는 것이라 근처의 사우(士友)들과 더불어 계 하나를 만들어 소나무와 대나무를 심고 단을 축조(築造)하고 정자의 이름으로 이름 지었으니, 역시 옛날의 예를 저버리지 않고 사랑하는 뜻이며 또한 뒷사람이 이것으로 말미암아 중건하기를 기대한 것이다. 그런데 오래지 않아 단(壇) 역시 무너졌으니, 아, 우리 후생들이 영원히 사모하고 우러를 수 있는 장소가 없어진 것이다. 지난 계유년 겨울에 내가 중건할 뜻을 가지고 매우 심력을 기울였으나, 여러 사람들의 의논이 결국 타협되지 않았다. 병자년 음력 2월에 향교 모임을 틈타서 다시 전에 했던 논의를 내니 감히 다른 의견을 가진 사람이 한 사람도 없었다. 이에 전 고을에 알려 삼월 삼짇날에 다시 모였는데, 자리가 다 차자 내가 일어나 고하기를 "오늘 이 일을 논의코자 하면 반드시 여러 의견들을 모아 계획을 정하는 것이 필요합니다." 하자 여러 참석하신 분들이 말씀하기를 "이 일은 창졸간에 이룰 수 있는 것이 아니니 금전을 추렴하고 계를 만들어 몇 년을 모은 다음 힘써 이 사업을 도모하는 것이 어떠하겠습니까?" 하였다. 내가 말하기를 "군자가 일을 앞두고 오로지 의리에 맞는가 아닌가를 볼 뿐이니 의리에 진실로 합당하면 어찌 머뭇거리며 관망만 하겠습니까마는 여러분의 뜻이 이미 이와 같은즉 내가 어찌 오늘 이루지 못한다고 해서 영원히 이 정자가 없어졌다고 말하겠습니까!" 하고 이에 한 책자를 만들어 차례대로 성명을 써서 마치고 또 이것을 고하여 말하기를 "오늘날을 보면 정학은 거의 소멸되고 외국의 글이 나라 안으로 들어오니 그것이 극도에 이르면 반드시 우리 예악의 땅으로 하여금 금수의 지역이 되게 할 것이니 이와 같은 일이 두렵지 않을 수 있겠습니까! 우리 영남이 추로(鄒魯 : 공자와 맹자가 태어난 곳, 곧 유학의 근거지)로 일컬어지고 우리 고을은 경의(敬義)의 학문이 전해지는 곳이니 진실로 추로의 기풍을 거슬러 찾고 경의의 가르침을 강론하면 사설(邪說)을 막고 우리의 도를 밝히는 것인즉 정자 또한 보탬이 없다 하지 않을 것입니다. 여러분들이 내 말이 오활하다 하지 않고 각자가 유학의 도리를 지키는 것을 자신의 임무로 독려하는가에 달려 있을 것이며 또 이 정자가 흥하느냐 않느냐는 세도의 융성과 쇠퇴의 조짐을 보여주는 것일 겁니다."

이날 기양⁸향교에서 쓰다.

錦城夜話

금성산⁹에서 밤에 한 이야기

내가 금성산의 봉화를 관리하는 집으로 이화실(李和實) 군을 방문했던 때는 을해년 동지를 지나 3일째였다. 화실은 한창 《주역》을 읽어서 박괘(剝卦)까지 보고 있었는데 묻기를 "상구(上九)의 불변(不變)함은 왜 그러합니까?" 하였다. 내가 말하기를 "양(陽)의 다함이 없는 이(理) 때문이다." 하니 다시 묻기를 "그러하면 곤괘(坤卦)가 곤(坤)을 겹쳐서 되는 것은 무슨 까닭입니까?" 하였다. 내가 답하기를 "자네는 문왕 팔괘의 순서를 보지 못했는가! 진(震), 감(坎), 간(艮)이 건(乾)의 초, 중, 상의 세 효(爻)를 얻어 남(男)이 되니, 건은 부도(父道)이고, 손(巽), 이(离), 태(兌)가 곤(坤)의 초, 중, 상의 세 효(爻)를 얻어 여(女)가 되니 곤은 모도(母道)다. 팔괘로써 겹치게 하지 않으면 육십사괘가 행렬을 이루지 못할 것이며 변화가 어찌 생기겠는가! 그리하여 곤의 순음(純陰)으로써 상육(上六)의 효를 용(龍)이라 부르는 것은 성인이 양을 귀하게 보고 음을 천하게 여기는 그 뜻이 은미한 것이다." 이에 덧붙여 탄식하며 말하기를 "천하의 이치는 혼란이 극심하면 다스려짐을 생각하는 것이니, 《시경》에 주나라가 쇠락해지자 문왕, 무왕, 주공의 시대를 그리워하는 '비풍(匪風)'과 공공(公共)의 학정(虐政) 속에서 성군(聖君)을 그리워하는 '하천(下泉)'

8 기양(岐陽) : 삼가 고을의 다른 이름.

9 금성산(錦城山) : 합천 대병에 있는 산.

이 나온 까닭이며, 어지러운 시기를 거친 뒤에 남아 있는 박괘의 상구(上九)는 큰 과일은 먹지 않고 다음을 위해 남긴다는 이치이니, 아래에서 다시 생겨나는 것이 어찌 심음이 없이 되겠는가!" 하니, 화실이 말하기를 "천지가 형태를 갖추기 전에는 무슨 물질이었을까요?" 답하기를 "다만 물과 불만 있었다." 묻기를 "물과 불은 단지 기(氣)일 따름이니 결국은 그 먼저에 이 이가 있다는 것은 무슨 말입니까?" 답하기를 "물과 불은 기이며 물과 불이 물과 불이 되는 까닭이 이다. 이것은 소위 이가 기를 낳는다는 것이 아니다. 이 기는 갈고 갈아 두꺼운 것을 짓눌러 짬에 허다한 찌꺼기가 뭉쳐 한 덩이 물질을 생성하니 이름하여 지(地 : 땅)라 하고, 그 기의 가볍고 맑은 것은 하늘이 되고 해와 달, 뭇별이 되는 것이다."

또 묻기를 "이기는 반드시 체용(體用)이 있다 하는데, 체는 어떤 때에 시작하고 용은 또 어떤 때에 시작하는 겁니까?" 답하기를 "용이 아니면 체를 이룰 수 없는 것이니 소자(邵子 : 邵雍)가 말한 '용(用)은 천지가 일어난 것보다 먼저요 체(體)는 천지가 선 것보다 뒤다.'는 학설이 매우 좋다. 그러나 이것은 배우는 사람들이 쉽게 알 수 있는 것이 아니니 자신에게 절실한 것으로 서로 강론하고 서로 바루어서 상달(上達)에 이르는 것이 어떠하겠는가?" 하였다.

이날 저녁 봉수대에 올라가 소나무 불을 피워놓고 둘러앉았다. 화실이 말하기를 "우리들이 이곳에서 함께한 것은 주역의 화산려(火山旅)라 할 만한데, 반대로 보면 산화분(山火賁)이라 어찌 무예를 단련하는 땅이 변하여 강론하고 토론하는 곳이 되니 문명이 모이는 상(象)이 아니겠습니까!" 하였다. 내가 말하기를 "한번 다스려지고 한번 혼란스러워지는 것은 음과 양이 쇠하고 성하는 필연의 이치이다. 흉함이 많고 길함이 적은 것이 이 괘의 뜻이니 향락에 빠져 경비를 잊으면 몸이 반드시 죽임을 당할 것인데 하물며 나라를 위한 일에 있어서이겠는가! 오늘날 봉수대를 없앤 것은 전란의 징조라 우리들이 어찌 글을 강론하는 곳으로 오래 전하도록 하겠는가!" 하였다. 잇따라 퇴도 선생의 〈단양산수기(丹陽山水記)〉를 읽었는데, 그 산봉우리와 바위 골짜기, 개울과 연못, 시냇가의 돌 등을 묘사한 것이 눈으로 직접 본 듯이 분명하지 않은 것이 없다. 마치면서 말하기를 "높은 것은 저절로 높고, 맑은 것은 저절로 맑으니 사람이 알고 모르고가 무슨 관계가 있겠는가!" 화실이 말하기를 "이것은 남이 알아주지 않아도 성내지 않는다는 뜻이 아니겠습니까! 군자의 글은 뜻을 말로 표현하는 곳에 있는 것이 이와 같은 것인가 봅니다." 하였다. 내가 말하기를 "선생의 문자와 한 말씀 한 말씀이 실상에 가까우니 배우는 자가 계급의 분명함을 볼 수 있게 하고 차례를 뛰어넘는 근심을 없앨 수 있으니 배우지 아니하였음에도 이미 이것을 배운 것인즉 선생이 아니면 누가 있어 이루어낼 수 있겠는가!"

산중에서 있었던 사실을 갖추어 병기한다.

천수(天數) 5와 지수(地數) 5의 오위(五位)가 서로 만나 각기 합해지면 건도(乾道 : 하늘의 도리)는 남(男)을 이루고 곤도(坤道 : 땅의 도리)는 여(女)를 이룬다. 이 두 기운이 교감(交感)하면 변화하여 만물을 생기게 하고, 만물은 낳고 낳아 변화가 끝이 없다. 오직 사람만이 그 가운데 빼어난 기를 얻어 가장 신령스러우니 본성(本性)은 하늘로부터 나온 것이요 자질(資質)은 기에서 나왔다. 기가 맑으면 자질이 맑고 기가 탁하면 자질이 탁하지만 그 본성이 착한 것은 한가지다. 그러나 보통 사람들은 형기(形氣)의 바르지 못함에 속박되어 자포자기(自暴自棄)함에 그 바탕인 본성을 회복할 수 있는 사람이 드물다. 오직 바깥의 사물에 유혹되지 않아 경(敬)으로써 안을 곧게 하고[敬以直內] 의(義)로써 밖을 바르게[義以方外] 한 후에라야 모든 사물이 각기 자연의 이치를 따라 움직임에 준칙을 준수하는 것이니 이것이 어찌 조금이라도 보태지 않고도 모든 선(善)이 갖추어진 것이 아니겠는가!

맹자께서 말씀하시기를 "그 마음을 다한 사람은 그 본성을 알고 그 본성을 알면 하늘을 안다."[10] 하셨으니 마음과 본성은 간격이 없으며 아는 것과 마음을 다하는 것은 차례가 있다. 대개 마음은 모든 일의 기틀과 거울[機鑑]이 되어 그 본성을 살필 수 있으니 본성은 곧 마음 위의 이치이며 하늘이고 또 이(理)의 근원이다. 그러나 이미 성명(性命)과 형기(形氣)가 있으면 인심(人心)과 도심(道心)의 구별이 없을 수 없으니 배우는 자는 이를 가리기를 정밀하게 하고 이것을 지키기를 한결같이 한 연후에야 그 중(中)을 잃지 않을 것이니, 소위 마음을 다한다는 것을 비로소 말할 수 있을 것이다. 어떤 것이 형기가 되고 어떤 것이 성명이 되는가를 모르면서 그 마음을 다한다고 말하는 것이 가능한가? 이 문자를 살펴본즉 문자는 여러 가지 곡절이 있고 없음을 알 수 있게 한다. 그러한즉 마음을 다한다는 것은 반드시 본성을 알고 하늘을 알아야 하니, 자공이 말하기를, "부자(夫子 : 공자)께서 본성과 천도에 대해 말씀하시는 것을 들은 적이 없다."[11]는 것은 무슨 말인가? 부자의 한 말씀 한 행동은 본성과 천도가 아닌 것이 없음이니 문하의 제자들이 잘 살피지 못한 까닭이므로, 배우는 사람으로 하여금 반드시 이것을 체험하게 하는 것이 앎을 이르게 하며 마음을 다하는 공(功)이다.

---

10 그 마음을 …… 안다. : 《맹자(孟子)》 〈진심장구 상(盡心章句上)〉. "盡其心者 知其性也 知其性則知天矣".
11 부자께서 …… 없다. : 《논어(論語)》 〈공야장(公冶長)〉. "夫子之言性與天道不可得而聞也".

인의예지(仁義禮智)는 본성의 네 가지 벼리[四綱]가 되며 구별해서 말하면 인은 네 벼리 가운데 하나이나 순수하게 하나로 말하면 의, 예, 지는 인 가운데 있는 것이고 의, 예, 지 또한 그렇게 말할 수 있다. 그러므로 인을 주로 하여 발생하는 것은 예가 이에 가깝고 지가 주재하여 절제하면 의가 이에 가까운 것이다. 이에 사덕(四德)의 원(元)은 인이 되고, 형(亨)은 예가 되고, 이(利)는 의가 되고, 정(貞)은 지가 되며, 원이 여러 선(善)의 우두머리가 된다. 네 계절로 이를 말하면, 봄은 인이요 여름은 예이며 가을은 의요 겨울은 지가 된다. 동(冬)이란 것은 만물의 시작이고 또 만물이 끝나는 곳이므로 그 정(貞)이 아니면 원(元)이 다시 돌아오지 못하므로 지(智)의 쓰임은 만사(萬事)를 정묘하게 할 수 있는 것이다.

선비의 하는 일은 나아가고 물러나는[出處] 데 있을 뿐이다. 나아가면 임금을 도와 요순 시대의 군주와 백성이 되게 하는 것을 자신의 임무로 삼아 군자를 친하고 소인을 멀리하며, 삿된 학설을 막고 정도를 밝히며 바른 충성으로 임금의 훌륭한 정치를 도와 그 은택이 백성들에게 미치게 하는 것이니, 소위 나라에 도가 있으면 벼슬살이한다는 것이 이것이다. 그렇지 않으면 어찌 산림(山林)으로 지낼 뿐이 아니겠는가! 그 일은 비록 같지 않지만 그 도에 있어서는 두 길이 다름이 없다.

書贈鄭秀才極老
수재 정극로에게 글을 써서 주다

천하의 길은 둘이 있으니 바르거나 비뚤어진 것이 있을 뿐이다. 바른 길을 얻어 나아가는 사람은 도에 가까이 가서 학문의 심오한 경지에 들어가나, 비뚤어진 길을 가는 사람은 넘어지며 낭패(狼狽)당하는 근심을 면하기 어렵다. 그 취하고 버림이 어찌 출발하는 처음에 있지 않겠는가! 오직 일찍이 잘 분별하여 용기를 내어 앞으로 곧바로 나아간 후에라야 이를 수 있기를 바랄 수 있을 것이다. 증자가 말씀하시기를 "책임은 무겁고 갈 길은 멀다."[12]고 하신 것이 그것이니 그대는 힘쓸지어다.

---

12 책임은 …… 멀다. : 《논어(論語)》 〈태백(泰伯)〉. "任重而道遠".

서(序)

南爲錄序
《남위록》 서

산이 작은 것은 구릉(丘陵)이고 물이 작은 것은 실개천과 길바닥에 고인 물이다. 구릉과 실개천, 고인 물을 보고 말하기를, 산을 알고 물을 안다고 하면 되겠는가? 산은 고요하면서 그치는 것[山]인데 한 곳을 가리키면서 그 전체를 말하는 이와 같은 것이 가하겠는가? 물은 움직이면서 생동하는 것인데 수많은 냇물과 개천, 급류가 합쳐서 양자강과 회하(淮河)가 되고 황하와 한수(漢水)가 되면서 마침내는 바다로 돌아간다. 바다의 큼은 몇천만 리가 되는지 알 수 없고 그 깊이 또한 측량하기가 어렵다. 진실로 큰 역량과 큰 안목이 없이 개천과 괸 물의 눈으로 보고 바다를 안다는 것은 어렵다. 내가 기미년 여름에 일이 있어 바닷가를 지나면서 마음속으로 말하기를, "바다는 큰 물건이다. 나의 좁은 국량에 따라 보는 것으로 갑자기 한 번에 어찌 바다가 바다가 된 까닭을 알 수 있겠는가!" 하고 돌아온 후 수십 년 마음속에 바다를 잊은 적이 없었다.

올해 봄에 족손(族孫) 성천(聖千)이 동지(同志) 몇 사람과 약속하고 남위(南爲)에서 수십 일을 머물고 돌아와 그 행적을 한 장의 종이에 기록한 것을 보였는데, 즉 함안과 의령 지역에서 지행(志行)이 뛰어난 인물[畸人]과 절조를 지켜 숨어 있는 선비[逸士]들이 함께 시를 주고받은 것이었다. 그 취향이 우아하고 한가로우며 그 격조는 맑고 새로워 어느 하나도 정을 나누며 벗을 찾는 뜻이 아닌 것이 없었다. 생각건대, 다만 바다를 보지 못한 것에 약간의 얽매임이 있었다. 내가 말하기를 "(바다를 못 보았다고) 마음 상할 이유가 없네. 대개 천지 만물은 본래 나와 한 몸이니 바다 또한 나에게 있는 사물이 아니겠는가! 모름지기 고요한 곳에서 본원을 함양함이 깊으면 움직일 때의 경계는 활발하여 어떤 장애도 있을 수 없네. 이것은 내 가슴속의 바다이니 그 크기는 한량없고 그 깊이도 측량할 수 없으니, 하필 형체가 있는 바다를 바다로 생각하면서 못 본 것을 연연해할 필요가 있겠는가! 바라건대 성천은 힘쓸지어다."

八溪鄭丈壽宴詩集序

《팔계정씨 어른 수연시집》 서

비와 이슬로 살아서 비와 이슬에도 시드는 것은 화초이고 항상 비와 이슬을 맞는 것은 같으나 서리와 눈에도 시들지 않는 것은 소나무와 잣나무다. 대개 생명의 이치[理]는 같으나 받은 바의 기운[氣]이 같지 않기 때문이다. 그런고로 사람과 사물의 수명은 오로지 받은 기운의 넉넉하고 빈약한 것에 말미암는 것이지 기르는 것의 잘하고 못하고에 매인 것이 아니지 않는가?

답하기를 그렇지 않다. 정부자(程夫子)가 일찍이 화롯불로써 비유했는데, 바람 앞에 두면 쉽게 꺼지고 밀폐된 방에 두면 쉽게 꺼지지 않는 것이니 어찌 함양하여 이룰 수 있는 것이 아니리오! 그러나 화로가 하나이면 그러하나 밀폐된 방 안에 화롯불이 두 개가 있어 한 곳에다 한 번은 둘을 두고 한번은 하나를 두어 보면 두 개가 역시 하나를 둔 것보다 오래가지 못한다.

사람이 진실로 이 서리와 눈에도 쉽게 시들지 않는[後凋] 기운을 받아 이 방 안에서 함양한다면 그 수명에 무슨 한계가 있겠는가! 팔계 정장(鄭丈)께서는 화평하고 우뚝한 모습에 선(善)을 즐기고 의(義)를 좋아하는 실질이 있으신대 지금 생신을 맞아 힘이 넘치시고 더욱 건강하시려는 뜻이 있으시니 이것이 어찌 타고나신 기운이 두텁고 또 기운 기르기를 잘하신 것이 아니겠는가! 이날에 아들과 조카들이 술잔을 올리고 손님과 벗들이 함께 취하며 인하여 서로 그 일을 노래한 시 약간 편을 지어주었는데, 아드님인 극명(克明)이 편집하여 한 권을 만들고 이름하여 《수연시집(壽宴詩集)》으로 하고 나에게 서문을 써주기를 청했다. 내가 무릎을 꿇으며 말하기를 "불초가 복이 없어 저의 부친께서는 이와 같은 수명을 누리지 못하시고 불초를 떠나셨으니 이것은 불초의 죄입니다. 그대는 남 달리 무슨 닦음이 있어서 이런 효심을 다하는 축연을 할 수 있었소!" 마음으로 가만히 감동하면서 한편으로는 부끄러우니 어찌 사양하여 감히 하지 않을 수 있겠는가!

廉氏三綱錄序

《염씨삼강록》 서

우리나라가 비록 궁벽하나 바다의 동쪽에 있어 성스러운 임금들의 기르고 양성하는 은택으로 어질고 현명한 인물들이 배출되고 사람이 행해야 할 떳떳한 도리가 정해지게 되었으니, 임금께 충성하고 의리에 죽는 선비와 효도로 일컬어지고 강직한 지조와 기개로 일컬어지는 인물들이 역사에 끊임없이 기록되어왔다. 그러나 그 충과 효, 그리고 열로 한 집안을 이룬 일은 손가락을 꼽을 정도에 지나지 않는다. 내가 일찍이 《곽씨삼강록(郭氏三綱錄)》을 읽고 그 충과 효와 열이 열세 사람에 이르는 것을 보고 미상불 우뚝하고 특이하게 여기지 않을 수 없었는데, 지금 염씨 집안에서 또 이와 같은 일을 보는도다!

아, 돌아가신 충신인 언상(彦祥)이라 하는 분은 임진왜란을 당함에 액정서(掖庭署)의 작은 관리로 대의를 부르짖어 포위된 성 안에서 용기를 드날렸고, 그 아들딸, 손자 손녀는 강상(綱常) 두 글자를 일상생활로 삼아 예닐곱 세대를 거치는 사이에 효로 일컫는 사람이 넷이고 열로 일컫는 분이 여덟이니, 한집안의 훌륭한 분의 많음이 족히 곽씨 집안과 앞서거니 뒤서거니 할 만하다. 이 일이 서로 전해오니 후진들 또 이와 같은 일이 있음을 모르는 사람은 거의 몇 사람 되지 않는다. 다만 임금 계신 곳이 너무 깊고 멀어 정려와 포상의 은전이 아직 내려오지 않았으니 이것이 한스러울 뿐이다. 그러나 백세 후에라도 어찌 그런 날이 없겠는가! 내가 비록 미욱하여 아는 것이 없는 사람이나 인륜의 도리를 지키려는 천성은 없지 않으므로 이 《삼강록》을 보고 입을 다물고 가만히 있을 수가 없어서 즐거이 서문을 쓰는 바이다.

輔仁契案序

《보인계안》 서

우리 고을은 산해부자(山海夫子 : 남명 선생)께서 앞장서서 도를 창도(唱導)하신 후로 그 유풍(遺風)과 여운(餘韻)이 아직 없어지지 않고 남아 있는데, 위아래로 수백 년에 걸쳐 한 사람도 분발하여 일어나는 사람이 없는 것은 무슨 일인가? 생각하건대 어진 스승과 좋은 벗이 서로 도와 인도함이 없는 까닭이다. 내가 운곡(雲谷)에서 세내어 살던 다음 해 여름에 한두 선비들과 문자에 관한 일로 육동(陸洞)의 봉서재(鳳棲齋)에서 만났는데, 서로 즐겁게 지내다가 돌아가려 할 즈음에 모두 말하기를 "우리들 사이에 이와 같은 모임이 없어서는 안 되고, 모임은 역시 계(契)가 없어서는 안 되는 것이니, 계가 없다면 어찌 기일을 정하여 한꺼번에 모일 수 있겠는가?" 하였다. 내가 그 갑작스러움을 염려하여 훗날을 기약하여 완성하자고 하니 정군(鄭君) 후윤(厚允)이 말하기를 "무릇 일은 간략함에서 이루어지고 번거로운 의논에서 쉽게 무너지니, 결단하는 것이 귀하고 어떤 경우에는 늦추어서 실패하니 어찌 우리들 가운데 몇 사람이 나이 순서로 본 계원이 되고 추가로 입계하는 사람들은 가입하는 이름 순서대로 하면 되지 않겠는가?" 모두 말하기를 "옳다." 하고 이에 안(案)을 쓰고 범례(凡例)를 만들어 이었으니, 일 년에 한 번 모임을 갖고 따라 이름 짓기를 '보인(輔仁)'[13]이라 했는데, 자여(子輿)의 말에서 따온 것이다. 그런즉 그 모임은 마땅히 어떠해야 하겠는가? 옥은 반드시 돌에 기대어 다듬어지고 쑥은 반드시 삼을 따라서 자라는 것이니 어찌 사람의 학문도 혼자서 이룰 수 있겠는가! 무릇 함께 모이는 사람들은 옥이 되고 삼이 되는 것이 더없이 귀하겠지만, 소위 돌과 쑥 또한 제외할 수 없는 것이다. 그 서로 도우는 것은 마땅히 어떠해야 하겠는가? 백록동(白鹿洞)의 규약(規約)을 읊으면서 인륜을 밝히고, 아호(鵝湖)의 강론을 본받아 그 취향을 바르게 하며, 경재잠(敬齋箴)[14]을 읽어 법도를 정한다. 읍례(揖禮)를 실천하여 진퇴(進退)의 절도를 익히고, 향음주례를 실천하여 장유(長幼)의 차례를 알게 한다. 무릇 경전의 뜻이 의심스러운 것이나 예설의 상례(常禮)와 변례(變禮)가 같지 않은 것과 같은 것은 역시 토론하여 고쳐서 서로 절충한다. 지나친 것은 서로 바루고 착한 일은 서로 권하면 그 서로 도우는 것이 과연 어떠하겠는가! 만약 전적으로 과거 공부를 숭상한다면 우열을 따져 승부를 정하는 것일 뿐인즉 오늘의 계를 설립하는 뜻과는 매우 다른 것이고, 선현(先賢)들의 계발한 업적 또한 어찌 이 안에 있지 않으리오! 내가 이미 이름을 올렸음에 감히 고루함을 무릅쓰고 스스로 선행을 간절히 권하고 격려하는 끝에 한마디를 붙여둔다.

---

13 보인(輔仁): 《논어(論語)》 〈안연(顏淵)〉. "曾子曰 君子 以文會友 以友輔仁". 子輿는 曾子의 字이다.

14 경재잠(敬齋箴): 주희가 장식의 주일잠(主一箴)을 읽고, 글을 지어 서재의 벽에 붙여놓고 스스로 경계한 내용.

기(記)

直心齋記
직심재기

허군(許君) 성모(性模)가 '직심(直心)'으로 그 재실을 이름 짓고서 마음을 곧게 하는 도리를 나에게 물었다. 내가 이에 응하여 말하기를 "마음이 본래 곧거늘 어찌 이를 곧게 하리오! 바로 이를 생각하면 마음은 곧게 하기를 기다리지 않고 스스로 곧은 것인데, 오직 성인만 그런 것이고 보통 사람은 비록 곧음을 이루는 것이 없지 아니하나, 옆으로 나오는 것이 반드시 가려서 곧음을 이기는 까닭에 혹은 구차한 데 이르러 자신을 속이고 네 가지 결함과 다섯 가지 형벌을 면치 못하여 필경에는 본디 그런 것(本然)이 모두 망하여 없어져버린다.

대개 마음이란 것은 천리(天理)로 사람의 몸 전체에 있고 그 이(理)를 주(主)로 하는 까닭에 그 체(體)를 바르게 하는 것이다. 그런고로 성인의 가르침은 언제나 마음으로 하여금 착한 단서(端緖)를 확충해나가게 하며 그 삿되고 치우침(邪辟)을 금지시키는 것인데, 요점은 그 본모습(本體)의 바름을 잃지 않게 하는 것일 따름이다. 주자가 말하기를 '천지가 만물을 낳고 성인이 만사(萬事)에 대응하는 것은 곧음(直)이 있을 따름이니, 곧음이 아니면 만물이 어찌 스스로 생기겠으며 만사에 어떻게 대응하겠는가!' 이를 곧게 하는 것은 마땅히 어떻게 해야 하는 것일까? 그 드세고 방종스러움(熾蕩)을 경계함으로써 칠정(七情)에 미루어 살피고 그 감응하여 발생하는 것(感發)을 체험함으로써 사단(四端)에 미루어 탐구하는 것이다. 그 기운을 다스려 그 본성을 기르면 체(體)와 용(用)이 서로 의지하여 마음의 본체가 자연히 드러나니, 그 공부를 시작하는 곳은 경(敬) 한 글자에 지나지 않는 까닭에 경으로써 내면을 바르게 하는 것이니 경이 아니면 마음이 어찌 스스로 곧아지겠는가! 성모는 마음에 이것을 새겨둘 것이다."

望西庵記

망서암기

집현면의 동쪽이자 모현면의 북쪽에 망서암이 있는데, 내 친구 강치무(姜致武)가 그 어버이를 사모하고 그 어버이를 장사지낸 곳이 암자의 서쪽 호동(虎洞)에 있는 까닭으로 이렇게 이름 지었다. 치무가 이 서쪽을 바라보는 데에 올라 이 서쪽을 바라보는 데에 거처하면서 언어도 이 서쪽을 바라보면서 하고 음식도 이 서쪽을 바라보면서 하니, 그 바라보는 것을 어찌 조금이라도 소홀히 하겠는가! 대저 살아 계실 때 섬김을 예로써 하며, 돌아가심에 장사 지냄을 예로써 하고, 제사 지냄을 예로써 하면 효도라 말할 만하다. 그러나 치무의 마음은 예로써 이를 실행하는 것은 마음으로 이를 사모하는 것과 같지 않고 마음으로 사모하는 것은 눈앞에 있는 것만 같지 않으니, 눈앞에 있으면 한시라도 잊을 수 없는 것이니 이것이 어찌 종신토록 사모하는 것이 아니겠는가! 이어서 노래하노니,

호동(虎洞) 산의 땅은
수수와 기장을 심을 만하고
호동의 시냇가는
네가래와 다북떡쑥을 기를 만하니
때에 따라 제사 음식으로 올림이여
향기롭고 향기롭도다
이 암자의 창문이 사방에 있음이여
하나도 망서(望西)의 바라봄이 아닌 것이 없구나

睡塢記

수오기

내가 일찍이 잠이 많아 독서에 방해가 되는 것을 근심하여 자지 않는 방법으로 이를 고치려 했는데, 잠이 홀연히 삼분의 이가 줄어들고 혹은 오랫동안 밤에 앉아 있어서 피곤하여 잠자리에 들고자 하여도 온갖 생각으로 몸을 뒤척여 마음과 몸이 깊은 잠에 들지 못했다. 아!

잠이 많은 것도 하나의 병이요 잠을 못 자는 것 또한 하나의 병이다. 어제의 병은 독서에 따른 병이었으나 지금의 병은 마음에 생긴 병이니, 무릇 잠을 못 자는 병이 잠이 많은 병보다 심한 병이라는 것을 누가 알았겠는가! 안군(安君) 문오(文五)가 '수(睡)'로써 호를 삼고서 말하기를 "제가 잠이 병이 되는 줄을 몰랐습니다." 했다. 내가 말하기를 "그대는 몸과 마음을 화락(和樂)하게 하여 본성을 기르는 낮잠의 '수'[黃孃睡]를 하고자 하는가? 한평생을 스스로 아는 제갈량의 초당(草堂)의 '수'[15]를 하고자 하는가? 이 두 가지 '수'는 반드시 취할 바가 있는 것이니, 나는 장차 그대가 취하는 것으로써 잠을 바로잡는 방법으로 삼으려 하네."

柏里記
백리기

가수(嘉樹)마을의 동쪽에 백산(柏山)이 있고 백산의 남쪽 기슭에 '백리(柏里)'로 편액을 한 분이 있으니 거사(居士) 이붕석(李鵬錫) 덕여(德汝)가 그 사람이다. 덕여는 어려서부터 천성이 세속과 맞지 않았으며 숨어 살면서 의를 실천하였고[隱居行義], 사사로운 탐욕에 걸림이 없이 전원에 사는 즐거움을 갖고 있었다. 어느 날 내가 그 거처를 지나가면서 말하기를 "아름답도다! 그 편액이여! 무릇 잣나무가 생겨남에 처음에는 여러 초목(草木)과 큰 차이가 없으나 대저 서리와 눈을 만남에 이르러서는 늠름하여 꺾이지 않는 기상이 있는데, 선비의 평생도 진실로 보통 사람들과 다르지 않으나 그 뜻은 '가난과 지위가 낮은 것[貧賤]으로 인해 움직일 수 없고 위세와 무력[威武]으로 굴복시킬 수 없는 것'[16]이 그렇다." 이런 뜻으로 기문을 쓰고자 하며 말하기를 "사람이 예를 따름에 마땅히 송백(松柏)의 마음이 있어야 하는데 지금 산이 송백으로 이름을 얻고, 사람이 이것으로 호(號)를 삼으니 이것은 사람과 사물이 서로 만나 뜻을 얻었고 이름과 실상이 서로 부합하는 것이다." 하니, 덕여가 말하기를 "이러한 뜻을 어찌 감당할 수 있겠냐마는 이미 이렇게 편액을 하였으니 그대의 그 한 말씀을 무겁게 여기겠다." 하였다. 내가 웃으면서 말하기를 "그대의 실천하는 바는 일찍이 사람들이 알아주길 바라서 한 것이 아니니 어찌 사람의 말을 기다려서 그대의 편액이 가벼워지고 무거워지겠는가!" 하고 사양하였으나

---

15 한평생을 …… '수' : 제갈량의 詩 가운데 "草堂春睡足, 平生我自知"란 구절이 있다.
16 가난과 …… 없는 것 : 《맹자(孟子)》〈등문공하〉. "貧賤不能移, 威武不能屈".

허락을 얻지 못한즉 이에 말하기를 "나무가 뿌리가 튼튼치 아니하면 그 가지에는 싹이 돋지 못하니 이것은 군자의 학문이 거듭 축적함을 귀하게 여기는 까닭이다." 덕여의 선조 영모재(永慕齋)[17] 선생은 집안 가난이 심했는데, 하늘에서 쌀궤를 얻어 돌아가실 때까지 부모 봉양하는 양식으로 삼을 수 있었고, 매죽(梅竹) 공(公)은 병자호란을 맞아 임금이 남한산성에서 나와 항복의 맹서를 하는 날에 통곡(痛哭)하며 산으로 들어가 다시는 문 밖으로 나오지 않았으며, 그 장례에는 부친이 여묘를 살아 마쳤다. 두 어른에게 과연 마음속에 송백의 기절이 있지 아니했다면 가능한 일이었겠는가! 덕여의 의를 실천함은 근본하는 바가 있는 것이니 그 조상을 욕되게 하지 않는 일은 단지 편액의 이름을 돌아보고 그 실제에 힘쓰는 데 있을 뿐이리라.

---

17 영모재(永慕齋) : 인천이씨 이온(李榲)의 호. 남명 선생 외조부의 고조.

발(跋)

書安樂堂實記後
《안락당실기》 후기를 쓰다

내가 일찍이 미수(眉叟) 허선생(許先生) 연보(年譜) 중에서 '삼절록(三絶錄)'을 보았는데, 효자 안락당(安樂堂) 문공(文公)이 그 가운데 한 분이다. 공은 평상시에 어버이께 효도했는데, 옆에서 모시고 봉양함이 비할 데가 없이 뛰어났다. 그 부친 수문장(守門將)께서 불행하게도 노복(奴僕)의 변(變)을 만나 돌아가신즉 공이 한 자 길이의 칼을 잡아 복수할 뜻을 가지고 여러 번 군수(郡守)에게 원통함을 호소했으나 아버지를 해친 노복이 군수에게 뇌물을 먹여 군수가 관대히 용서하고 죄를 묻지 않으니, 공이 (죄를 주기 위해) 백방으로 정성을 다했다. 7년 후에 마침내 아버지를 해친 노복을 죽여 복수했는데 삼베 최복(衰服)을 그대로 입고 있었다.

아! 만약 공의 효도로써 임금을 섬기면 수양성(睢陽城)을 지키다 순절한 장순(張巡)과 허원(許遠)이 될 것이며, 이것을 미루어 남편을 섬기는 것으로 하면 도미(都彌)의 아내나 박제상(朴堤上)의 부인이 될 것이다. 그런즉 마땅히 조정의 포상하고 현창하는 은전(恩典)과 사림에서 제사를 거행하여서 천년이 흐른 뒤에도 밝은 빛을 발하도록 하여도 역시 공의 효에 다 보답했다고 말할 수 없을 것이다.

공의 아우인 휘(諱) 홍달(弘達)이 그 자취가 없어지는 것을 두려워하여 같은 시대의 유현(儒賢)에게 행장과 묘갈명을 청했던 것과, 후손 휘(諱) 동윤(東允)이 또 고을과 도의 유림 통문(儒通)과 찬양하여 지은 시문을 모은 것이 약간 편이 되었다. 편(編) 가운데는 또한 나의 육대조와 증조부께서 지은 문자도 실려 있었다. 이에 모자란 사람이 더욱 느끼는 바가 있어서 감히 책의 끝에다 말 한마디를 붙여 자리를 더럽힌다.

書難水錄後

《난수록》 후기를 쓰다

바다가 바다라는 이름인 까닭은 그 물이 크기 때문이다. 사람들이 바다를 보지 않고 물을 안다는 것은 어렵다. 정군(鄭君) 후윤(厚允)[18]이 크게 바다를 보려는 뜻이 있어 배를 띄우라 명하여 남적(南積)을 20일 동안 수백 리 길을 둘러보면서 큰 바다를 지나며 기록할 만한 것은 그것을 기록하고 이것을 일컫기를 '난수(難水)'라 하고 돌아와 나에게 보였다. 내가 이것을 보고는, 바다를 보고 자신의 견문이 좁음을 탄식하는[望洋之歎][19] 스스로를 깨닫지 못했다. 무릇 크기를 물로 비유해보면, 고인 물의 크기가 있고 개천의 크기가 있으며, 강하(江河)의 크기가 있고 또한 바다의 큰 양(量)이 있다. 크기는 작아도 마침내는 크게 될 수 있는 것이다. 그런데 사람의 크기는 그 본 바에 따라 크게 되니, 정부자(程夫子)께서 어찌 나를 속이겠는가! 무릇 바다를 보고 물이라 하기 어려우니 그 보는 것이 크면 작은 것은 없는 것이다. 그러나 작은 것이 아니면 또한 크게 될 것이 없으니 나는 이에서 후윤이 물을 보는 것이 뛰어남을 알고 인하여 크게 되기를 격려하면서 작은 것에도 소홀함이 없기를 바란다.

---

18 정군(鄭君) 후윤(厚允) : 노백헌(老柏軒) 정재규(鄭載圭)를 말한다.

19 바다를 …… 탄식하는[望洋之歎] : "望洋而歎"이라고도 한다. 《莊子 秋水篇》

잠명(箴銘)

言箴
언잠

　말을 잘 못하는 것도 하나의 병이고 말이 많은 것도 하나의 병이다. 말을 잘 못하는 병은 일신의 다행이고 말이 많은 병은 집안과 국가의 재앙이다. 순응하고 어기는 것이 선(善)과 악(惡)이 갈리는 지점이고, 나가고 들어오는 것은 화(禍)와 복(福)을 가르는 문(門)이다. 때가 알맞은 연후에 말하고 듣는다면 누구와 성내며 다투겠는가? 오직 아닌 것을 옳다고 꾸미는 것이 첫째가는 병의 뿌리이니 마치 화살이 시위에 걸린 듯하여 그 기세를 내가 못 하게 막을 수가 없다. 옛 성인(공자)께서 남기신 가르침이 있으니 '예가 아니면 말하지 말라.'라는 것이다.

樂志銘
낙지명

　혼연(混然)한 가운데 거처하니 어느 곳이 광거(廣居 : 仁이 있는 곳)가 아니리오! 덕(德)으로 들어가는 문은 밝아서 분명하고 의(義)를 행하는 길은 평탄하여 쉽다. 요임금 순임금의 옛 도읍이고 공자와 안자의 남기신 옛터이다. 천년을 홀로 우뚝 서 있으니 누가 있어 나와 함께 할거나. 직접 모시고 배울 길이 없으니 조심스레 나의 초가집을 지켜야겠네. 스승이 앞에 계신 것처럼 엄숙하게 공경하는 것은 오직 서책일 따름이고 나물 먹고 물 마시며 지내니 그것이 즐거움이네!

사(辭)

古劍辭
고검사

    우리 집에 오래된 칼古劍 한 자루가 있으니 나의 선조 송재(松齋)[20]공이 손수 아끼던 보물이다. 공께서는 살아 계실 때 임진왜란을 맞아 격분하여 몸을 돌아보지 않고 의병을 일으켜 임금이 계신 진영으로 달려가서 변화에 대응하며 적을 제압하니, 사람들이 아무리 보아도 온몸이 담력으로 가득 찼다[21]고 일컬었는데, 왜군 우두머리 한 놈이 칼을 들고 가까이 다가오자 손 한 번 휘둘러 칼을 빼앗았다. 대개 하늘이 신령한 물건을 그 사람을 찾아 준 것이라 하겠다. 이리하여 곁에 두고 번갯불처럼 갖고 놀며 적을 참살하기를 마치 풀을 베듯 하였다. 왜란이 끝난 후 사십 몇 년이 지나 병자호란의 소식을 듣고는 칼을 잡고 서쪽으로 가면서 봉사(封事)를 올려 오랑캐를 정벌할 계책을 올렸으나 묘당(廟堂 : 朝廷)에서 채택하지 않음에 눈물을 머금고 돌아와서는 사방의 벽에 걸어서 곁에 두었다. 그때에 스스로 그렇게 하여 한 조각 마음을 달래며 언제나 분발하여 의를 떨칠 마음은 절실하였으나 하늘이 때를 허락하지 않으니 어찌하겠는가!

    공이 돌아가신 후 수백 년이 지났으나 날카로운 칼끝은 조금도 손상되지 않았으니 혹 내세(來世)를 기다리는 것인지도 모르겠다. 삼가 이것으로 사(辭)를 만드니 말하기를,

> 의로운 쇠를 불려 형체를 이룸이여
> 지혜로운 물로 담금질하여 날카로운 칼끝이 되었다네
> 하늘과 땅 사이의 순수하게 단단한 기운을 얻음이여

---

20 송재(松齋) : 조계명(曺繼明, 1568~1641). 남명 조식의 아우인 조환(曺桓)의 손자로 1594년 무과에 급제하고, 김해 부사와 황해 병사(兵使), 양주목사 등을 역임했다. 논산 금곡서원(金谷書院)에서 제향한다.

21 온몸이 …… 찼다 : 삼국지의 유비(劉備)가 조운(趙雲)을 일컬어서 한 말이 이와 같았다.

어찌 광채를 없애고 빛을 숨길 수 있으리오?

적을 잡아 목을 베어 공에게 올림이여

왕께서 이에 그 공을 기리셨네

공과 함께 북으로 향함이여

화친을 참고 견디며 어찌 지내리오

오늘에 이르러도 눈물이 흐름이여

갈지 않아도 무디지 않다네

교룡(蛟龍) 가죽이 오래됨에도 깨끗하기가 얼음 같음이여

아! 손때가 묻은 광택은 아직도 새롭다네

밝은 태양이 천고(千古)의 세월을 비춤이여

삼 척 칼의 울부짖음은 마치 노여움이 있는 것 같네

고검(古劍)을 노래하여 한 악곡을 이룸이여

멀리 서울을 바라보며 홀로 소리 내며 우는구나

상량문(上樑文)

江陽君李公墓閣上樑文
강양군이공묘각상량문

　대저 백 년 숨을 곳을 찾아서 정한 일을 말하고, 전대의 어진 조상을 추모하는 일을 할 겨를이 없었던 것을 탄식하면서 한 가문의 공적인 논의가 시작되었는데, 후손들의 추모하는 정성이 도탑고 독실[敦篤]하여 함께 마음과 힘을 합하여 추모하는 집을 지었다.

　삼가 생각해보면, 이씨(李氏)는 강양군(江陽君)께서 높은 벼슬을 하는 명망 있는 집안에서 태어나 충과 효의 덕을 온전히 갖추셨는데, 신라 건국을 도운 육부의 대인(大人)으로부터 시작되었다. 채읍(采邑)과 식읍(食邑)이 오랫동안 이어지므로 또한 한 지역의 간성이 되었고 여러 번 봉군(封君)되어 임금의 은택이 끊어지지 않아 여러 재물을 하사하고 영구히 제사 지내는 은전을 어찌 감히 잊으리오! 중흥하신 옛 거처에는 천고(千古)의 세월을 건너뛰니 오로지 사재(司宰)의 유적만 남아 있을 뿐 오랜 역사를 살펴보아도 징험할 것이 없다.

　돌아보면 이 사 척의 땅에 산처럼 생겨 밭 가는 소가 들어가지 않고, 구역 안에 한 조각의 돌은 말이 없고 무덤으로 가는 길과 새긴 글자는 오랫동안 먼지 가운데 묻혀졌으나 여러 귀신에게 물어보아도 의심이 없으니, 그 드러나고 묻혀짐과 몇 가지 구비 전승이 속이지 않음을 알겠다. 아름다운 명성이 아직 없어지지 않았으니 지세(地勢)는 빙 둘러서 아득한 곳에서부터 묻힌 자리[衣履]를 보호하고 바람과 기운이 함께 모여 지금에 와서도 빼어나고 영묘한 기운이 뚜렷하다. 멀리 청원(淸源)을 우러러 그곳을 보면 깊고 긴 높은 언덕이 있어 굽어보고 우러러봄을 같이한다. 이제 제사 지내는 계절이 오면 어찌 처창(悽愴)하지 않으리오.

　제사 지냄에 비용을 내어 경영하니 후손이 아니면 어찌 바로 오겠는가! 하물며 다시 소나무와 가래나무를 보면 서씨(徐氏)의 사정(思亭)을 생각하고 대대로 선대의 분영(墳塋)을 지킴이 구양(歐陽) 씨의 농강(瀧岡) 같지 않으리오. 스스로 우러러 제사 지냄에 게으르지 않음이 볼만하고 함께 묵고 휴식하며 계획을 논의하니 모두가 동의하였는데, 어찌 재력의 늘고 줆을 논하겠는가! 재목을 옮기고 먹줄을 놓아 두공(枓栱)과 다듬잇돌, 문설주 등의 용도를 제공함에 마치지 않은 것이 없다. 면세(面勢)를 살펴서 집의 구조와 간을 바루고 아랫목과 부뚜막, 마루와 방을 차례로 조치하니 사람들이 스스로 즐거이 일하여서 공사를 마침이 손가락으로 꼽을 수 있는 날짜 안에 이룰 수 있겠다. 하늘 또한 도우는 징조가 있고 힘이 합쳐지니 만약 이와 같다면 진실로 완전하고 진실로 아름다우니 어찌 사치스러움을 숭상하겠는가! 존숭하고 제사 지내는 것도 또 수용할 수 있겠다. 들보를 다듬어 올리는 노래로 하관(下管)의 사(詞)를 대신한다.

아랑위여
들보(혹은 떡가래)를 동쪽으로 던지니
이수(伊水)의 근원은 깊어 흐름은 끝이 없고
멀리서도 어젯밤 부슬비가 내렸음을 아나니
노를 멈추고 어찌 들어갈거나 돛을 올리는구나

들보를 서쪽으로 던지니
천 길 용문(龍門)은 하늘과 함께 나란하고
기수(氣數)의 유래(由來)는 변함이 곧 바름이라
신묘한 공을 아룀에 큰 상을 하사받았네

들보를 남쪽으로 던지니
넓은 들은 끝이 없어 농사는 흡족하고
묻노니 태평한 그 기상은 어떤 것인고?
강구연월(康衢煙月)의 노래가 저절로 크고 가득하구나

들보를 북쪽으로 던지니
아스라이 먼 가야산의 푸른 모습 보이는데
산 아래 그때 무릇 몇 나라가 있었던고
삼한(三韓)의 남긴 역사를 아는 사람이 없구나

들보를 위로 던지니

태일(太一)이 언제나 머무나니 그 상(象)이 밝게 드러나네

만물은 하늘에 근본을 두니 천도는 어긋나지 않아

바람과 번개, 비와 이슬은 무엇이라 기르지 않겠는가

들보를 아래로 던지니

아래[下] 또한 형이자(形而者)이구나

백성은 태어남에 스스로 떳떳한 도리가 있고

이 도리를 겪고 보니 그 곧음이구나

엎드려 바라건대 상량(上樑)한 후에 바람과 비가 없어 동우(棟宇)가 영원히 튼튼하며 제사 지내는 일이 순조롭게 이루어져서 조상을 모시는 정성을 다하고 착한 바탕을 쌓아 '반드시 있는' 경사(慶事)[22]가 언제나 끊이지 않기를 바라나이다.

冠洞墓閣上樑文
관동묘각상량문

엎드려 생각건대, 고향은 마땅히 존숭해야 하는데, 하물며 누대의 묘소가 모셔지고 있음이랴!

제수(祭需)는 반드시 올려야 하는 것이고 마땅히 함께 묶는 집을 짓는 것이 마땅한데, 《주역(周易)》의 '동인(同人)' 괘의 이치를 따르는 것이며, 대개 '대장(大壯)' 괘의 뜻을 취한 것이기도 하다.

엎드려 곰곰이 생각해보면, 나의 13대조 처사(處士) 공(公)께서는 창녕의 집에서 태어나셔서 기양(岐陽)에 처음으로 거처를 정하셔서 동강(東岡)의 언덕을 지키시다가 만년에 성균관으로 옮기셨는데, 깨끗한 절조가 야사(野史)에 특별히 드러나 있다. 단천부사(端川府使) 공께서는 조정의 반열에서 높은 의리가 앞서서 밝게 드러났는데, 정덕(正德) 기묘년에 땅이 동방의 정기를

---

22 착한 …… 경사(慶事) : 《주역》의 "積善之家 必有餘慶"에서 따온 것이다.

생겨나게 하고 하늘이 남명 선생을 탄생시키시니, 경으로 내면을 바르게 하고 의로써 밖의 일을 바르게 하여 행동이 규범과 법도를 넘지 않았다. 용이 물속에 숨고 봉이 날아오르는 것 같은 우뚝한 기상을 드러내셨다. 명나라 조정에서 제사를 지내주고 천하 사람들이 모두 사도 (師道)로 존경받음을 알고 있다. 임금께서 불러 보실 수도 없었으니 산중에서 《주역》 '고(蠱)' 괘에서 말하듯 어지러운 세상에서 벼슬하지 않고 고상하게 살아가셨다. 송재(松齋)께서 이으 시어 젊어서 경전을 공부하니 준마(駿馬)가 스스로 왔는데, 신물(神物)이 때에 응하여 나오는 것을 알 수 있다. 임진왜란을 만나 적의 소굴을 태우고 근거지를 토벌하였는데 사직이 이에 힘입어 안정되었다. 병자호란에 이르러서는 항소(抗訴)를 올려 나라의 문(門)을 맡은 자들을 규탄했는데, 춘추의 대의가 크게 드러나니 끝까지 가문의 전통을 버리지 않았다.

이미 집이 이루어지니 무이산(武夷山) 육곡(六曲)의 푸른 병풍바위[蒼屛]처럼 굽이쳐 둘러 있고, 반 이랑의 네모진 못은 거울처럼 비춰준다. 현자들이 모여 밖에서 절하는 형상이요 둘러싸서 가마를 호위하는 듯하니 구슬을 꿰어놓은 것은 앞의 기세이고 문명함은 패옥을 매달아놓은 듯하다.

선조를 제사 지내러 왕래하는 땅이 있는데 어찌 후손들을 보우하는 뜻이 없어서 되겠는 가? 하찮은 힘으로 삼진(三晉)의 사이에서 의견을 묻는 것과 같으니 또한 어려움이 있었다. 여러 사람의 생각이 다시 갖추는 일에 한가지로 같으니 어찌 우연이겠는가!

기와를 공급하고 재목을 모으는 일을 기일을 서두르지 않고 경영하고 땅을 고르고 주춧돌을 놓으면서 점을 치니, 길하고 아름답다[吉而允]고 했다. 마침내 제도를 새롭게 하여 방료(房寮) 와 당실(堂室)이 바른 위치를 잡고, 대목이 기술을 다하여 서까래와 들보, 문기둥을 먹줄에 따라 자리 잡게 하니, 이것이 소위 새가 날개를 펴서 나는 듯하다[如革如飛][23]는 것과 같고 또한 족히 지나치게 사치스럽지도 지나치게 검소하지도 않다 하겠다. 이에 여섯 들보의 우뚝함으로 한 채의 집을 낙성했다.

아랑위여
들보를 들어 동쪽으로 던지니 맑게 갠 하늘에 자굴산은 옛날이나 지금이나 한가지네
하늘을 한 번 도는 시간은 착오가 없고
상서로운 기운이 솟구쳐서 아침마다 대문 위에서 붉구나

---

23 새가 …… 듯하다[如革如飛] : 《시경》 〈소아(小雅)〉 사간(斯干). "如鳥斯革 如翬斯飛".

166

들보를 들어 서쪽으로 던지니 묘소의 나무는 우거져서 그 모양이 꼭 같구나

누가 봄가을로 우러러 조상을 제사 지내는 곳인 줄 알리오

풀밭 길은 어느새 오솔길이 되었구나

들보를 들어 남쪽으로 던지니

토동(兎洞) 들의 아침 연기는 푸른 산을 두르고 있구나

남명 선생의 천년 자취를 말하노니

뇌룡정의 그림자가 맑은 연못에 가득하네

들보를 들어 북쪽으로 던지니

금성(錦城)[24]의 성벽이 높아 오르는 사람이 없구나

홍의장군의 쇠 동아줄[鐵索][25]은 지금 어디에 있는가?

단지 하늘에서 부는 바람만 거셀 뿐이네

들보를 들어 위로 던지니

다행히 푸른 하늘이 있어 언제나 근심이 없구나

구름 한 가닥이라도 가림이 없으니

빛나는 하늘의 중심을 사람들이 모두 우러러보네

들보를 들어 아래로 던지니

여러 후손들이 바삐 달려와 술잔 올리며 제사 지내네

말하고자 하는 것은 부지런히 농사지어 제사 음식 올리리니

비와 이슬의 큰 은택이 큰 들을 적시는구나

엎드려 바라건대 상량한 이후에는

범과 표범 같은 사나운 짐승은 산에 숨고

---

24 금성(錦城) : 합천에 있는 금성산을 말한다.

25 홍의장군의 쇠 동아줄[紅衣鐵索] : 홍의장군 곽재우는 의령 사람이면서 남명의 외손서인데, 임진왜란 때 왜적을 막기 위해 금성산에 쇠 동아줄을 설치했다는 '구전(口傳)'이 있다.

대문에는 언제나 손님 수레가 가득하며

서리 내리는 절기에는 제사 지내는 일이 순조롭고(祀事孔明)[26]

후손들이 모여 친목을 도모하는 자리에는 서차(序次)가 어지럽지 않기를 바라나이다

---

26 제사 지내는 일이 순조롭고(祀事孔明) : 《시경》 〈소아 초자(楚茨)〉.

제문(祭文)

祭李樂窩奎文文
낙와 이규문을 제지내는 글

오호라! 오직 공께서는 순금의 자질과 굳은 바위의 지조로 우뚝하기가 혼탁한 흐름 속의 지주(砥柱)와 같고 회회(恢恢)하기는 '포정(庖丁)이 칼을 갖고 노는 것'[27]과 같았습니다. 뛰어난 재주를 품고도 끝내 구원(邱園)에서 늙어간 것은 때이고 운명이었습니다. 돌아보면, 내가 일찍이 안 것은 아니지만 대저 그 온축한 학문과 품은 뜻이 크게 갖추어져 그 방불한 사람을 얻기 어렵고, 또 한두 번 눈으로 보고 심복한 것은 대개 공의 실행이 마음에서 얻은 것으로, 집에서 반듯하고 일상에서 쓰고 일을 처리하는 사이에 질서와 법도 아닌 것이 없으니 덕이 갖추어졌다 말할 수 있겠습니다.

또한 어려서부터 사서와 육경을 공부하는 데 힘을 쏟았고 이기론과 같은 학설에 정미함을 다하고 여러 작품을 읊으니 그 조예가 깊은 것을 징험할 수 있습니다. 명리(名利)를 추구함에 수단 방법을 가리지 않아 요행으로 한때의 영예를 얻는 것과 같은 것은 공의 뜻이 아닌즉 사람들이 몰라주는 것에 무슨 아쉬움이 있겠습니까! 지난해 이른 봄에 아드님의 편지를 받아보고 병구완하는 근심과 어린아이들을 보살피는 어려움이 있음을 알고 와서 문후를 한즉, 공의 아픈 증세가 이미 병이 되었음을 알았으나 그 말씀이 끊이지 않은 것이 평일과 한가지라 오로지 정력이 심하게 소모되지 않았음을 믿어서 생각 밖의 기쁨이 있기를 바랐는데, 돌아온 뒤 얼마 지나지 않아 부음이 이르니 어찌 하늘이 어진 이의 목숨을 빼앗는 것이 이처럼 빠를 수 있단 말입니까! 멀리 떨어져 있어 밤을 도와 이르러 제사하니 흰 장막은 적적하고 밝은 얼굴과 다정스런 목소리를 어디서도 보고 들을 수 없으니 어찌 푸른 하늘을 부르며 통곡지 않을 수 있겠습니까! 위안을 삼을 것은 어진 아들과 여러 형제가 가정(家庭)의 교훈을 이어서 뜻

---

27 포정이 …… 노는 것 : 《장자(莊子)》〈양생주(養生主)〉.

을 독실하게 하여 열심히 학문하여 덕기(德器)를 이룬 것이니, 감히 헛된 말로 아첨하겠습니까! 뒤를 계승하는 아드님 후윤(厚允)은 앞선 선배들의 사업으로 스스로 기약하여 반드시 성취시키니 어찌 그 역량을 헤아리겠습니까! 우리 무리의 바람 또한 얕지 않으니 영령께서는 묵묵한 가운데 도와주소서!

祭曺德隱周文文
덕은 조주문을 제지내는 글

옛날 봉곡(鳳谷),[28] 정곡(靜谷)[29] 두 분 선생은 우리 산해부자의 만년의 제자입니다. 봉곡의 《사례절해(四禮節解)》와 《계정집(溪亭集)》, 정곡의 《필어(筆語)》와 《총옥집(叢玉集)》은 오랫동안 세상에 전해지고 있어 세상의 학자들이 보고서 취하는데, 하물며 가정에서 이를 계승하는 사람이겠습니까! 공은 선생의 후손으로 선생의 뜻을 체득하고 선생의 교훈을 실천하여 어버이에 효도하고 형제간에 우애하며 또 의로운 길로 자식을 교육하였으니 선생의 영혼으로 하여금 그러함을 알고 반드시 "나에게 어진 후손이 있구나."라고 말할 것입니다.

대저 공의 의표는 체구가 장대하고 훤칠하였으며 성품과 도량이 공평하여 자신과 집과 고을을 너와 나로 구별하여 차이를 두지 않았는데, 젊어서나 늙어서나 시종일관 차별을 하지 않았으니 《시경》에서 이른 바 "숙인(淑人)과 군자(君子)는 그 의범이 한가지로다."라는 것이 이것입니다. 돌이켜보면, 모자란 내가 태어난 후부터 백 가지 우환을 만나 사궁(四窮 : 鰥寡孤獨)의 하나인 자식 없는 사람이라, 공의 막내아들 집안의 셋째 아들을 입양하여 조상을 받들고 후사를 잇는 계획을 이미 정했으니, 진실로 같은 조상의 정의가 두터움을 알 수 있음에 또한 어찌 공의 영혼이 지하에서 묵우(黙祐)한 것이 아니리오! 그 은혜에 보답하려면 산도 가볍고 바다도 얕은데, 세월이 빨리도 지나가 삼년상을 거둘 때가 되었습니다. 남기신 풍범을 상상하며 부질없이 덕천(德川)의 산과 물을 바라보니, 산은 높고 물은 깨끗하여 엎드려 우러러 탄식함에 말을 길게 이을 수가 없습니다.

---

28 봉곡(鳳谷) : 남명 문인 조이천(曺以天)의 호.
29 정곡(靜谷) : 남명 문인 조수천(曺受天)의 호.

祭李聖養文

이성양을 제지내는 글

오호라! 공이 어찌 돌아가실 수 있단 말입니까! 기수(氣數)가 쇠박(衰薄)해지는 것은 운명인데 그때를 당해 어찌 슬픔으로 몸을 해치는 데 이르렀는가라고 말하는 것은 공의 마음을 모르는 것이요, 또한 공의 효도를 모르는 것입니다. 더군다나 안연(顏淵)에게 부친이 계신 것으로, 안연이 효도가 부족하다고 말하는 것이 옳겠습니까? 만약 그 효행이 일컬어짐이 없다면 백 세를 살아도 요절한 것이요 그 효행이 일컬어짐이 있어 후세에 전해질 만하면 적은 나이라도 본성에서 우러나온 것이라 말하지 않을 수 없는 것입니다. 불행히도 함께 돌아가시니 우리 무리는 적적하고 쓸쓸할 뿐입니다. 어느 곳에라도 영령이 계시다면 집안을 어찌할지 아시는지요? 인척(姻戚)의 정리(情理)로 울면서 보내오니 슬픈 마음이 갑절이나 더합니다.

창와문집 권4 부록 · 菖窩文集 卷之四 附錄

만장(挽章)

1.

송태석(宋泰奭)

가학(家學)을 잇는 것은 처음부터 세운 뜻이었고
경학 공부는 이미 노성(老成)에 이르렀다
십 년 동안 떨어져 있었으나
세 산에서 맺은 오랜 맹세가 있었다네
뜻밖에 돌아가셨다는 소식을 들음에
오호라! 울음 우는데 목소리가 잠겨버리네

2.

권석로(權錫魯)

산해(山海 : 南冥) 선생 가신 뒤 삼백 년에
송재(松齋 : 兵使 曺繼明)의 후손에 우리 공이 현인(賢人)이네
석형(石兄) 또한 타고난 자태 단단하나니
예부터 이름난 집안에는 그 이치가 진실로 그러하도다

한 구역 깊은 골짜기 늙어서야 참모습을 찾았는데
물은 북쪽으로 흐르고 산은 남쪽에 우뚝하여 넓은 들을 이웃하네
오늘은 공께서 오고 내일은 내가 따라 들어와
십 년을 함께 노닒에 언제나 새로웠다네

헤아릴 수 없는 술 모임에 헤아릴 수 없는 시(詩)가 있었나니
금성(錦城)은 높고 가파르며 자굴산은 수려했었지
해마다 봄바람 불 때의 약속은 어김이 없었으니
바로 꽃피고 푸른 풀이 돋아나는 때였다네

풍진(風塵)을 벗어난 집, 시 읊으며 돌아온 여가에는
날이 다 가도록 의관 갖추고 성리서(性理書)를 읽는구나
누항(陋巷)의 어진 스승 천고(千古)의 즐거움이
표주박 술에 끼니 거르는 가운데 있는 줄 모르는가!

만사(萬事)가 오호(嗚呼)로다 골짜기에 계신 공(公)이여
금생(今生)에 계책 없음은 오히려 서로 같은데
일 년을 좁은 땅 차가운 산 옆에 계셨으니
마땅히 우리들은 묵묵히 모여 자책(自責)해야 하리라

시사(詩社)가 적막함은 한 사람이 빠졌음이라
올해는 헛되이 꽃잎 떨어지는 봄을 맞이했네
쓸쓸하고 적막한 정자(亭子)와 혼탁한 물길로
어둠 속에 홀로 가서 몇 번이나 찾았던고

사람이 나서 한 번 죽는 것은 예와 오늘이 다를 것 없으나
누가 있어 우리 공과 같은 가련한 분이 또 있을까!
친족은 원래 없어 단문친(袒免親)[1]이 곡(哭)하는데
어린아이 울음소리 있으니 단지 한 양자가 있어 뒤를 잇네

상여의 붉은 깃발이 담을 나가 동쪽으로 나가니
궁벽한 시골의 반쯤 무너진 옛집은 비었고

---

1 단문친(袒免親) : 오복친(五服親) 외의 친족.

상한 마음으로 공부하시던 곳을 바라보니
끝내는 아득히 먼 한바탕 꿈속 일이 되었네

공부하던 벗들이 탄식하며 흘리는 눈물이 잇닿는데
고향 산의 소나무 잣나무, 풀은 여전히 푸르구나
모자란 내가 친구의 끝에 자리하여서
오늘 부의를 보내니 정성을 다하지 못함이 부끄럽네

상엿소리 끝나니 말갈기 같은 봉분(封墳)이 만들어지고
천년의 깊은 밤은 바로 가성(佳城)이더라
옛 성인이 일찍이 풀이 무성해진 벗의 무덤에서는 곡하지 않는다 했으니
바람 맞으며 다시 곡하니 눈물이 가득하네

3.

박덕화(朴德華)

큰 씨족 창녕조씨에 우리 공이 있는데
남명, 송재 두 어진 분의 풍범을 이었네
저승으로 한번 가신 뒤로 소식조차 없으니
유종(儒宗)이 이로부터 사라짐에 한탄스러움을 어찌할거나

원래 이별과 만남은 모두 운수에 매였는데
늙어서 땅 가려 오두막 지었는데 다행히도 이웃이 되었네
어린 내가 공을 우러르기를 높은 산같이 하였는데
은근하게 가르치고 깨우침이 말씀 가운데 거듭되었네

시 읊는 술자리에 모시고 배종함이 몇 날이던가!
마음을 논하고 문자를 논하며 또 나이를 잊은 사귐으로

때로는 황계(黃溪)에 내려가 발을 씻고
금수(錦峀) 앞에서 지팡이 짚고 달을 보았지

언제나 《심경(心經)》을 읽고 이기(理氣)를 강론하여
부지런히 종일을 앉아 있었으나 의지할 곳 없어
한나라 송나라 선유(先儒)들을 깊이 사모하니
천고의 유림이 적막하지 않았네

그해 집을 이사한 뒤를 탄식하나니
동과 서로 멀리 서로 떨어져버렸다네
지금보다 옛을 좋아하사² 끝내 돌아오지 않으시니
그때의 계획이 이럴 줄 알았다면 어찌 말리지 않았으리

4.

정연식(鄭演植)

남명 선생 남기신 풍범(風範)을 상상할 수 있나니
오직 공의 심사(心事)가 가장 진실에 가깝더라
술잔 들어 함께 망년(忘年)계(契)를 맺었고
말씀하신 도(道)로 미루어보면 바로 그 사람이었네
좋은 거문고로 함께 옛 음률을 탈 수 있었던 것은 깊은 행운이었는데
극락세계의 칠보로 된 나무를 금잔화로 두르니 더욱 가련하구나
공의 집 상자 속에 빛나는 문자는
오로지 장차 그 손길 닿은 흔적들이 새롭게 되길 기다릴 뿐이네

---

2 지금보다 옛을 좋아하사 : 원문에 '如今'으로 되어 있는데, 아마도 문맥상으로는 '如今'일 것 같아 이렇게 번역해보
았다.

5.

손문현(孫汶鉉)

나는 형주(荊州 : 劉表)와 같은 사람 잘 알기를 바랐는데
영남에 화락(和樂)한 군자 있었네
학문은 전해오는 가업(家業)이었고
효우(孝友)는 천성으로부터 나온 참된 것이었네
정기(精氣)는 산과 호수의 빼어남을 타고났고
심회(心懷)를 열면 눈 덮인 산야(山野)를 비추는 달처럼 산뜻했지
누가 있어 그 풍류를 다시 이을까!
금관(錦官)성의 봄처럼 쓸쓸하기만 하네

6.

이두의(李斗儀)

숲속에 사는 포의(布衣)의 선비
책 읽기를 사십 년
《근사록(近思錄)》을 정밀히 이해하고
《소학(小學)》의 가르침에 따라 몸을 가누었네
남명 선생 가문의 명성은 크고
후손 창와(菖窩)가 덕업을 온전히 했네
아! 오늘의 일을 보면
지극한 이치라는 하늘을 믿기 어렵네

뒤따르면 역시 잘 볼 수 있으니
이름난 선비들이 한 시대를 함께했네
이기(理氣)의 학설을 잘 분별했으니
한주(寒洲) 선생 문하에 가을 달처럼 밝았네

속과 겉은 원래 시의(時宜)에 맞지 않는 것
부귀도 마음을 미혹하지 못하고 빈천도 뜻을 옮기지 못했네
오늘날의 등백도(鄧伯道)와 같다 말하지 마라
양자 삼은 아이가 슬피 울며 상여를 뒤따르네

7.

문생(門生) 정동호(鄭東灝)

지난날 창와공이 살아 계실 적을 추억하노니
종용히 질문에 답해주심에 절하여 스승으로 모셨네
진정한 학문 공력은 예학과 경학에서 나오지 않음이 없고
힘써 깊이 이기(理氣)편을 탐구했네
큰 어른 돌아가심에 아직 애도조차 못했으니
아! 어린 나에게 다시는 인연이 없어졌네
존령(尊靈)께서는 저승에서 한을 만들지 마십시오
장차 뒤를 잇는 아들이 어질기를 바랄 뿐

제문(祭文)

1.

이진원(李鎭元)

창와(菖窩) 공은 옛날이나 지금이나 나의 변함없는 벗으로 비 오는 소리를 들으니 늘 그랬듯이 공의 말소리가 들리는 것 같은데 사월의 강산이 슬피 울고 있습니다.

학문에 뜻을 둠에 반듯했고 자질은 두터웠습니다. 생을 마칠 때까지 경의(敬義)의 종지(宗旨)를 부지런히 힘써서 늙어가는 것을 잊을 정도로 부족함을 몰랐습니다. 한결같이 얻고 잃음과 높고 낮음에 담백하였고 거처하는 집은 쓸쓸하여 초라한 집은 씻은 듯이 아무것도 없었습니다. 살아가는 계책은 거문고와 서책이었으며 배고픔을 잊고 산수(山水)에다 정을 붙이고 휘파람 불며 자적(自適)하셨으니, 초연히 세속을 떠나 있어 구름 밖의 한 마리 외로운 학이었습니다. 서가에는 책이 가득하여 위로는 염락(濂洛)의 이학(理學)을 꿰뚫었으며, 기이한 솜씨를 부려 기교를 취하는 당시의 습속을 깊이 미워하셨습니다. 의리를 분별함에 이르러서는 못을 끊고 쇠를 자르는 의연함이 있었고 의리는 삼엄(森嚴)하고 말씀은 확고하여 흔들리지 않았고 빼앗을 수도 없었습니다. 후생들을 끌어 앞으로 나아가게 함에는 자상하게 깨우쳐 게으르지 않아 함께 경지에 들고자 하셨습니다. 진심으로 선(善)을 좋아하셨으니 일가 사람들과 고을 사람들이 기뻐하며 따르지 않는 이가 없었습니다. 아름다운 옥(良玉 : 훌륭한 인재)이 팔리지 않아 누추한 집에서 평생을 마침에 애석하게도 공적인 논의가 있었으나 공에게 있어서 무슨 슬퍼할 일이겠습니까! 나의 작은형은 공의 사위이니 이것이 어리석은 나의 인연이 되어 깨우침을 입고 눈으로 보고 마음으로 느껴 감동하여 흥기한 것을 어찌 다 적을 수 있겠습니까! 편지로 또 말씀으로 정성을 다하여 깨우쳐 주셨으니 한마디 말씀에도 착한 길로 이끌지 않음이 없었습니다. 비록 내가 그렇게 될 수는 없다 하여도 마음으로 기뻐하지 않을 수 있었겠습니까!

용렬하고 고루함이 만에 하나라도 변화가 있기를 바라는 것은 공께서 어진 덕으로 장수하시는 것에 의지한다고 말해왔는데, 어찌하여 전염병이 돌아 공을 해쳐서 목숨을 앗는단 말입니까! 이 두 달 사이에 어진 부인이 이어서 돌아가시니 신후(身後)가 쓸쓸하여 말하고자 하면 또 슬퍼져서 눈물이 나려 합니다. 착함이 장수함으로 보답을 받지 못하니 저는 세상 사람들이 인선(仁善)에 소홀할까 두렵습니다. 장례를 치를 수 없어 풀로 덮어둔 관이 해를 넘기니 비와 눈으로 들은 황폐하고 여우와 너구리가 날뜀에 가는 길엔 눈물이 뚝뚝 떨어집니다. 까마귀와 솔개나 개미 같은 하찮은 미물(微物)도 달인(達人)은 같은 것으로 보는 것이니, 공이 스스로를 봄에 이런 일에 무슨 원망스런 마음을 품겠습니까마는 살아 있는 사람이 이런 상황을 어찌 참을 수 있으리오! 어찌 참을 수 있으리오! 좋은 벗이 있지마는 탄식하며 바라만 볼 뿐입니다.

더벅머리 양아들이 있어 지금은 비록 어리지만 다른 날 어른이 되면 장차 공의 뜻을 이어서 다시 가문의 명성을 빛내주리라는 바람이 여기에 있을 것입니다. 저승에 계신 공을 위로하는 것이 이것 외에 무엇이 있겠습니까! 밝으신 존령(尊靈)께서는 여러 가지를 내리고 돌아보고 도우소서! 아! 슬프도다!

2.

이기후(李基厚), 이기원(李基元), 이찬석(李瓚錫)

아! 공께서는 돈후(敦厚)한 자질과 꿋꿋하고 확실한 기운을 타고 남명 부자(南冥夫子)의 집안에서 태어나 가문의 교육에 근본이 있고 부친의 훈육도 일찍이 받았습니다. 어려서부터 나아가고자 하는 방향이 시속에 영합하는 마음을 끊고 성리(性理)의 학문에서 단서를 찾아 염락(濂洛)의 교훈으로 거슬러 올라가 근원을 탐구함에 한마음으로 종사하여 끝까지 싫어함이 없었습니다. 마음가짐은 맑고 독실하여 외물이 밖에서 유혹할 수 없었습니다. 자리에 임하는 모습은 단정하고 엄숙하여 사람들이 감히 도리가 아닌 것으로 어지럽힐 수 없었습니다. 그 문호(門戶)의 바름과 부모 봉양에 흐트러짐이 없음과 학업에 뜻을 둠이 독실한 것과 선조의 뜻과 학문을 이어가는 아름다움은 어찌 쇠퇴한 시대에 드문 일이 아니라 하겠습니까! 그리고 어떤 사람이 혹 한 가지 착함이 있거나 한 가지 능한 기예를 갖고 있으면 끝까지 찾아 벗으로 삼아 비록 수백 리 먼 곳에 있어도 반드시 글을 보내 그 뜻을 이루도록 격려했습니다. 의용(儀容)을 꾸미지 않아 사람들로 하여금 그 겉과 속을 훤히 볼 수 있게 한즉, 모두가 '고상하신 우리 님이여, 그 맑고 밝음이 옥과 같도다.'라고 읊은 바와 부합하는 것이 아니겠습니까. 아! 하늘이 만약 고령의 나이를 허락하여서 그 끝맺음을 할 수 있게 하였다면, 그 학문을 이룸이 성대함과 인륜의 도리를 바로세우는 일의 큼이 어찌 후진(後進)의 무리들이 모범으로 삼아 의지하여 돌아가는 바가 아니었겠습니까! 크디큰 동량의 재목이었으나 쓰임을 보지 못했으니 천 리를 달리는 준마(駿馬)의 발이 마땅히 뻗어야 함에도 넘어지는 것과 같으니 하늘의 뜻을 어찌 알 수 있겠습니까!

우리들은 가까운 이웃에 살아 따르고 모신 지가 오래라, 착한 일은 스승으로 삼고 의심나는 것은 여쭈어 질문하니 스스로 내 자신에게 다행으로 생각했습니다. 몸소 우리들을 보실 때는 언어와 문자 사이에는 결점이나 흠이 없을 수 없는 것인즉, 반드시 연구 토론하고, 빠지고 모자란 것을 보충해야 한다고 하셨습니다. 간혹 하나라도 깨달으면 기뻐하여 마지않았으니, 간절히 생각하며 잊지 않으시는 정(情)과 부지런히 착함으로 인도하는 의리에서 나온 것으로, 어찌 참으로 우리들이 혹 취할 만한 것이 있어서 그런 것이었겠습니까! 이 어찌 군자가 정성과 믿음(誠信)으로 사람을 가르치는 도리가 아니겠습니까! 아! 공께서 이미 돌아가셨으니 외롭고 고루한 살아남은 우리들은 다시는 이 세상에서 절하고 뵈올 수가 없습니다. 아! 끝났습니다. 밝으신 영혼이 만약 계신다면 가엾게 여기소서.

3.

족제(族弟) 병규(丙奎)

아! 공께서는 온화하고 선량하며[溫良] 정성스럽고 화락한[愷悌] 자질과 반듯하고 밝으며[端亮] 순수한 도량으로 끝까지 굳은 절조를 지키셨습니다. 숲속 깊은 골짜기 사이에서 은거하시면서 경의(敬義)의 학문에 마음을 기울였고, 시와 예의 자리에서 노닐었습니다. 그 덕을 이루고 도를 실행하는 조예(造詣)가 더욱 깊어졌으니, 위로는 우리 유학의 근원에 거의 가까이 갈 수 있었고 아래로는 후학(後學)들의 모범이셨으니 세도(世道)의 다행스러움이 컸습니다. 지금 멀고 가까운 곳에 있는 아는 분들과 학생들이 모두 길을 잃어 허둥대며 영원히 의지하여 돌아

갈 곳을 잃고 존중하여 본보기로 삼을 곳이 없어졌으니, 소제(小弟)[3]가 슬피 사모하며 통곡하는 까닭입니다. 아! 나를 돌아보면 불효하여 일찍이 부모님을 잃고 또 두 번이나 형제를 잃는 참화를 겪어 여생(餘生)을 의지할 곳이 없는데, 오직 공을 믿어 의지할 뿐이었습니다. 일이 있으면 쫓아가서 물었고, 일이 없을 때는 서로 기뻐했으며, 출입할 때는 서로 도움을 주었고, 동정(動靜)에는 서로 따라 자못 장래에 바라는 바가 있었습니다. 지금 공께서 돌아가심에 갑자기 멍해지니 이 한스러움을 어찌 심상하게 논하겠습니까! 아, 슬프도다! 하늘이 앞 세대의 어진 이들을 남겨두지 않아 공께서 이미 일찍 세상을 떠나시고 성천(聖千) 또한 세상을 버리니, 우리 집안이 보잘것없어져 적막하여 사람이 없는 것과 같습니다. 하늘이여! 귀신이여! 어찌 이토록 혹독한 앙화가 심할 수가 있단 말입니까! 초라한 치전(致奠)과 졸렬(拙劣)한 글로 두 번 절하고 통곡하나니 영혼은 (내 마음을) 아시겠지요.

---

3 소제(小弟) : 원문의 '少'는 오식이다.

행장(行狀)

공의 휘는 희규(禧奎)이며 자는 한서(漢瑞)다. 신라 태사 조계룡(曺繼龍)으로부터 출발한 창녕 조씨로 대대로 높은 벼슬을 지냈는데, 고려 때에는 연달아 9세로 평장사를 지냈으며, 본조에 서는 5세로 소감(少監)을 지냈다. 진사 조안습(曺安習)이 처음 삼가(三嘉)에서 가정을 이루어 봉사(奉事) 영(永)을 낳았고, 봉사가 판교(判校) 언형(彦亨)을 낳았으며, 판교가 현감 환(桓)을 낳았는데, 바로 남명 선생의 아우이다. 현감에서 두 번 전하니 계명(繼明)으로 호는 송재(松齋)인데, 임진, 정유왜란에 의병을 일으킨 공로로 벼슬하여 황해도(黃海道) 병사(兵使)에 이르렀고 증직이 병조참판이신데 공에게 8세조가 된다. 수(燧), 덕영(德榮), 의신(義臣), 문박(文璞)은 부친 이상의 4세다. 어머니는 해주정씨 용선(容善)의 따님인데, 순조 경인년에 덕촌(德村) 집에서 태어났다. 어려서 남다른 특징이 드러났으니, 헛된 말을 하거나 웃지 아니하고 배움에 나아가니 재주와 사려가 나날이 늘어갔다. 몇 년이 지나지 않아 경학과 사학에 대략 통하니 사람들이 말하기를, 조씨 가문의 학문이 의탁할 곳이 있겠다고 하였다. 장성하여서는 개연히 남명 선생의 시대가 비록 멀기는 하나 이어서 지키는 책임은 더욱 중하다 하고 산속 집으로 들어가 심경을 외웠다. 몇 년을 나오지 않았는데 부친상을 당함에 제도를 지켜 예를 다했는데, 집안이 외롭고 가난하여 가까운 친척이 없었으니 자취는 더욱 외롭고 궁함은 더욱 곤란해졌다. 언제나 거처가 불안하여 정해진 거처가 없었으나 가는 곳에는 반드시 서적을 갖고 가니, 늘 궁핍했으나 그 즐거움을 바꾸지 않았다. 고향 이웃의 어진 분들인 최몽관(崔夢關),[4] 박만성(朴晚醒 : 朴致馥) 및 나의 부친 반고(磐皐) 공을 따라 노닐며 강마(講磨)하기를 게을리하지 않았다. 허후산(許后山 : 許愈), 정노백(鄭老柏 : 鄭載奎), 곽면우(郭俛宇 : 郭鍾錫), 이자동(李紫東 : 李正模) 등 여러 어진 선비들은 모두 공보다는 나이가 적었으나 공은 오직 부지런히 이분들과 더불어 묻고 토론하며 서로의 학문을 진보케 했다.

---

4 최몽관(崔夢關) : 최유윤(崔惟允, 1809~1877). 본관은 경주, 자는 성진(誠進), 호는 몽관, 아버지는 경태. 이이, 윤봉구 등을 향사하는 합천의 옥계서원에 배향되었다. 기정진, 송내희, 송달수 등과 교유했다. 일찍이 노백헌 정재규를 가르쳤고, 그를 기정진의 문하로 보내어 학문을 완성케 하였다.

이미 한주 이진상에게 나아가서 학문을 바로잡음에 한주 선생께서 그 학문을 시험해보시고는 크게 기이하게 여기시고는 거듭 성현의 가르침의 기본 취지를 말씀하시고, 이어서 (남명 선생이 가르친) 경의(敬義)의 가범(家範)을 떨어뜨리지 말도록 격려하셨다.

대개 나아감에는 말에 어긋나지 않았고 물러남에 움직임과 고요함, 안과 밖이 교섭하는 지점에 힘을 다한 것은 한가지로 심(心)과 이(理)가 합한 이치에서 구했을 뿐이다. 무릇 사람들과 더불어 글을 말하고 일을 논할 때, 그 말이 비록 자기와 같아도 성급하게 믿지 않았으며, 자기와 의견이 달라도 성급하게 배척하지 않았다. 비록 미미한 글이나 사소한 절목이라도 반드시 반복하여 살핀 다음에 지극한 이치가 함축된 것을 택했다. 혹 경(經)과 예(禮)가 앞 세대 유학자들의 정론(定論)이나 비록 스승의 학설이 아니라도 오직 반복하여 살폈다. 평상시에는 성실한 태도로 겸손하고 공손하셨으며, 스스로 윤상(倫常)을 지키는 것을 책무로 삼으셨고, 부조(父祖)의 유업을 계승하는 데에 부지런할 것을 마음에 새겼다. 바로 거처하는 관동(冠洞)의 조상 묘소 아래에 재실(齋室)을 짓고 제전(祭田)을 마련하였으며, 남명 선생의 옛 거처인 토동(兎洞)에 뇌룡정(雷龍亭)이 있는데, 세월이 오래되어 폐허가 되니 한 고을의 선비들이 자금을 추렴하고 계(契)를 만들어 새롭게 짓는 일을 앞장서서 주도하였다. 또 동지들과 약속하여 육동(陸洞)의 봉서재(鳳棲齋)에 보인계(輔仁契)를 설립하여 함께 공부하고 해마다 모여 강론하는 곳으로 만들었는데, 주자(朱子)의 백록동규를 모범으로 삼아 윤리를 밝히고, 여씨(呂氏) 남전(藍田) 향약을 갖추어 풍속을 두터이 하였으며, 아호(鵝湖)의 강론과 같은 자리를 열어 선비들의 취향을 바르게 하였고, 경재(敬齋)의 잠(箴)을 외우는 것을 법도로 삼았다. 즉 읍례를 실천하여 진퇴의 예절을 학습하고, 향음주례를 실행하여 장유(長幼)의 질서를 알게 했다. 성품은 착한 것을 착하다고 하는 데 뛰어났으며 진실로 옳은 것이 아니면 조금의 용서도 없었다.

당시 조정에서는 서양과 왕래하고 화친하는(通和) 일을 논의하고 있었는데 공이 이 일을 듣고 탄식하기를 "선왕의 땅이 이로부터 서양에 물들게 되니 인류가 장차 변하여 금수가 될 것이다. 누가 춘추대의를 잡아 몸을 던져 삼학사나 정대부(鄭大夫)같이 투쟁할 수 있겠는가? 만약 그런 사람이 없은즉 우리들이 지킬 바는 오직 뜻을 굽히지 않는 것만 있을 뿐이다." 하였다.

매양 봄과 가을의 좋은 날에는 대지팡이 하나를 손에 쥐고 산과 강에서 노닐면서 혹 여러 날이 지나도 돌아오지 않으니 사람들은 그가 무엇을 추구하는지를 알지 못했다. 스스로 호를 학하(壑下)라 하였는데, 지사(志士)는 어려운 지경에 처하여도 나라를 잊지 않는다는 뜻을 취한 것이다.

만년에는 삼산(三山) 아래에 집 하나를 지어서 벽에 스스로 지은 잠명(箴銘)을 걸고, 정원에는 많은 화초를 심고 편액하기를 창와(菖窩)라 하고 거처하였는데, 선비는 또한 애호하는 것이 있지만 사람들은 애호하지 않는 것이라는 뜻을 취한 것이다.

공은 본디 아들이 없어서 45세 되던 갑술년에 일족의 아들 용각(鎔恪)을 후사로 삼으니 나이는 10세였다. 이에 3년을 지난 정축년 5월 4일에 공이 병으로 일어나지 못하니 향년 48세였다. 멀고 가까운 곳의 사우(士友)들이 모두 탄식하며 말하기를 "작년에는 자동(紫東)이 죽고 올해에는 창와가 돌아가니 사문의 횡액이로다!" 하였다. 당시에 전염병이 집안을 침입하니 부인 이씨도 이어 세상을 떠났는데, 뒤를 이은 아들은 바야흐로 열세 살에 지나지 않으니 어찌할 겨를이 없고 예를 차릴 수가 없어 어떤 산 쑥대 우거진 곳에 장사 지냈다가 후일 합천 장등(長嶝) 선산 아래 유(酉) 방향의 언덕으로 이장하였다. 이씨 부인은 인천이씨 민의(敏儀)의 따님이고 묘는 공과 합장이다. 두 딸을 두었는데 사위는 이정현(李廷鉉)과 문봉(文琫)이다. 용각은 두 아들을 두었는데, 홍영(鴻永)과 학영(學泳)이고, 홍영은 본생가의 제사를 받들기 위해 출계했다. 이정현의 아들은 원후(源厚), 원숙(源淑), 원재(源在)이고 문봉의 아들은 홍우(洪禹)다.

공은 쾌활하고 온화한 자질과 정직하고 꿋꿋한 뜻을 가지고 일찍이 옛 성현의 학문에 종사하여 굳게 지켜 그만두지 않았다. 이로부터 오로지 사람을 취하는 데는 그 사람의 착함만 보았고 앎이 미치지 못할 때는 반드시 여러 서적을 참고하여 실천하였으며 그만두지 않았다.

물러나 있음에 자신에 돌이켜 성찰하니 엄숙하고 공경한 모습이고, 총람하여 정리함에 어지럽지 않아 굳게 지켰도다! 품행이 방정(方正)하고 지조가 꿋꿋하여 지키는 바가 있었으니 '병든 세상의 학자는 몸소 실천하여 마음으로 깨닫는 데 힘쓰지 아니하고 헛되이 입으로 말하고 귀로만 듣는 겉치레 학문을 숭상한다.'는 남명 선생의 말씀을 거론하며 때때로 소리 내어 읊었다. 이런 근거에서 말하기를 "학문은 단지 자기를 이루고 사물을 성취시키는 데 있으니 멀리 가고자 하면 가까운 곳에서 시작하며 높이 오르고자 하면 낮은 곳에서부터 출발하는 것이니, 우리 집안의 학문 법식이 한결같아 변하지 않는 것이 이와 같은즉 아래로 인사를 궁구할 수 없으면서 위로 천리를 통달할 수 있는 사람이 있겠는가!" 하였다.

이런 까닭으로 이기(理氣)를 논하는 것을 근거 없는 공허한 논설일 뿐 아니라 반드시 군더더기의 베낀 것으로 보았다. 말하기를 "군자의 학문은 이 도리를 살피고 이 도리를 밝히며 이 도리를 따르고 이 도리를 잊지 않는 것일 뿐이다."라 하였다. 마음 바탕이 공평하여 선입견이 없어 오직 옳은 것을 옳다 하여 그 말이 모두 몸으로 터득한 곳에서 나왔기 때문에 배우는 사람들이 의거할 하수처가 있었다. 만약 몇 년의 수명을 더 빌릴 수 있어서 그 뜻을 다할 수 있었다면 그 조예를 어찌 다 헤아릴 수 있었겠는가! 홀연히 중도에서 그치고 또 후사를 부탁할 수도 없었으니, 오호라, 주는 것과 빼앗는 것은 하늘이 정하는 것이 아니라는 것이 과연 이와 같은 것인가! 그렇지 않다면 기(氣)가 멋대로 옮기는 때라 이(理)가 주재(主宰)할 수 없었기 때문인가! 그런즉 공이 간절하게 밝혀 보인 것을 요즈음 사람들이 믿지 않는 것은 이상할 것이 없다. 그럼에도 하늘이 때를 결정함이 없다는 것은 이(理)가 아니니 이것은 공의 학문이 이가 결정한다는 이치를 탐구한 것이 아니겠는가! 원후 씨가 학영으로 더불어 계획하여 글 상자를 열고 승우로 하여금 있는 모든 것에서 가려 뽑게 하고, 또 그 착한 행실을 기술하는 책임을 맡겼다. 승우가 모자라지만 어찌 감히 하지 않을 수 있으리오! 돌아보면 돌아가신 나의 부친과는 사귐이 정중했으며, 또 분에 넘치게도 고향 후생의 자리에 끼어 있으니 그 의리가 스스로 외인(外人)이라 하기는 어렵다.

모든 모은 글 가운데 드러난 한두 개는 이와 같으며, 그런 까닭으로 가만히 생각해보면, 공은 일찍이 저술로써 자처한 적이 없고, 온전치 못한 책과 나머지 글은 죽음과 화란의 끝에 남겨진 것을 수습한 것이고 또 대체로 많은 글이 완성하지 않은 원고인즉, 훗날 공을 알고자 하는 사람은 거듭 그 평생의 축적을 보고 이 문집에서 그치지 않기를 바랄 뿐이다.

기묘년 늦은 봄날에 의령(宜寧) 남승우(南勝愚) 근찬하다.

묘갈명 병서(墓碣銘并序)

우리 고을에는 얼마 멀지 않은 옛날에 유현들이 배출되었으니, 꼽아보면 최몽관(崔夢關), 박만성(朴晚醒), 허후산(許后山), 정백헌(鄭柏軒)으로부터 돌아가신 나의 부친 하당(荷塘)공에 이르니 모두 이 시기에 유림에서 일대의 우뚝한 인물들이었다. 그 사이에서 경중(輕重)이 있을 수 있으나, 같은 마음 같은 덕으로 서로 허여하고 도의로써 막역하게 사귄 사람은 창와 처사 조공이 그 사람이다. 공자께서 그 사람을 모르겠거든 먼저 그 사람의 벗이 누구인가를 보라고 하셨으니, 아, 공은 진실로 어진 분이셨도다! 공이 처음 공부를 시작할 때는 일정한 스승이 없었으나 스스로의 힘으로 각고의 공부를 하셨고 만년에 한주 선생의 문하에 나아가서는 더욱 기운을 내어 힘써 진보가 있었다. 당시 출세하고자 하는 학문과 세상에 영합하는 풍조에 사람들이 모두 머리를 구부렸으나 홀로 벼슬에 뽑히는 것을 바라지 않았다. 가난은 잠시도 편안하지 못하게 했고 집이라고는 오직 벽 네 개를 세워놓은 것에 지나지 않았지만, 독서를 즐기는 일을 바꾸지 않았으며, 조상을 섬김에 힘든 일을 마다하지 않았다. 선조의 묘소에는 묘소마다 제수답과 계를 결성하고 계획하여 뇌룡정 규약을 회복했는데 조리가 매우 밝았다. 부모에 대한 효성이 깊었으니 살아 계실 때 모시는 일과 돌아가셔서 장사 지내고 제사 지내는 일 모두를 예에 따랐다. 중화와 오랑캐의 차이를 통렬하게 분석하여 분별하고, 병인년에 조정에서 서양과 통화했다는 소식을 듣고 탄식하며 "인류가 장차 금수가 될 것이고, 우리 무리들은 이미 붙들어 지킬 계획이 없은즉 지킬 바는 다만 죽음에 이르러서도 변하지 않는 것일 뿐이다."라고 하였다. 이로부터 마침내 문을 닫고 자취를 감추어 더 살고자 하지 않는 것 같았다.

공의 성품은 곧고 충성스러우며 성실했으며, 몸가짐과 일을 처리함에 틈을 만들지 않았다. 학문함에는 오로지 진실하게 실천하는 데 힘을 쏟았다. 일찍이 "학문은 단지 자신을 이루고 사물을 성취시키는 데[成己成物] 있을 뿐이니, 그 단계는 반드시 멀리 가고자 하면 가까운 곳에서 시작하고 높이 오르고자 하면 낮은 곳에서부터 오르는 것이다. 우리 집안의 학문 법식의 확고함은 이와 같다."고 말했다. 그 이기를 논한 것에는 "군자의 학문은 이 이를 성찰하고 이 이를 밝히며 이 이를 있게 할 뿐이다."라는 말이 있고, 그 마음을 논한 것에는 "본체를 주인으로 하면서 그 실지의 바탕을 벗어나지 않는다."는 말이 있다. 이것은 모두 공이 학문함에 참으로 안 것과 적실한 견해가 이와 같았다는 것이다.

공은 우리 순조 임금 시대 사람으로 경인년에 태어나셨다. 휘는 희규(禧奎)요 자는 한서(漢瑞)이며, 호는 창와(菖窩)다. 창녕조씨인데 신라의 태사 휘 계룡(繼龍)으로부터 나와 고려와 우리 조정에서 끊임없이 많은 고관(高官)을 배출했으며, 휘 환(桓)에 이르러서는 남명 선생의 아우로 벼슬은 현감이었으며, 두 번 전하여 휘 계명(繼明)은 임진왜란에 의병을 일으켰으며 병사(兵使)를 지냈고 증직 병조판서다. 휘 수(燧), 덕영(德榮), 의신(義臣), 문박(文璞)은 공의 부친 이상의 사세(四世)이고, 외할아버지는 해주정씨 정용선(鄭容善)이다. 공은 인천이씨 이민의(李敏儀)의 따님을 아내로 맞았는데 아들이 없어 일족의 아들 용각(鎔恪)을 후사로 삼았다. 두 딸을 두어 맞이한 사위들은 이정현(李廷鉉)과 문봉(文琒)이다. 용각은 두 아들을 두었는데, 홍영(鴻永)은 출계하여 태어난 본가의 제사를 받들었고, 다음은 학영(學泳)이다. 이정현은 아들 셋을 두었으니 원후(源厚), 원숙(源淑), 원재(源在)이고, 문봉의 한 아들은 홍우(洪禹)다.

공은 48세를 살았고, 고종 정축년 5월 4일에 돌아가셨다. 합천 장등(長嶝) 묘원(卯原 : 동향의 언덕)에 장사했는데 선산이다. 지금 학영이 공의 남아 있는 글 몇 책을 모아서 나에게 훌륭한 선비의 업적 정리를 부탁하고 또 나로 하여금 묘갈명을 짓게 하니, 대개 내가 공의 옛 친구의 아들로 공을 잘 알기 때문이다.

명하여 말하기를,

학문은 왕양명과 육구연이 아니었으니 도는 정자와 주자에 있었고
어려서 스스로 뜻을 굳게 세우니 첫 출발이 바른길이었네
실천하고 체화(體化)하는 공부는 독실하고 규모가 있었으니
거짓과 무관하고 꾸밈과 과장도 본받지 않았네
간신히 사십 중반의 나이를 넘겼는데 행실은 순후하고 학문은 넉넉하니
사람들이 스승으로 삼을 만하고 또한 뒷사람을 깨우칠 만했네
가득 차지도 않고 많지도 않아 오히려 거듭 부지런히 힘썼으나
하늘이 수명을 늘려주지 않아 기약한 바를 다 이루지 못했으니
아아! 심히 애석하도다!
내 아버지는 시를 짓고 나는 명을 지으니

어찌 한 말로 기리지 않을 것이며, 읊지 않을 수 있겠는가!

하짓날을 맞아 안동(安東) 권재춘(權載春) 짓다.

묘지명 병서(墓誌銘幷序)

공의 휘는 희규이며 자는 한서이고, 따로 스스로 호를 창와(菖窩)라 했다. 성은 조(曹)씨로 관향은 창녕인데, 신라 태사 휘 계룡이 처음 출발하는 조상이고 그 후로 여러 세대로 고려 조정에서 높은 벼슬로 크게 드러났다. 우리 조정에 들어와서는 판교 휘 언형이 남명 선생을 낳으시니 동방의 유종이 되셨다. 남명 선생에게 동생이 있으니 환(桓)이라 했고 벼슬은 현감을 지냈는데, 공의 10대조이시며 그 손자에 휘 계명(繼明)은 임진왜란에 의병을 일으킨 공로가 있고 벼슬은 병사(兵使)이며 증직 병조판서다. 증조의 휘는 덕영, 조의 휘는 의신, 부친의 휘는 문박이며, 모친은 해주정씨인 용선의 따님이다.

순조 경인년에 공이 삼가의 덕촌리 집에서 태어났다. 어려서는 뛰어날 실마리가 보였고, 자라서는 분발하여 학문에 힘썼는데, 책을 끼고 산속 집에 들어가 몇 년을 나오지 않았다. 집안이 몹시 가난하여 일상적으로 여러 번 이사를 했는데 반드시 서책을 가지고 갔다. 세상살이에는 일체가 담백하였으니 비록 궁핍해져도 원망하거나 번민하는 기색이 없었다. 이때 한주 이 선생이 영남 지역에서 도학을 창도하여 주리(主理)의 학설로써 기치를 세우고 많은 선비들을 이끌었는데, 공이 바로 찾아뵙고 스승으로 삼아 깊이 믿어 즐거이 따랐다. 급기야 공이 세상을 떠나자 한주 선생이 시를 지어 애도하시기를 "서책을 보물 삼아 오랫동안 갈고닦아 이기의 원두처를 이해함이 뛰어났네. 오가는 말 속에는 서로 믿는 뜻이 분명했고, 늘그막까지 서로 도움에 온갖 일에 한가지 소리였네." 하였는데, 이 시에서도 스승과 제자 사이에 마음으로 서로 믿었음을 보기에 충분하다. 또 언제나 박만성, 허후산, 정노백헌, 곽징군(郭徵君)[5]과 종유(從遊)하며 학문을 연마하고 묻고 상의하여 보탬이 많았다.

삼가 토동의 뇌룡정은 바로 산해부자(山海夫子 : 남명 선생)께서 도를 강론(講論)하시던 곳인데, 세월이 오래되어 모두 없어지고 풀만이 무성하니 공이 동지들을 이끌어 계물(契物)을 만들고 규약을 정하여 수복할 계획을 하였다. 조상을 받드는 데 힘을 다하여 묘소 아래에 제전(祭田)

---

5 곽징군(郭徵君) : 면우 곽종석을 말한다. 조정에서 벼슬을 내려 불렀기 때문에 '징군'이라는 칭호를 사용한 것이다.

을 마련하고 굳게 힘을 다해 경영할 것을 다짐했다. 중화와 오랑캐의 구별을 엄격하게 했는데 조정에서 서양과 통교(通交)했다는 소식을 듣고 탄식하고는 "우리나라는 이로부터 오랑캐다. 우리 무리들은 사람의 도리를 살리고 지켜서 죽어도 변하지 않을 뿐이다." 하면서 분개하기를 그치지 아니했다.

공은 평소 생활 모습은 온화하고 신실(信實)함을 지켰으며, 행동을 절제하여 남다르게 튀는 것을 좋아하지 않았으니, 오직 진실(眞實)을 학문의 요점으로 하여 고원(高遠)한 곳에 힘쓰지 않고 오직 평이(平易)한 곳에 힘을 기울였다. 일찍이 "학문은 이러한 도리를 밝히고 이러한 도리를 지키면 그 귀착점은 자신을 이루고 사물을 이루는 곳에 있게 된다."고 하셨으니, 이것은 공의 학문 조예를 증거할 수 있는 것이라 하겠다.

고종 정축년에 병을 얻어 회복지 못하니 나이는 48에서 그쳤다. 합천 장등(長嶝) 서쪽 언덕을 등진 곳에 장사지냈다. 부인은 인천이씨 민의(敏儀)의 따님인데 아들이 없어 일가 아들 용각(鎔珏)으로 뒤를 이었다. 이정현과 문봉은 두 사위다. 손자는 홍영, 학영이고, 이정현의 아들은 원후, 원숙, 원재이고, 문봉의 아들은 홍우다. 학영이 공의 남겨진 글과 부록을 수습하여 출판할 수 있도록 정리해주기를 부탁하고, 또 묘소의 지문(誌文)이 아직 빠져 있으므로 나에게 묘지명을 맡김에 사양했으나 허락을 얻지 못했다.

명하여 말하노니,

사람은 오로지 학문을 귀하게 여겨야 하고 학문은 도리를 아는 것이 귀하다네
일찍이 스스로 스승을 찾아가 학문을 시작하고 과정을 닦았는데
이기의 근원을 이해함이 빼어났고 의리를 굳게 잡아 화이를 구별함이 엄격했네
모아진 남긴 자취는 무덤 속에 갈무리되니 바라건대 후인들은 창와공의 묘소임을 알지라

때는 기축년 섣달 상산(商山) 김진문(金鎭文) 짓다.

발(跋)

1.

　남명 조 선생께서 경의(敬義)의 학문을 선도하여 밝히시어 세상의 유종(儒宗)이 되신 지 수백 년이 흘렀는데, 근세에 이르러서는 유학의 풍범은 무너져 없어져가고 선비는 헛된 이름을 숭상하여 실덕(實德)을 가벼이 여기고 공담(空談)을 즐겼다. 대략 지금에서 얼마 지나지 않은 시기에 처사 창와공이 계셨는데, 남명 선생의 종손(從孫)으로 분연히 그 집안의 학문을 계승하고 발전시키고자 하여 일찍이 과거 공부를 끊고 위기지학의 본질을 닦는 데 종사했다. 이른 아침부터 늦은 밤까지 부지런히 공부하여 성명(性命)의 심오한 이치에서부터 사물의 지극하게 나타나는 상(象)에까지 이르고, 지켜야 할 떳떳한 윤리의 강상에서부터 경전의 지극히 오묘한 의리에 이르기까지 마음을 가라앉혀 깊이 연구하지 않은 것이 없었으며, 널리 살피고 사우의 사이에 함께하여 들으면서 그 지극히 당연한 뜻을 얻기에 힘썼다. 견문이 나날이 풍부해지고 조예는 나날이 높아졌으며, 그 굳게 지키는 것의 엄중하고 진실함과 시행한 일들이 정연하게 이루어진 것은 모두 실덕(實德)과 근행(近行 : 신변에 가까운 일부터 실행하는 것)이 능히 곧음을 실천할 만했던 것에 말미암는다.

　덕이 있는 사람이 말씀을 남기는 것은 진실로 떳떳한 도리. 이에 따라 남아 있는 글을 산정(刪定)하고 또 수집하지 못한 것 또한 여러 집안의 상자 안에 방치해둘 수 없는 까닭으로 사손(嗣孫) 학영과 몇몇 사람들이 같은 뜻으로 흩어진 글을 수집하여 장차 책으로 간행하고 오래도록 전하기 위하여 더욱 그 정수(精髓)만 가려 뽑았다. 오호라! 지금 이후로 공의 글은 후세에 전해질 것이고 공의 도는 뒷사람들을 깨우쳐 다함이 없으리라!

　출간하는 일이 끝나갈 즈음에 진승(進承)으로 하여금 문집의 끝에 말 한마디를 기록하게 했는데, 비록 모자란 사람이지만 덕을 사모하는 마음에 스스로 그만둘 수 있는 일이 아니었다.

　유학의 전통이 거의 끊어졌는데 다시 이번 일의 성공을 보니 또한 다행스럽게 생각할 뿐 아니라 또 어진 계통을 잇는 손자의 성의에 감동하여 분수를 생각함이 없이 손을 씻고 우리르는 마음으로 그 전말(顚末)을 이와 같이 쓰는 바이다.

때는 기축년 섣달 종하생(宗下生) 진승(進承) 삼가 기록하다.

2.

조 군 학영이 창와 처사의 유고 몇 편을 가지고 와서 나에게 보이면서 말하기를 "이것은 저의 돌아가신 할아버지께서 평일에 직접 저술하신 것으로 당시 상을 당하고 화란(禍亂) 중이라 여러 집안의 상자 속에 흩어져 있은 지 여러 해였습니다. 그 가운데 불초와 형이 흩어진 원고를 수집하여 몇 권으로 만들었는데, 열에 한두 가지에 지나지 않았습니다. 여러 학자들에게 교정을 받아 지금 출간할 즈음에 오랫동안 전하기 위하여 원본을 베껴 써두고자 하니 이 일을 도와주기를 청합니다." 하였다.

내가 일어나 무릎을 꿇고 말하기를 "이 일을 어찌 감당하겠습니까마는 정리(情理)로 보아 끝까지 사양할 수 없습니다." 하고는 졸렬함을 잊고 베껴 써서 돌려보내며 말하기를 "때에는 왕성하고 쇠락함이 있고 사람의 드러남과 묻힘도 여기에 매여 있습니다."라 하였다. 대개 공은 산해부자(山海夫子 : 남명을 높이는 표현)의 집안에서 태어나 학문 연원의 올바름을 훌륭히 계승하였으며 성리에 관한 논변과 문사(文詞)의 깨끗한 아름다움은 후학의 사표가 되기에 충분했는데, 시대에 막혔고 운명에 괴로움을 당함에 온전하지 못한 유묵(遺墨)마저도 오랫동안 벌레와 좀이 먹었으나 아는 사람이 없었으니, 이것은 가히 드러나 알려질 만한 것임에도 묻혀서 알려지지 않은 것이다.

그러나 뜻과 행실의 탁이(卓異)함과 조예의 심원(深遠)함은 여러 어진 선비들이 지은 만장과 제문, 행장과 지명(誌銘) 등 찬술에 잘 갖추어져 있은즉 이것은 부서진 파편 한 조각으로 큰 솥의 전모를 알 수 있듯이 이것으로 공의 평생을 비슷하게 상상할 수 있으니 또한 그 묻혀 있던 것이 드러난 것이다. 그러나 진실로 조상을 본받으려는 학영의 정성이 아니면 어찌 이미 묻혀진 자취를 세상에 뚜렷이 드러내게 하는 이와 같은 일이 있겠는가! 따라서 공의 숨어서 덕을 기른 일을 알면 자손을 위한 훌륭한 계획으로 드러나는 것이 다함이 없을 것이다.

때는 기축년 섣달 후학 문화(文化) 류창기(柳昌基) 삼가 기록하다.

3.

아! 이 문집은 나의 할아버지 창와 부군의 유고다. 부군께서는 안으로는 남명 선생의 남기신 가르침을 잇고 밖으로는 스승과 벗 사이에서 학문을 갈고닦으셨다. 그 독실한 뜻과 깊은 학문, 맑은 지조와 고결한 명망은 당시 여러 어진 선비들의 높이는 바였는데, 돌아보면 일생이 힘들고 어려웠으니, 좋은 세상을 만나지도 못했고 수명 또한 많아야 겨우 중년에 이르렀으니 남기신 향기를 전할 수 없어 훌륭한 명성은 거의 사라져버린 까닭에 세상에서 부군을 아는 사람들은 탄식지 않는 사람이 없었다.

아! 바야흐로 부군이 돌아가실 때에 나의 돌아가신 부친은 나이 겨우 열셋에 지나지 않았다. 상화(喪禍)가 거듭되니 집안이 쓸쓸하고 적막한 것이 거의 스스로 보존할 길도 없은즉 당시 재난과 변고의 혹심함과 가문의 쇠락함은 또한 차마 어찌 말로써 형용하리오! 상자에 갈무리했던 것이 흩어지고 잃어버려 회수할 수가 없었으니 진실로 그 형세가 그랬다.

돌아가신 부친께서 일찍이 이 일을 몹시 한스럽게 여겨서 만년에 이르러 모으기 시작하여 옛 상자와 찢어진 종이에서 약간의 조각난 원고를 습득한즉, 종류는 많고 확정되지 않은 원고라 부군의 깊은 학문과 재능을 다 알기에는 부족했다. 그러나 또 이것을 모으면서 전하지 않을 수는 없는 것이라 언제나 교정을 보아 간행코자 하였으나 이루지 못하고 부친이 세상을 떠나셨다. 불초가 이 일을 심히 한스럽게 여겨 일찍이 부군의 외손자 고종형 이원후 씨와 양자 간 친형 홍영 씨와 함께 오랫동안 전할 수 있는 계획을 세우고, 이에 원고를 가지고 남 사문(斯文) 승우 씨에게 부탁하여 이것을 고증하여 정리케 하고 베끼기 시작하여 책을 만들었는데, 고종형과 형 또한 돌아가셨다. 불초의 의지할 곳 없는 약한 힘으로는 일을 성취할 수가 없어서 오늘에 이르기까지 십 몇 년을 책을 껴안고 한숨지으며 깊이 두려워하지 않은 적이 없었다. 이로부터 세월을 헛되이 보내어 시기를 놓치게 되면 세상의 변화를 예측하기 어렵고 장차 기다릴 수 있는 날이 없어 무궁한 한으로 남을 것이라, 이에 감히 자문하고 애써 노력하여 여러 글 새기는 분들에게 부탁하였다. 이 이후로 부군의 마음 자취는 장차 영원히 세상에서 사라지지 않을 것이고, 작게는 돌아가신 나의 부친께서 남기신 뜻을 이루는 일이다. 그런고로 간단히 그 시작과 끝을 이같이 기록하여 개인적인 느낌을 붙여둔다.

불초한 손자 학영(學泳) 삼가 기록하다.

菖窩集 · 영인본

寒洲李先生倡信心理之說以倡率南方之士及門
從遊大抵盡一時之選而惟其各言易錯妙契難得
驪溪其際而瞠然駭異其者亦已不勝其多矣苟非積勇
學深造誤知而篤信者顧何能決羣疑目時譯而勇
道直前以保其薛他裁當時三嘉有曾富慶士曹公
少懷篤方博學無方常慨然自愚夫古人之學必有在
於記誦詞章之外而入之患未得其門隊也及見李先
生而親聆其措要觀溟然不逮於心曰此固千聖賢
之誤證也今欲有志斯學半含是且為往達而請益

其說退則與同門同志者相講辯一言一合惟恐少所
聞之不尊而所傳之或未及醫也盖公以年則纔弱於
先生十餘歲曾門班次當與許右山為儕列而其於
我倅翁先師則前輩也其所推獎引誘總懇焉惟以
無愧於翁之初不必待是而知篤信保其薛他者值
得如向所云真知篤信保其薛他者命值未滿五旬則
加諸人哉呼其希矣獨悄其命值未滿五旬則平生
纍既無以展抱其十一而去世滋久若干著誌之遺

往以屬其由是憂冰學嗣盡始佚散之徒者行會慶在
為二故紙有斷爛癃脉醫其愈而遠慶且將冊師詩脉
得絡者
其餘都等誌附言祭祝錄輯別探愚勝南文其人師
会下士謙会洲之誦而疇閱一諸源洲明集篇烏余以附
犂先役曾余有言眼精之著頭痛氣理桔惰重珍書日佯信密

金櫶序

響一時運會之盛，未始有也。其間或有厄於年而不
得竟其業，如東畬者，至今有餘憾焉，在諸公之後先
屬差，先差後而比肩翔，其間諸公莫不為之後先
權授上，其論以公之為，莫不以是自勉，何其偉也。公講學
學緒而公亦未嘗不以是自勉，何其偉也。公講學
趣向與之比，歲當時譚者必進舉而嘆惜，悼又何其悲也
文與之比，歲當時譚者必進舉而嘆惜，悼又何其悲也
然而眾東則雖不幸而公則慈亂之餘，巾行遺草散
後使人誦慕其志業而存者，又皆入飽蠹蠆鰛斷爛零星半生
莫之收其幸而行者，又皆入飽蠹蠆鰛斷爛零星半生

之志恐將無以表見於後世，則其傳否顯晦之間，蓋皆
有澤之藏，此而得公之影響流文來如當令人有至感也。兒如
不可以論議，取舍之不均，亦眾見於其間，則猶可即
知之數而又得不謂之命也耶，惟其多見於其間，則猶可即
之影響流文，來如當令人有至感而已也。讀公遺編，有不
之際，令人有至感而已也。讀公遺編，有不
盛衰升沉之際，令人有至感而已也
間者不獨時運之嘆然而希
而相曠然之嘆，公講禧奉漢瑞其州里世次
志行之餘，峰君具列於善供之迷云戊子維夏

花山權龍銘序

次元閒堂朴先生廢巢詩

送華蓋之京

挽李丈大賢

送道元還鄉

次文士眞 尚貞 晦山幽居韻

權君信寶 燧 有詩言志次韻以呈二絕

挽鄭景淵 邦漢

和呈許南黎退而 愈

靈巖寺次洪候 珏 韻

暮朴晚醒書御 藜 見詩

次鄭戚文師行壽宴韻

次贈雷溪李君

幽居八絕

挽權明輯

與其山夜坐

和鄭厚允 載圭 文山扁詩

鳳陽藤盒語

寒泉齋述懷

行歌

登露嶺石竈

彦明和

四房山城宿錦宿雨灘

高城錦

次韻呈權春山

雲谷齋逢李進士 相文

挽鄰史大澤民

與諸友會昌雷龍亭 崔昌墟

次金氏輿山蕤齋韻

挽德山宗孫澤端文

除夕

訪郭鳴遠錦澤山寓居

冠洞齋八景

夜訪荷塘

聞厚允觀海而歸賦長篇寄意

淨襟堂次李俟義 詩

挽趙文應晚

送權德實之海

讀金將軍逢東伯應焉傳

蔂歸

醉吟一律寄明仲

206

菖窩高文集卷之一

詩

春夜

空山明月洞無隣
琴同流天地一原春

讀書謾題四絕

義載文遺績紺仲尼尋大德終成萬物心端緒流沄誰理
會言天如言又海如溌　繫辭
誠字關頭理即純彌縫密密在吾身功成位育其誰
與上下費隱可見真　中庸

極之烏理在陰陽散合中間水求先千古誰言混沌
死神機運斡豆消長　太極
於天地處混然體性元從塞與帥杆順沒等知幾
人如斯而後可無愧　西銘
中如斯人　次龍潭未躍反如凝不遇其時遇亦時康濟曾何秒嗟己
能潛老平生詩湖海風烟多遠趣聽天分付復何鳥

入德門

入德門深一路開俯觀流水活源回欲訪先生高踏

渴清風瀝灩瀰瀾緤臺

冬至

妙理從觀草木生根　於其晦葉方生別之上九陽何
絕七日雷聲特地生

鎮南樓

夕陽客坐最高樓　形勝南來第一州　州望美人今思漸
近溪川明月可容舟

贈許姓模后

百年文酒盟　明酒貴　知心幸接芳鄰見德林雅操瑤琴鳴一
闊深明靈龐溪敏雙衿朝暘竹楠朱書見渡月湖樓白

靈吟富貴榮知智音樂唐虞山木去相尋
挽南樂軒　篋樸
公生九十唐不夫性中天行往在鄉人狀各安小學編
辰年嘻己矣焘德復誰蓋焉涐根知有險復見子孫賢

浩然亭至柳溪堂　嶋睢
所過樓臺長風流盡浩然湖山兼勝篋君子可盤旋
匹馬觀山路孤燈講禮筵筵囊難多少事他日泛江邊

贈安君夹德應

青南梅南十里地僻神鬼堅林溪湖書鎮溪回山兩環
精精溪南鳥勞獨立時一嘻溪北有知吾頭頹豆往還

操瑟鳴素志酌酒嬋紅顏前行多奇觀謂我共躋攀
立胸貴實地進步極辛報世道皆已蜀人情奈趍繩
早起令我樸林馬青喜轖長風可任意曾昏電人還
欲收萬林春共歸一原間

金海道中

間舊已判自家知江南兩罪罰山月白綿邈青山無數
鄭二年何事江南客

題黃溪瀑

電制掣雷轟書軸撼碧蒼綠飛何處兩人間語仙吟去銀河
句從此匡廬不是山

清溪九曲

梅岳千年正色多寒流曲淨無滓餘波莫向塵間
去怕有時人聽權歌
一曲春生沼水邊尋芳終日興悠然若從數仞宮墻入堂室分明即往前
二曲桓琴絃歌誤一彈遠看玉女正唱雲長景縱然未得周郎
三曲顧看真雲嶺靈晴全區未見一塵生欲尋藥許千年
跡洗耳巖前水洞溪
四曲間雲繚繞靈路求巖出權何亭晦參初月纖生

五曲移舟度草溪，落花流水諸東西，仙源欲訪知何……

六曲林深石逕斜，朝來殘雪經雨露，眉巒縈蹜攀谿欲遙飛旗。

七曲風煙吹長峽道，東山水入……寂寂松篁……識。

八曲……響不迷……晦林遊客悽棲，明明直照君知。

九曲長溪寶鑑清，眾流知有一源生，……朕照知對先天。

象定爾千秋有月明

柳溪堂三絕

春秋讀有地，洛水向東流，先露衛門下先生，已白頭。
大樸綻趨拜地，有約往來住法庵庵邊，有臥石因以
憶昔起吾目方丈來後辰大鎮三百里，恰悵不見人。

枕石與山……
淡亭好還相護，藍霄精真飽純剛向
孤長不老其上書，長編九節除紫抱
……道我欲道遵乎其上書……諸

濡溪一夜　歲暮歸來　外秦此身　千里隻征　半世纂書

南兩　清滿江風兩　元問嘗呈朴先生廢樂擧詩

宿南兩秋　驚夢寒　此身待時而後發　補上李丈大賢

大田　樂園自在吾場　送君我有言蜀道多　読書樂一家李友風

藏古終可笑一　有酒　廢樂擧詩　陰涯流　哭溪魚川翁

送道元還鄉

憶昔餐霞高　三夜宿從今　可作百年隣　南歸北渡無期

定何處端宜注署人　次文晦山士真　幽居韻

知君坞街繼暉　終係電童莫許　此心不掃桃　微白雲流　歐高卧林泉絶　是非溪友相尋　明月夜

君繼暉　莫許　寶貴殘有詩言志　次復　讀有青燈　照夜

權子佮中　紛繞操我　鎭君　朴文士人心法　誰聞秋風桂樹南山

夜招隱　君

菖窩集 영인본 215

青雲多事白雲間　從古行藏住所好　千五百年雜燕
聖殊他不得定吾道

漢鄭景淵　邪

南州高士老於林康濟一生甜戰心若拜台泉三義
將烏言今日外慢深

和呈許南給退而愍

吾友南黎子前日黎伯榮渾非徒憶十古聘謾暘
一曲春雲方山遊歌者頸相縞錦美往其中鮮光射新旭
憶昔冠嚴月行同跡怪鳥啾遠林間花倒絕壁側
天風吹在冠嚴月行同跡起間黃梅信台蓮云狂側

浮生一日間偶同考躲輅歸求欷叔久乾坤于何妖竦
萬理迷綜畢一菜腕曰抱六驛馳也叩右火便成爌拊
欲拾金鑾鼠品江漢深或躍莫限塞繪士何恨空落拘
大鯤漢可化潛龍淵試看鍾古從馬夫失之必有得
小槿不足鳴　看十石

靈巖寺次洪侠愚音貝

寺古巖衎在天寒樹欲秋遠臺圓夢世敢蓉塔慧光語
大宇多餘懸浮生得此遊仲言千載下不敢賦登樓

致頻見詩

之字行聲昧已聞知今來自鳳城門山林景名經綸

次鄭咸文師韻　壽宴韻

老來順理觀義畫，舞齒我有詩歌。
能依少河身滿軸，林泉有碩人士。
張法之銘杆書，獻表斑形。
河圖地自然春，餐圖地河表。
酒極南滿堂和氣，壽滿善廣歌。

次贈雲溪李君

把酒一盃，青山下酒，大夫元。
新景好，主人衿下青。
萬景總，賓世若巷。
溪花相逢達。
雲鳥俗相隣，詩酒問君名，幽居人絶。

─────

於何法心，聖賢盧吾，幾自只孤單。
萬廣君山仁水智。
無人一閉關柴，悠悠白雲千片。
青山深處幽澗，所聽松村。
智見萬事到，有不磊珍得可摘。
水眠起時起，却把珍重。
仁者帝丹達，鄧溪漁盟前。
山三王四子書，林可勝村霞滿。
明淵照心事，知近花多。

洞閩黃昏造化門　滿潭清影露天根　森羅萬象從誰得

得　春後頻頭兩露路山南呂歐半荒無時時鄉寵拔於
　立禧背風微宿草遮
　遮泊生涯任自如藤床十載老於書斯人不是忘斯
　世落拓林泉計大疎

　挽權明輯
明輯何其遠遙而不育者慟哭吾諧與世無斯人也
　　與其山夜坐

大夫夫何自處輕外來欣感不慇情達揚一語持相

　　　　　　　　　　　　三

贈惟有詩書講後明
　　　　　　載生亥山扁詩
　和鄉厚允子未何為用必斯民書壽壽將久病醫
青山艾萬業吾宗而又國之
誰識此功效　　之
　鳳陽齋會話
外竹靜堂空夜月多白頭料理考躲歌為問平川流水
梅山山色近如何　　　　　　　　　　　　　

寒泉灑灑復深世間無事可關心問爾平生何所
茅屋山深雲繚上半光陰
樂古人編

歌行

削立峯峯翠壁寒流曲曲澄潭束華清淑氣半是俗

難南

登霞設積石窟

亂石支空作層巖縱令足蹟手難摩匪探匪鑿匪懸嶺
坌知戶如門祈蛟窩巖影滿閃跳虎鳳海光隱見黑點
輕電輕此間疑是仙人在回首三山獨放歌

次農翁

天以陰陽界優優竹與通自足林泉眞有趣吾隨分且
晚境兒孫界優優竹與通於體用得全工先陰畦古生

爲功聊知舂譜朝耕外萬事無心此一翁

嘉肴雜疏與諸友唱酬

秋入江州客聽波桂林消息復知何知吾已自筆半前
得到翁然見處南山在錯落烟霞曉夢多轉碧天語月半

宋周老壽題立堂過余書堂

令榟誰安道披琴子進之眞言山外事樂在枕肱時
次李松巖韻寄李聖養 正模

安色北極壇外一事風塵感聖明故事灘陽會聞
有派顯壇蘭外可無聲封章始見春秋筆涵唐會聞

清朝立日他忠敕正文中邪司馬精羲敬

世歲將聊外段霞煙是不仙神書人古韻讀如無樂事

韻扁偈君偈君像想家山富竇竹松年百

如何酒琴外段霞煙非而睡足意春根槐日求餘月

歌挽俊大權

只合不遇長笑嚴有謂菊可士淹深深種圍印有語無貧廣之城錦

劚中畫夜獨見不君思竜敢不世間此樂不一一塵游可泳可水湖龍有謂富

久性生同還兩閒迂名吾守有惟中個逐隊燃萬事身先老此宅天半洞居移

人性生還同兩閒迂名吾守有惟中個逐經營萬事身先老宅半天洞雲容

明韻亭水觀次

前遠未欲造義敕故從相江長屬佩冠迎將古亭小此闢鬩曾何意方大山光望裏青

兄從四門挑聞譽日世百惟德英有箕裘義敕闢此曾何意方大山光望裏青

鳥善物待約紿閫虛能家枯宗年百我保報是德天維

肺收春旭卉操見歲寒松寧可誚外物所讀在中庸
念昔征遠戒有言服我卻曾雖以質樸陋庶使入陶啓盛
自日迷大嘗順丹旌遊過珠峰前塵追莫及宮賓埴復誰從
方圓殊底蓋罇滿莫樓縱欲幽獨嫡其索衆咏改
九原猶可慰王樹寶光檉

臞日書懷

管灰虛勤澗流生小酌山堂歲候亂室林詩遇
明微風語等無營人何易老余物亦爲到
此情燈底起彈千古夢却煉心事遲輕

傷足有感

敢言會日免褊子春傷詩有澗冰戒此心可勸恕
言曰氏免魁子詩有過鑿草我何幸
許明仲見訪
一就因山賦無人幸見過咳廣君自樂衣草我何相加

獨書盡江湖怒有亭萬株松樹至今青平沙漠漠雲何

贈文晦山開東詩畫八帖韻
月松亭 崔璹
行書無數君嵐續你屏

崖洋亭 崔蔚

扶桑日月梧頭開海鳥活活去復來一泓自此無東

北始知天地汰如盂

竹西樓 在三陟

煌煌寶靈竹西樓　樓下長江深不流
昔有仙人今底處　煙波只有往來鷗

鏡浦臺 在江陵

海者吾知水盡東　一圓天象又其中
江樓月白浦雲去　徒倚層軒意不窮

洛山寺 在襄陽

平而爲水出爲峯　一氣中間結復濃
準有鐘譚稚夜放　青山明月與相逢

青澗亭 在杆城

水國多青草　春光半是烟
各山當此地　大海卽無邊
欲得冷風御　時從白鶴眠
前人吟賞去　俯仰悠然

三日浦 在高城

古浦曾聞列仙蹤　千秋誰復駕雙龍
字雲月篸沓六六峯

叢石亭 在通川

秦鞭嫗鍊不曾催　萬斛瑤叢戎巍然
徒脈燃操勝去仍來　荷權所沒　荷塘書室
有玉其中曙可

兩岸友月妨稀
春深下相愛顏
小扉看春與君
小草衣嚴同節
雉衣巖雲晚
桃此地百年
花還辭心事
依嬌獨辛事
舊車馬無
夕明朝遠
烟遠
綠山中慣
山不
中草

大寒

東南山水宅歲最獨歐稱辭是勞炭幽禽晝怕飛
高同還易靈陰發最難暉到知何日榮驢我亦歸
歸

次韻鄭進士克明　東復　入德門詩

方大山中客歸來何大遲川聲聽不盡嚴月戀多時
敬義有前設崇明與子期明眼前家峰在捨此愛何之
與退兩克明諸友餐噓崛士峯

除登山寺與君逢始信人間別有峰天入初秋寒欲
靈僧言多右本無松焰殘野聖戌知邦是江出龍門見
海宗谷島唱唱歸去仙緣一日卲塵容

庵　法庵聽鐘
法界空空曉霞霞
法界空青山靜詩裏
去秋有青山靜詩裏精圓通心事底得達鐘磬音忍發微霞段

贈運庵諸友並

以境來人並絕奇黃梅山下白達峯潤流觸石鋪鋪
韻嚴照栽語昹昹輝也從間界眞工做不妨深林遠
容稀栽欲違參仁智樂一生事與一心遺

寇任跳梁天降紅衣將軍設計殊非常鐵索橫架三峯頭閃閃羽鏃如電光崔酋褫魄又脅息狼顧不前夜遁亡使我免被左賴有此戰場歲月不我與書劍無功髮蒼蒼九天閶闔不開美人遲暮媒無良採薇今何之白雲迷離下首陽南有首陽嶺錦溪享南秋江孝温秋溪振壺谷龍翼三學寂古巖享盧立齋欽李盧坡屹林林谷眞愖三賢暮茂草堪悲傷烈烈秋江翁綱常獨主張弱冠一疏出崢嶸義氣爭似雲霄起蒼苡諸賢出處雖不同百世並流芳巖下清泉泉下竹遺趣猶能記消詳不知何代何人來占天塹勢樹烽山之岡鴈門太守爲此備不虞四隅回邏足一隍巉巖形勝難具像列如屛帳束如鋸猿鳥愁莫攀虎豹距相望我目不可縱我步不可屼岩花深不見猶且聞異香曉鍾夕磬隱隱知何處髣髴仙翁釋子共徜徉人言東國有三山古蹟多荒唐斯言如可信不必捨此更求漢拏智異與金剛安得百年內結廬雲松深深藏

次韻呈權春山 璐

歲月亭亭易百年追思甚事不悠然世無施處經綸小酒欲醒時感慨先自是居閒多木石亦非計拙短簷椽遙知茅屋深深處時有松琴奏案前

雲合巉巖逢李進士　　　　　　文相

自笑平生跡太疎　一宿勝讀十年書
問君識未消長理　寒後微陽映夜初

挽鄭天澤　民

惟公閒事業　十年間閒書
署上呈君子　人合公其誰　彼
不圖馳林泉外行者困於泥固聯勞勇不輩是以驟不蹟西
不笑殺先哲知幾訓炳際靈皇伊我數午謀於公十里
先訪從何講後生失學蹟孤鳳移晚捷梧桐相婆娑

與諸友會曾雷龍亭舊墟　今文

晚來假龍眠諸請春映波臺上月流照方塘寒無邊
仰一千年漸復誰傳飲從老木尋前派尚有清風渡
俯餘韻韻映波臺上月流照方塘寒無邊　　次金氏奧山應韻

烏伐嚴茅宅是兩娃前花葉記書陽著書多說山中
爲容同酬月下觴始信林泉雷古色可憐松竹殿
事有芳問君獨抱琴何意尚續淮南招隱草

　　　　　　挽德山崇溪孫澤瑞文

大賢已後惜凄遲且值吾公適去時徒古絲繪傳有

與數年　我烏其天歌還醉華短摩多彼此悠悠感百
睽盼爾　黃鸝鳴不　假九仞訪
却埽詞　　　　　九仞　綠流路轉時復坐松陰
順吾晨　　　　　　　　繼行行冠洞齋入景嚴
存曼曼　　　　　　　　　百尺屛巖
範一曲
摸看一
把歌一
朝見藏歌
無聖清
帳至呈
俎歸程
尊可倚
今空倚
至世茫
地

欲把生絹向源頭住小帆
夢幾　　　　　半歇方塘
靈雲影影天光不坼藏見流知有活源長
像復見青山澹影當
燈韻孤月
太極圖成造化爐弄白髮
祥故遣清輝弄白髮
文山落照
由君老盡莊年少我欲嗟呼反有炎記得天時強羊

堂堂忠武蹟　至今雷露泆　長鯨難噴淖　溟海渡不敢方揚

沿路三千里　絡繹走海艇　何往不有海　烏為物最南方

於何得為大　把彼酒書藏　回首夭妖坎　見命也瞻蒼蒼

呼嗟空堂馨　無緣共尚徉　為君歌一関　蜀青海萬里長

詩

絡歌十室邑　文酒百年樓　夭至梁園客　何詩賦此遊

挽趙天應晩

見祖子孫三世慶　仰仁壽貴百年期　鼎湖之水東流

去遙想仙舟汎彼違

送權德寶之海

此我經營所未行　一芥還嫌柱書負輕賦聽遠遊言揭

眼海天遙夜月初生

讀金將軍傳　達東伯應等

前有張巡後有金　有君天地一人心　死生辨得綱常

事欽報江河不足深

春歸

深堅林多暗前溪月自明雜員靑山約何愁路不平

醉吟一律等明仲

春事今年又見靑江南初雨過山除數聲杜宇花驚

夢何處漁舟夜度汀百里伽倻君莫遠千尋瀑布勢

難停誰知一心中事說與無人獨醉醒

登扶蘇山

三老百年蹟孫城碧萬尋稱銕凜飲剌想像倡義心

題五峯院壁

江莫邱上五峯小絲調洋洋滿日來一至儀文垂世

範岐陽遠客拜而回

終南山賦懷

南北東西覽了同松岑寂月城空夕陽漢上歌終

妙天地悠悠得失中

續感興二十首

天地自未形　萬竅開深廣　明暗無昔寒暑迷來往
子開五闢後　有人一理非　其中本原照理真的不言語
萬象若昧　庶一元化何斬停一理非行知合處同確狀隨照理真的不言語飛輝
儀象升降　物顆類長互根覽莫遠自有範圍大豈無萬實輝
若昧中有邠知合處同萬機失料方圓正勤植走潛飛
庶類森　具見彰微天下何忠慮殊途亦同歸
一原雛冲漠森具見彰微天下何忠慮殊途亦同歸
元文明會放勸鳥音出人道執欽中有心無形役
平章親百姓欽明臨萬國惟天日各大則之能終畢

重華克協于華義其迹將歐十藏治化軍薩梅
四門開樓楊閩不率華英天雖洋水降吾校壞辟
神終焉島島受命九類界往銘如何大康世子汙漣洒
妙乃受命懲歎後有鑑徒繪悲西伯殷祖懿其德咸願後
六七復興周服文德桷紀綱大老盡歸來顛輔惠迪良
天命俟周服文德以為梁畢寬盍渾會子湯允有光
刑憲乃御邦造册以為梁池能使復巢卵終見鳳來翔
君春鳴鍚詩風雨搖全疆大器難持久基業不復昌自傷
所以春秋世五始要受張裘麟出何咎反秩心自傷

不可帝秦義鲁連書一封噎彼多少士遊說已頹風
研谷秋放坑禍一何凶蕭牆最可畏昌峙外城崇功
王風亦已降此世仰喬君弢紅雲起除殘業大功
三章雖云善亦多秘宮公大耳繼炎精猶惻杳泉
其奈中遺業武俟長文翁揚心魏昌九代士難開脈線
六朝何足論唐宋自李淵雖得九州力扶持一陽
私曀綱已有闌然唐虞異三代後幸始不架牽
天啓皇宋運璽光似辰中衛隨時任低昂
毅源狂洙泗重磨鏡始光光不辰居其所列續煌煌
崇惟一大極三才共相當北辰居其所列續煌煌

嘗聞震道作致申文通旁復有私淑者大陽遊無方
要使黔霸術勸王推諸己行道竟無柰署論立人紀
氣像何語嚴嚴丘塋共仰止佑佗昌黎子人代衷後起
著道見不精泯澤本源水千五百年間雖復尊聖垂軌
呼嗟無極霧森關此乾坤判合浮沉體陰陽象數文
朝宗育大海江漢滔滔奔有圖言何盡無處理不存
操得繩準平畫掃簡編說千載一心月光輝照還多
消長固有時偽宗愛知何諸子雖能言文貞昧錦絅

可柰伊痛塞自西恣馳聘彌近大亂誤汲汲求失要傾
大悲和院說爍爍心先炳緣空入幻代詒紿踐實境
晦昭禮歌歌中天日一啟前衡皆惟此繼開功氷壺有的源
聞說參同契外高遠行亦難舍殉荒唐說殺地人理安
世道日是甚物倫綱掃地無端滅天理紛紛利慾趨
性命將昭明界化作荊榛途所以我東儒等譯古聖書

法因殷師教禮述周公村階級始分明大本得深培

但事鑽四百載賴此人文開云何挽近世擾攘衰養範

我頦課小學教人以其方父母事之謹定省及溫涼

流即無或恐持身敢不牲新新曰又曰有盥視諸湯詳

學可布履堅賢聖曠世也奉趨同學斯遺難云遠進復必安翔

安詳飛躍孰使照理非象外須檢心戰就方知兄患非鄰林

明善常臨汝島不襲冠禍木也苟善養何患非鄰林

伊昔諸君子備後三不至言小子敢怠荒新知頦故溫

魯之久而發何待外譽當助裁將心曰不校陰鬐智一原

知非根株固星望枝葉繁天地彌藏理理王里金收

泰饒鄒侯頦頦
絃歌華我武城民却恨雷向頦莫伸春以來斯春汲
征一春和氣載誦輪
退而寄子規閙定和
白頭無恙华懷懷南國春殘綠漸依憐爾空山明月
夜欲歸何處芳為帝

菖窩文集卷之一

曾鞏文集卷之二

書

上蔡州李先生〔癸酉〕

無便，未至苦且之後，時未歆抱，亦聞之，身病亦聞之，數存耶歟。而立春定春，遊迓御者之，一者絢得，亦有數存耶，拜軒下而。則宿者之徒御，再宿而頃者，絢得致慇懃，敢忘也，近革正，為有達於天。雖脩候而頃，大人君子之雅，常此意於孔子之南，而隣其不孤矣，脩天際一緘。趙拜大人君子之一者，絢得致慇懃拜跪三復，仁愛之思服者焉。路關脩候，而趨拜大人君子之，匭迴此七十子之，於而成章者，正為有成章。嶺久闕脩候，令未此軒下，未釋匭迴此軒下，可以見吾道之將。

遠之發論也，而欲休，雷譆精舍，禧奎之意也，此皆篤。先生而將以講吾學也，門下之來設一座，其無日牟。聞今其時也，而但海上追奪之典，實吾林可歡，可歡居，未得有氣，化原革車流弊，無理。乃為許安事所激，而雔晬及之耶，副路脈，而尚高生，曾曰於，敬節自烏謀。知而不為與不知矣，間也粗淺之見，會目疑錄一部，奏以。聖字以虛受，大度直言是納，清氣居未得有自烏論以。烏為商量始知此理之所為也，於是盡眼夫就正之，未及早。莫非此理之至尊，無對而天下之物物事事也，曰以。

而又將何由得源源叢沐於礦化之中燕補前用而
覿聖賢主理之眞詮半疑錄在別紙復乞備道隆重

別紙

周子曰太極動而生陽靜而生陰動而靜而之初乘
氣機而動靜神神自會動靜嶽

答曰太極動靜方生陰陽陰陽未生有何可乘之氣
那子曰即是理動靜何關於氣半退溪曰太極
之有動靜書子曰太極自動靜也

李公浩問極有二義上極是形狀下極是至理故朱
子曰無形而有理退陶曰上極是假借有形之極下

極是指名無形之理今曰極有二義恐夫周朱兩先
生本義也既曰有形之極曰無形之理則即非所謂
有二義者耶

答曰無形有理乃使人易曉之論而非其正釋也極
只是根柢根紐之義根柢大極根紐乃的訓也

若曰極이여님노딕가無極大極本非二物則宗極
이라홀이덛이시가

答曰宗吐得之

天極圖五行圖靈絡似他皆貫綴於土而自火至金靈
絡則皆貫綴於土自水至木靈絡則不貫綴於土抑相
生者值而相克者避也耶

答曰五行圖靈絡所以皆生之妙則相克者在所
避也

金而精問理發氣隨氣發理乘之說且就心中而分
理氣言舉一心字而理氣二字兼包在這裏此心中
之一而已凡言心固皆主方寸而言然其體其用亦兼言方寸

中圖所謂就氣稟之氣字非方寸之氣緣未照心之
本體即是太極之本體有何氣之可言朱子曰心氣之
精爽是氣也無乃從方寸而言氣也且可並方寸而言其金
有兩重本體則理也方寸則氣之說恐是持方寸而言其
之心即理半心合理氣之說謂是精爽也耶蓋心

答曰心有理氣兼指氣則謂之全體而為精爽單指質則謂之本體而為太
極體兼指氣則謂之全體而為方寸其說且通而若論主宰乎一身者則理
而已

問曰心之本體只當屬氣半理半語類曰虛靈自是心之本體非理歟朱子又答人之學者只

理半氣半先有知覺之理旣可專屬於氣乎也之學者只

知覺屬之氣半於氣半而專以氣當

之本體是氣先有知覺之理氣旣可專屬於氣乎

見退陶先生圖中以此四字分置四隅而亦不合於先生作圖之旨也愚慮

之意善本體之中雖未有氣質之可名亦不能無資於是有

惡氣然則虛靈知覺恐以兼理氣看

答曰從明德言虛靈則單指其理故曰心之本體徒屬乎

心上言虛靈則實合理氣故分畫圖中若謂專屬乎

氣則太虛之道最靈之性亦將謂之氣耶

虛心也屬氣分半曰以器物譬則氣字單指盤盂是盤盂中所

明德字該眞妄明德直指氣則單指盤盂明德指貯所

明德當以心字看又曰不曰心而曰明德當貯

答曰貯之水也

答曰明德是指心之本體妙用是乃就心中單指其理

者也所謂先妄將非實理耶來諭盤盂中所貯之水

者得之

天命圖中七情以喜愛對怒哀樂而無欲字無

乃六情之中欲無不在如四端之信歟

答曰天命舊圖之不書飲字果盧諭

盛論以所以發者訓釋曰州發卜止卜上理也栗

合本者與退陶之意不甚差殊否所以飛躍所以字

知灑掃應對立有所以朕所以字則所以烏體而盛

論則似為用頻叟詳之

答曰由用而達體重在以字所以朕卽其體也栗說

到而退說啟豈無差殊但其實則也以理為本

盛論鬼神卽德卽鬼神鬼神是誠曰是鬼神此渾

說也愚見則鬼神之德鬼神之所以為鬼神而體

物示遺者誠也

答曰中庸不曰鬼神之德而直說鬼神之為德初非

鬼神自為一物德自為一故部說如此

上栗洲先生　丙子正月

伏惟陵端道體增重亂兄韻詩讀禮所造何如禧奎

自省事以來精有意於此擇而比年所率執在養病

此心一放不收為間巷棄物亦已久矣其可望觀到間不有

聖賢闡奧耶可媿心理之工卑體驗於性情之實又不能問質於疑酬之際見理

必以口耳是事然既無獨得之實而其於應頃嘗欲造

不明敢不為誤事者幾希其可半栽頃嘗欲造是軒下

238

向疾也　力能不□　□德之門也　休長　復崇於絶　終使之行　我沮而是見　張主執前　只送一　足替達寒暄　并陳數條　疎問尚倚　優憐而詳批　氣數

騰倒啓賢者而不得壽今古同朕照耶勤不可言　短命死　氣數

別紙

卒哭卒去無時之哭也今人或誤看禮文並晨昏皆
書哭哭至於家禮卒哭後猶朝夕哭之文以上食哭當
之恐非也按儀禮既不復饋食於下室古者卒哭後無
上食可知退陶曰練而止朝夕哭惟朝望會哭者有

朝夕上食而哭不應曰朔望會哭云此正合禮意然
既有上食則孝子之情恐亦不容不哭如何

與柳溪堂　睦嶹　睦

禧奎生長僻鄉見聞陋以局陋田地根本都稜壞了
自知無可以進於古人之學而愧無以副師友謬望
之萬一也第觀近來學者之鮮有樹立其病在于厭
單近而好高慕遠故用力多而實效少此吾家老先生
之所以深惡夫手不知灑掃之節而口談天理者也
聞洛之左右有文風玉振士多循循然審爭階級而徙
事焉已之學異日吾道之南將幾龜山於門下也庸

觀伏懷喬布敢使人因邇也計之帑子參門於進得由何切爾卹發而是
乞逮體加際以詞靈區

與南皓皋 永熙

隔歲阻候惟有一念景仰長在瘝瘝之中而眛於蕢
中獲見心性說數條有非世儒繼續之論而發揮端
結極其精詳非得於體認之工能脈平於是尤欲以
時造門資聽察非其塵塵之所敢逮議朕第有區區所
名理皆後學之所以求教幸一批回也程子曰性
疑而未決者因書以

即理也心則知覺之在人而具此理朱子明德則無怪
虛靈不昧以具眾理虛靈知覺即心是氣矣然此具
字弍說之雜於以理具則其虛靈知覺即眾理合具者以性
也故朱子又有曰性合一身知覺運動莫非氣為資具而未
為氣之主宰則即主宰而只論其資具為平可裁未
發前氣質性云云蓋此理墮在氣質則不可故古之論未發者
必因此謂未發如子思所謂大本之中是也若曰清濁
地皆從理言之如子思所謂未發者

善惡混者此形字段字義也
楊子一
荀子性惡者為此形字段字
幾乎舜與路人一也
不則發段之前矣
則後有氣質之性加重
發段之前矣
末段之形日形而後有氣候加重
於所謂未段之
具而
已而所謂
駁說厥張子曰未知如何餘祝文候
釋之信者未知

與崔夢關 惟允

月論已卻說之在於許多章句無論
前辱詩蘊與處者非此耶大學引詩諸章章
加以讀誨此書未能言之與吾非愚所敢質言炎
以讚諭此書古人所謂章句中
諳諭此書古人引詩諸章章
敢言下領會古人所謂
忘也但此他人說書而有
也但龍他人說書而有
龍個其字於中庸學字
伺其於而有中庸學字

與庸釋之不一耶要之此以無別意而說者非為典為
穿鑿曰後生學者於古聖人書當未之有意處者何賴至
限而必求之無意處字大抵近來看文義穿鑿者
多知是且以軒下而不之察耶圭臣止此
斯文大幸禧奎
而存此及允
光澤每念下
麈懼兩工夫
許多和非遠

與崔夢關 丙黃

即於恐於林泛而已何由而遠出此關如藏然近聞朝議
於光明界也令人有咸葳厥然近聞朝議
林泛明界令人有極救近聞朝義與
大而已何由而遠出此關如鐵鎮固館鐵訟與海
來闓調體有復當之漸是斯文大幸
聞諭能出此關如鐵鎮豈可憂懼每念
調體能出此關如藏執能固館力養
有復盡許多麈澤而存此
當之漸是許多麈澤

先王之境土將自比陸沉而人類將化為禽獸矣誰能執干戈以衛社稷大義致身以爭之如吾輩學士鄉大夫也無其人則吾輩所守不過曰至死不變四字而已復何為哉

與金聖嘆書　麟

仰惟忠養篤福祉伏主憂貴切譏索歡若得盍左右相從時聽經義史論則庶其有麗澤之益而惟千古恐滲漏之器受佳不得奈何為親老也而近求人心不古祿章榮今至君之子祥是耳以左右之立志高明世廉恥循名利者迢禍見左右之心也

問秦亦征任同此樂親之以鳥勤者則怵慄退處缺養梅之榮悴本無足為念以為念耳聞與盡卿退而有黃梅之約紀比頃以勸道耶

答權信實

論一釋近復繕閣井井不啻若揩聰思
敢措於其間裁照心統性而言只是氣清濁
措本體而兼持方寸之心本體之心即是
理仁義禮智是也方寸之心只是氣清濁粹駁是也
盖心字包護甚廣故先儒有單指理而言者有單指
氣而言者有兼理氣而言者單指理者本體之心也

理與方寸名之　體而後得名　並本體與方寸名　兼理氣者　必有舍而後得名　古人雖不以謂心　何異於風影也　程子曰心譬如穀種　其生之理便是性　此等字以此皆並穀而言　朱子曰穀種便是心　譬如粒子不必曰穀　便是心也　然則體圖示人者　其可舍方寸而只舉本體以指無形之理　我是以於上圖書之　以稟五行之秀　各有苗脈而亦可見　使學者先察其性情之稟　各有苗脈而亦可見　理氣之元不相離也　若虛靈知覺則不可單指氣　盡

此四字畢竟是圈中物事故也　子曰虛靈知覺是心之本體　又曰理與氣合而為心　目此有虛靈知覺　明於此四字　謂以氣具理　虛靈知覺之妙是氣非理　以仁義禮智四字對待而為　理氣得無舉半遺半　諸然則於心之全體　使虛靈知覺屬於氣　只自本然　後有理氣而　上看則亦理為主　半而氣為資　具何嘗氣為主而以　理為資也　就氣稟中指言本性云云　蓋本性則本　氣稟之外而既曰指本性　則本性只是理而已　復何在

有氣之可論也。所以圖所以別出理字，使學者知本性之善也，此非圖說下圖。所謂雖在氣中，氣自氣，性自性，不相夾雜者歟。照之氣，一氣而照之，是理具氣中者也。止書虛靈知覺神明六字而不言性，則仁義禮智字亦在其中，圖中者可知，非氣字之所敢干涉也。且神是朱子所

謂金之神、木之神、神之明，而明是大學明德。章句用工上說，此理明，此理循，此理而已，氣上有何用工也，裁於方寸以見之外，要別有合否，顧受教也。

與朴澤卿

高樓一宿未繫底蘊餘悵當何如也近日湖南之行

盖烏電龍之事而未及變遷左右勢有脉目抵冤洞文
拾見在撲物數纔百奇而從撲員家得一紙即足為謂書告
老聞官達亭事也其物則可為本領其事則無一人謂書告
佐也者以聯名棠官之意轉向東邊發端紿未及處以此示
可者以幾遍一邑而貴近最後者以其約內也以示狀之
書諸幾遍公知何大抵此事卻許多趍趂入城深所懇仰
及然大日為定辛精官未藉期許○就結控
今廿太○○○○

與李致萬鳳錫

毋喪後父亡者毋服神不伸是禮之大節物何敢以

應見論斬乎遠湖曰毋喪後父亡者未恐遠伸母
是為父之死而不忍致死之義也寒洲曰殯未殯不則服
須論只當以死不死為準雖一刻之間母先父後有曰
是父在為毋也降服葬恐為定論近按性濔說仍服杖青
毋喪未練而父卒申母服三年既練父卒則父不得題主喪哭
以心喪縗三年註若均喪未練父卒則父不得題主矣未虞卒哭
拜賓賓美祥而父卒則父不得題主矣此不得以父死其
未練祥而父卒則子不得以父死其然
名主之則子不可得矣父不生存故也凡服雖欲以縗制為斬然
父不可得矣父不生存故也凡服雖欲以縗制為斬然

事有所壞則儀陸以變惟熊評是其無所見而朕也
朕此可語禮之權而終不知鏡湖寒洲之論為義之
正也今尊家則毋茇之義期已過已題之以亡室如
欲伸疫則將遽朕改題乎當具其事由告之於兩殘
而祝辭則書以構范子某可也

與種所汲

已頃於軒下聽論甚多而間有惬悟不相礼入者此由一
乎平得敢以數條仰下明者聽之天人之乘馬也非馬則
不能行禧亦知之朕於人於馬自無所行之主矣

朱先生論太極曰動而生陽亦只是理靜而生陰亦只
只是理在理也以此觀之理乘氣而發者也朕熊為機
在理也又曰太極者本然之妙也動靜者所乘之機
則理為發之主可乎氣為極者本然之妙而太極是
為發之主可乎氣為機也動靜者所乘之機也氣
朕體用而不能自專理者氣之主宰而自會動靜氣
貞員而氣有動靜故氣有動靜若氣無動靜理何自
朱子曰理有動靜故氣有動靜若理無動靜氣何自

氣也豈可處看一之字於其間耶則栗翁必曰發者氣而不必曰發之者

기氣也쁘云故也如是看則所以二字之義亦可知矣者發

자然反有作用之嫌矣故探以愚見則非但換上句意義相左理尊無對

理而發之者氣也馬之出入非人之出入乎理尊無對

知此則無此疑矣以器盛水之說曰有據陳北溪曰

心只收器裏面貯物便是性此指心之地盤而言也以此言

學明德章句小註所謂盛貯該載亦謂此心言之則即

之則心是氣之說果無疑而以本體之言之則即

───

理之說有何不可朱子已見其然也故言心之本體

則單相其理泛言心則即氣而言此非可據者乎且人

有主於右中面則雖不知者必謂之主右而已然則合理氣之說所當爲情

者名之則不過曰主右而已然則合理氣之說所當爲

非眹之際原於四端而各得其正者也爲形氣所掉失其本體之眹然

而橫生者爲惡此七情之不得其正而反害四端者

也所謂善之幾惡之幾者此也程子曰人生氣稟理

夫清淨器上，水亦清淨；汙濁器上，水亦汙濁。人見其汙濁也，謂非水之本性則可，謂之非水則不可。此所謂惡亦不可謂非水。此指其乘氣流行之理而言也，吾有善惡。

不謂之性也。果翁之見正往於此，而原其本則既與退陶之論一理，而有為人為物之理。其意不甚相殊，但所主不同，故立言較異也。湖洛之論，愚恐竊以洛論為是，蓋人物未形之前，只是渾是一理，而物得之而有人為物之異。人得之時，所謂隨物賦予者此也。若謂於本原，只是渾是一理，物得之而有為人為物之異，則理亦局矣，烏可謂通也哉。

上已有為人為物之異，則理亦局矣，烏可謂通也哉。譬如一江水，將勺去取只得一勺，將椀去取只得一

椀，以至一桶一缸，各自隨其量不同，故其所取之水亦隨以有多寡焉。然顧其水之元來為一江水，自是不足以相... 以設譬則可，一一駁正傳... 歸至當也否。

飽許退而

水月之間，莫非... 亭其樂，果何如若... 石泉... 隱几想之趣，而未同此樂也。顧四十年光陰遠遠若... 既往又明矣，本帖帖間... 非難雜...

如山逕之間不用而茅塞之矣，知其根本帖...

進取也。蘭序意等甚遠，固不敢承當，而其句語鋪結，大有文家體裁，又欲學之而不可得。孟氏所論也。大匠與人規矩，不能使人巧者，儵的論也。

與郯厚允

嘗即吾輩居之所，而數目聚首，所論有端緒，甚盛事也。而未聞有體驗實得之工，不能下究人事，而有能上達天理者乎。夫學只在成己成物，而行遠自邇，登高自卑，如是故聖門諸子，幾於升堂入室者何限，而猶曰性與天道不可得以聞其意可□

知也。而自恐吾亦不免為人之歸也。試問今世學焉已者，能幾人。吾不違，點檢他人。近讀性理，悟處深且博，未知等意知何仰。其用工之深且博。其言有警悟處。令其師已製裁得成文。四禮纂題見已□□。暗室欺我其□□。

與郯厚允

心為一身之主宰，如帝為天之主宰。天有主宰，故目而視，耳而聽，手足極之。心為氣之本體，於方寸中可措。爽者脈，本體上亦可□。心為氣之本體，於陰陽上可見矣。心之本體，氣之所聚，為精爽者脈。此非理為大本，而氣為資具者乎。蓋大本體上，亦可□。月代明而運動，此本體之地盤，固是氣之□□。

嘗氣言歟　朱子曰心之理是太極　心之動靜是陰陽如是若則非但渾淪處可見其不相雜雖分開處亦可見其不相離也　盛論心之動靜以孟子所謂出入無時莫知其鄉者當之　然則動靜只屬於氣而無關於寂感之理耶　虛靈知覺之外復別無心盛論固然哉者以其有以理具理之嫌故爲心氣之說　然虛靈知覺其可專屬於氣乎　且曰若曰以氣具理則理是氣中所固有之物也何以爲先有者乎　故愚則曰心是理具於氣中者也　體段功能云云盛論恐亦偶失照管　體段卽心之本體功能是心之妙用也　未知如何

答崔士毅 〔書翰〕

示諭縷縷辭意縝密可見其從實際出來不覺斂衽稱歎而錄省也　凡爲學始於事親事親之道遠志爲大歟　然其口體亦不可不養則具甘旨之奉雖曰未學吾必謂之學況能做得此心學備矣　今世復有人耶以遠大自期者耶　念西銘一篇於尊之所處不徒爲準的而其妝纘地亦未始非厚生之資也　但以心爲萬事之衡準　大衡之正準之平纔有偏處則究竟得順事者幾希　大抵兼理與事物幷行而不相悖然後方可謂之眞與正

學問會以爲如何

與郭鳴遠

日前因許友知有齋會事一自鳴陽九之後斯齋之風而適有在齊豈在端使廉立下風而電諳旋後爲鳥執兄勉耶即當奮勇往得佐五去於事之成吾當沮抑善髮之設心不過沮老先生燥髮之雷諳旋修一製爲鳥我仁相或病或不家只啓之即諳嚴撤而雷旋因許久絕敬義之故且諸公員多素耶聞有人言文有五語造五十年所裁方且與數公議修一鳥莘輟人絕敬義之故且諸員多恐彼而止此於斯者與仁鄉異乎栽前鳥莘輟絕可會員可恐彼而止此也又鄉畢之嗟惜與仁

會講之資此非可曰有碍於天齋會事也其勢則有相仗觀其物則有相助若此事兩成則將必有實效可賴疑義數十百條其奈之密而辨之明又有好問之實致宕燦爛有我固也只可欽裁凜瀹使人有聳動處兒論到名理上見三君子郎山遊到錄其詞側跡見聞之實風同歸之域也合下樓居且荒僻之切識畏慕之歎而已

答郭鳴遠 甲戌

如何復昭嗣之辨懷當停事年相駁之論辭之昭嗣疑

其業也書訊亦去年事停靈云之懷當復何

何得退陶崇昔使三百年相駁之論辭之昭數條疑

其誨之不惰發之無隱實有非淺隨所可學當留者

而間六無聽鑒者其答字所以發所以字之問曰由用以

而達體重在以字者以狀即其體也此則於美而以

綏者理發之者氣也勤之靜者理也者其書理果不善灰

也勤辭者氣也詳析而教之前書中銀膏之靈之切安

耶兄辭脈朱子答知覺是心之靈之問曰先有知覺

之理又曰理與氣合便能知覺理與氣合之外別有

靈之者具之載之施之用之相須相符云云愚見

亦有一焉難棄以為燃然其以無膏而謂火不能燃則可乎

非膏睡起中人眼瞳脈然而起者是靈乎與喚之者是靈乎頭

受詳之

答郭鳴遠

頃年術示諸條所論曉析犁然無容可否但第一條

戍會而地論畫則剛柔為死僵而氣行乎死質之裹

亥會而天陷焉則陰陽為死氣而理墮乎死氣之上

理之中，自有天地之前本然之種子矣，不幾於荀子性惡、楊子善惡混之論，而中庸所謂未發之中，亦不好底為氣質之性。

既曰氣，死則無，可以復言氣者，理而已。而是理之中，自有天地之前，雖無氣質之性，亦包在這裏，則未發之所謂未發之中，亦無所事。

夫謂陰陽未生，陰生陽之妙，其可謂懸空底耶？朱子曰，未有之前，只是理而已。而是理之中，自有天地之前，雖無氣質之性，亦包在這裏，則未發之中，亦不為二本耶。

此恐夫朕既日氣，死則無，可以復言氣者理，何所可中，自有天地之前本然之種子矣。所謂未發之中，亦不好底為氣質之性。

洙大夫之說，若以氣質之性而謂之未發之所無。今等諭之事，時怡初無了氣，故不須言，盧文之說，若以氣質之性而謂之未發之所無。今等諭之。

亦不知何聖賢覺朕不起疾嚀吾嘗無復有斯人也耶身後敢詳之
於世復見郭元振也耶今之學者或多厭卑近之謀於知舊儔免淺士豈意今而
無進取之勇男言者或多厭卑近之繳繞而凌非謂
此耶其階級之秩然而品節蘊抱之森然而燦者惟嗚呼
遠在焉非我言也人之公調朕目幸加之意也

與周元老 〔熙敦〕

曰者進軒屏表
習次詮眹此非持諸中而形於外者能眹乎哉福而使人退
求淵渟閒氣眹諸外者其辭昌言而記諸作其眹乎哉

休主員只事謂行數重而已其於名理言簽泛熙不
知所以為諭无乃學迷方向之致耶所論蒙隱一段
語切中近世學者之大病愛尚近而實處以平而淡俗
者尚為務則必有无味之味日大抵江左雖多文士
尚新奇不有此謂者幾希呼可歎也

答李叔璥

得手歸知晨昏學廢珍重慰浣何既老拙自涌亡
歸兩足受病尚此莫振是知痛柳之易凋也美浩
笑吾之今行皇徒熙裁見其發越光輝讀跌於言意憶
之表衣而及至答間考樣博洽而精詳非平日見得之

的確而能如是平不素答目即當秦剳而尚未能一
遍檢過不可以稟本送之且患阿晴草不多及烏難而代
篇亦無也辛候後便卒也

答李聖養

更復性重詳密讀之不撿覺滕況於人言之未穩指
示端的者幸仰反復亦覺有病蓋明德心性情之誤為未決書
出案因又而慮又曰明德包在中眛則心字說
之把物之本體纔說心時便物也因曰性指不把心字之註脚也
明德已足而不把氣不把物云直明字之肸也

其言實恰好無渴前書言之分疏已知其安也今承
教元焉釋眹寒洲之從心中單指理言者恐或氣外
則有一箇理判然與氣不相干涉也夫虛靈不昧者氣
心而具之應之始是虛靈之實事則是非虛靈者氣
而所以虛靈者理乎若就心中單指理言則是以虛
靈為即理也愚見則理不雜氣必義理而以其地頭
者異故所指不同眹然不雜中自有純善不雜者不雜
中亦有眹然無間者於我明小註合而言之氣即是
理理則是氣分而言之理自為理氣自為氣可見若
洲之所指則恐非釋明德章句之本意亦恐夫使學

者駿眹有設氣為理之隸也此中之士亦有主此
說者自家見得未分明敢曰諸公說之相差我是
者不能聽以上取程子曰性中曷嘗有不善之意欲窺亦未可耶窺欲更愛賓乎不善
善而惡善惡分而性何謂之性也之意氣稟而周所
不善道出者為善而積出者為不善也眹然而積
說一句有不能無主客之懸殊自任則明德本體氣何有所拘
我以彼昏迷是所區區之望

頃自遊錄復唄酬諸作已者半禧於經義尚衆竊又奇兒敢望逮所緯

自龍鑰何其壯哉善竹之耶幸賴吾左君切磋之勤庶其有同歸緯

驚嚴其壯哉作也悲壯票蔑詞果似歌後然未能而所

歸遷而至周宮鱗肚句尤令

退之酵可以淚義樀於千戴之亡

而一慞得見其與兄及晚醒枕京

況復人感裹面昌耶正衣亷中規程子豈敬以此而繼人所學之淺深哉而緯

應之曰不敬之已能也也豈欲此想進修之不迷其方而所

外兄之患弗滑憲患弗立可想

豐示心患弗滑憲患弗立可想

有倣賢倣聖之其所自待何其退也惟蓋勉志

半有倣賢倣聖之其所自待何其退也惟蓋勉志

業

與田聖眡〔李鳳〕

編覩世之學者不務實得徒以記誦詞章之業取悅

人曰成功一也以執事篤實之資望之日耶然易於近者於

行則德崇業廣豈無成功之日耶然易於近者於

不止難矣勉之幸詞以德吾麗澤相資否

遠難矣勉之幸詞以德吾麗澤相資否

〔與曹仲韶錫魯〕

因貴中族氏叩審吉祥倣漢忠養超凭此新春喜消

我聞已無於終進有不學而齒

若得至君強輔朝夕勉勵則庶有寡過之道而源源

未易何恨如之秋中與數友南遊觀大海而歸往還

凡三十有日也嘗聞山海之觀不爲無資於學而今

也都無一得留胃界介之許多者渾依然故往蓋素無涵

濡幾冒然一見果何有於我哉邦時復續頭流之遊撰

靈誤之窟處而飽烟霞之華液也竊念宗祖七世尚不洵吾門之達景

述之書貴其執任之尊與衛之尊與衛之心而至於金溷一事是義理聖

淺淺已也語事勢將敦行已定者吾早烏示及也

辭敢虛未知藏筆有已定者吾早烏示及也

答李應仲（珹錫）

漸進特以關心地小人讀古人經

而志學能其知可緒熱氣舒遠深趣意蒙審需書得

於大學爲急務何也蓋此書三綱八條井井有間架閣

一不得學者須讀之大而會之深瞭然在心目則

書不過爲充補此間架而已昔寒暄先生一生讀古人

學自稱小學童子學用此法門則何患不做得古人

也人師之諺甚當然必先立心師而後人師經

師次第而得不然雖聖賢豈與居何之有亦不爲此否

野之勞家貧親老不得不爾古之童生亦不爲此否

善學者日用常行其莫非學也所患心師未立有餘力
而不則以也幸加勸焉

與金 學李

昧為隣明所攜作錦城之遊而為嚴雨所戲三宿而
諳有甚佳致於其間耶始知看山非仁者無所當宿也
吾儕讀書非苟也而各等匪我求之義絕無相從於
麗澤之列則遙隔當旦可以不扶而自直哉皆晦翁之
於南軒也相訪二千里之靈中何其勤也世無二賢於
之交久矣蘭溪之約鵝湖之聽講不可復得於今日
耶適柄過門間山中起居草草仰及

答曹衡七 垣譯

便來世而知行之為判明耳
來聞大行古人之道也以是心倣去則所學莫非我有可
而行可托進矣為之鑑仰語事昧見通辭已無恥如讀以
知行之勢熟能聲討如衡七所云也所謂粗識廉修吾言逆之
為之夫恬然不以為非焉可歎無己則吾論底人耶是之
之派之秦恐得當後世豈求公
矣明

答談居夏瑞 南李

惠恙示謹悲而所饋談君勝念豈有是也不安則多矣

顧年形無、自食之計。今文象亦不能、無陽盧膺、将何

君意盖深、寄跡不恐、猶入山、種種、士之志、有也、全得以、義然耳。

如何

明 柏 而 姪 族 與 鎭

遲者未秦、只擒狠狼、而某事要聞、其梗槩、君何見事
之遲也、李文子三思而行、子曰再思可矣、先事而密
筆去、斯已、不曰心上之權衡乎、此中無一介遺義
相訪、塊娑容而已、那復與世相干涉哉、每意到友影相
隨、盤旋乎載秾間、方塘上而浪吟、淮南操一闋以自

虜未知此心、得古人意趣否

與眔中譜所　乙亥三月

譜之所以体、一則尊祖敬宗也、一則明昭穆合派流
會綜於一原之地、而不相至於路人也、然存信闕疑係
補事之權衡、在安容以私意取舍、不待知者而較然則
入與判美、當入而入之於義理、曰我文貞公老先生貳館之裔則與
可其為異貴、固無可疑者、而老山莊湖兩家亦當有與
其為南平氏通婚書、総昌豈知其不為異本、而故為之裁謹
按國朝科譜、南平氏有曰由仁、曰昊、曰峯、而由仁

且知其來歷可知也，此其綱之可知也。朝有之，前朝則南平之貫，目即世居土著。丙子科曹即南平邑誌，大祖南平，乃考南平邑誌。曹即世居土著也，熙則南平之貫，其來歷不亦久乎。往者丁亥，南平氏稱，以反本而典籍無徵，我昌寧氏譜之曰，此而不裁，何使之不思。譜此而不絕，則秉彝之理，是天下公共之物，非一家一人之所可也。此其綱之可知也，諗諸而不知綱可知也。故冒諸昌諸而不知，事甚無憑，今當修而不知綱可知也。何居也，其譜無其譜，鄉家非先生道猶為子孫列，則均矣，於義何居。

敢一出而一入哉，幸今僉尊以至公至正之道處之。

昌寧曹文集卷之二

雜著

浦上問答

問大學傳首章何者為未發工夫曰明德傳彙體用
曹貫動靜而言恐不可單拈未發工夫但顧諟明命驗
得扶養意較重

問物理之極處無不到是理到於心是心到於理曰理
心如明鏡鏡夫當遠物去照物亦且未入鏡裏但鏡用
本清明則所照之物無所朗照精粗彰著而不遺今言
理到之義亦只如此到是躬極無餘之謂

問誠意之意心之發也喜怒哀樂之情性之發也則
情與意終為二歧曰情是直遂底故據實而言性之
發意自有兩歧今人往底直抵挾彙者情也欲由為
續然由秋風者意也

問意者心之所發而誠意之必在正心之前何也曰
明明德必因其所發而遂明之故欲正心者先誠其
意乃由用而達體也

問正其心與不得其正何者指心之體何者指心之
用曰正心傳體用之辭雜端而惟未克廢之說最

為正事近諒之餘盡用之用正其所心行兼用體末用行說則察體其不用空存其其體不得其體

問敬字於明德誠意等工夫效無不在而必於正心故傳章章句於裁揭何也曰止至善為為三綱領之標的故章句於文於止善章言發敬止心為篤化之主宰章句於

正心條特說敬直

問補亡章十一條其意則於程子十六條之意其言則出於自家之闕畧而或曰未輯補闕意似他所以補輯者分明是兩項說來如曰章之闕畧而朱輯程說也補闕者補程說之闕畧也此說何

朱輯是朱輯其故夫而程子本不成書則有何放夫而可以朱輯乎第五章本有而失之也其他錯簡闕文是誠意章下之言致知正心章句之言敬字是本有而朱子朱輯之放散而失其故處也程子既知正心章句之言敬字附補之

問大學之誠意謹獨即中庸之慎獨大學之正心即中庸之戒懼誠意謹獨已發之工正心戒懼未發之工也程子亦未有說而朱子附補之

問大學之戒懼大學則先誠意而後正心中庸則先戒懼而後謹獨何曰誠意之要固在謹獨而大學則先誠意正心之工廣謹獨字

敬曰誠意之要固在謹獨而大學則先誠意之工夫隱然在不言中而不可謂正心

曰正心則戒懼工夫隱然在不言中而不可謂正心

心不正，用行也。慮恐懼等，客用驚。處須用克治之工，不可以專屬未發也。大學求以進德，故先誠意而後正心；中庸主在明道，故先戒懼而後謹獨，體立而後用行也。

問：齊家章，宗旨上其一，其曰家與身是人已交。稜慮，故立言較異。

問：德潤身，德字何綴？曰誠意是明德之始事，而德潤身是明德之極功。○或曰誠意是明德以釋之，是明德之極功，而先慎乎德，德潤身，先慎乎德。釋德字，只釋平天下。釋平天下，是明德之極功，而先慎乎德是明德。言其效必待用工，故特提明德以釋之。

新民，亦是釋平天下之道亦明。德字不待釋，然後知平天下之道。釋平天下之道，德字不待釋，然後知平天下之道。德潤身之德字必釋之，然後精切。中事則德潤身之德字，此諭似。中事則慎德之德字，中事則不外乎明德也。

問：伊川釋忠信二字，曰盡己之謂忠，以實之謂信。未子曰以伊川循物無違謂信。發己自盡謂忠，循物無違謂信。說何也？曰發己自盡謂忠，親切於得，釋平天下眾治人之義，尤親切，故於此獨用明道說。物之說。

問：中庸一篇不言心字，又無出於戒懼謹獨。曰讀道須先言性，以心體性。性即心，性外無心，故言性。操心之要，又無出於。

264

…性而不言心以著亦骨立底天理衆

問許東陽云人心發於氣道心發於理此說似未穩

曰朱子於禹謨傳亦曰發於形氣發於義理許東陽

祖此為說未可不也但此就其發處而言其機蓋人

心之直發而亦因外面事物之感不屬義理故知覺從

之義理上去孟子所謂口之於味耳之於聲目之於色

四體之於安佚此人心也仁之於父子義之於君臣禮

之於賓主知之於賢者此道心也人心是形氣邊事

道心是義理邊事

蓋於…況人物而言人物

章內又有育萬物之物字可謂獨主人言而不言物乎

曰中庸之道兼言人物而言則人與人之性道以人與

物之性道同其教至於成己成物之物字可謂獨主

人言而不言物乎

問性道雖同物與物性道同曰有其理之粲然者言則人與人之性道同渾然者言則人與人之性道之一也

問性道同物與物殊也

問中和先中而後和貴隱先集而後隱曰章始言

萬物散殊而一理渾然是也　道之大原故先體而後用十三章以中散萬桓　事逐單言和則又卻兼費隱　一理明道　道之科級言故先用而後體　中是費隱　和是費　隱是貴　貴是　體而後用　用而後體

問費隱俱是理　然後證之以　仁義禮智理之隱也　其飛其躍者隱而不可見理之體也　上游曰忠孝故慈孝道之隱也　曰忠孝故慈孝　理之能於費然者也　道之所以然者也　屬費之用所以飛　理之費貴也道之當　以屬費之用所以飛所　於費之用所以飛所　路所

問十三章第四節獨言夫婦一端何也曰四所求
曰三摺說而夫婦只是兩摺安能求彼而事他乎　但求
上文忠恕二字便是可能之道

問自二十一章後天人　問出而又三章始言天道何序次不
大章下三章也皆言人道而　已言天道而讀之者不得不明天　道則五章天道則
之不同曰子思作書初未嘗分章二十一章既以自誠明誠明　天道者
分章以其立言之有序次也　說天道而次又說人道　道則天
對說未嘗離道而　既以自誠明　天道雖於人人未嘗不為天故人道之次又繼於天
道而自成則　二十五章以全段言則雖屬人道而自道方向人道去歸人
誠者物之終始　誠則自成是承天道言而　誠者之為貴又嘗歸人
道人道既成則合於天故下節便為誠者之成已成

人以明天道故字以天道遠恐
學者恐於高遠故二十七章以下特致詳於人道而又連三
章言天道過盡底蘊使人企及之也或相次言之或
相對說去也所以反復推明之也
問二十五章誠字道字章句上節以物與人對言而
吾心不待修為故通言物誠之之道則運用此理有

所修為故獨言人而有此實心方推出實理故下文
又以心與理對說
問二十九章居上不驕而言者何歟曰君上不驕為下不倍同是人道而人
章句曰承上章句曰承上章為下句則只曰承上章
是天道而天道循其自然故立言較緩貼小德川流大德敦化同
見天道須用修為故立言而信先動而後言曰不動而
問末章不動而敬不言而信是恐懼乎所不聞立
言當如此然則其下先引烈祖詩貼不言而信次引

其以日也何敬後而信先特此而勤不胎貼詩文刻

敬尤密於信也

問天命字至於人物所受脈絡貫通而舊圖自天命字合氣色天換理字而新圖則以理地

新圖則不朕舊圖合氣色天命字若何也曰天圓在外生之倫

氣妙凝四字在中舉天下盡是職職之物莫非受命稟生之纖蒂分而天

方則不盡大自脈然故新圖改之而人通物塞各有定氣而理實

之畫終理也字內可當氣字內著理字又有局於理之煉

天即命非氣所理字內可當氣字著理字又有局理之煉

命非氣

【下段】

悔訟怒懼慍惕之情則有喜怒哀樂五氣相克之情則有憂慶哀

問李一齋曰太極圖上一圖釋之曰即陰陽而言其本體而言是

辜言理而不言氣故言下圖兼釋之曰陰陽一大極此說以無病

雜乎陰陽而為言也釋之曰陰陽見則大極之本體也曰大極第

大用無不備矣攻之何為大極之本體也曰大極既生大極便

而高峯之攻不當為大極之圖於外此則妙用一齋說所以做病

圖而未嘗無此氣先有此理處其圖於外軆是妙便在內做病

此氣中底即此便是大極之真軆小

其中圖則即此便是大極之真軆小

陽是氣之體體

陰而其體體

則氣而言則無別

理氣而言則無別

盡兼理氣而言也

旣以太極之全體便是陽而其用行乎陽耳

無別盖以太極之動便是陽而其用行乎陽耳

理氣而言則無別

於理言則單指氣而闕

太極之靜屬陰而其體體

在於理氣無別盖以

者何以曰太極之全體具於陰太極之動便是陽而其用行乎陽耳

問或曰湖洛論主氣洛論主理兩論之宗旨若是差乎

曰湖言性則雜乎氣而不純於理言心則單指氣而闕

反遺其理此固主氣之局見洛主性則泥於同而

其異其異本其理實言以之言心則拘於靈而摘其氣之言

貳其眞然之言心爲氣此爲可失而靈非心氣而

曰此爲可失主理之宗旨

問父歿中母哭後其先代之祭將使服輕者代之無

問父歿中母哭後其先代之祭將使服輕者代之無

廟主而行事之初告以宗子出主之祖考之祖主爲可据

廟主而藝中用新主忝忝還袝在權

紙陶則紙陶則

書之曰無書之曰無告以宗子新英辭如何非兄字誤耶

之初告以宗子出主之祖考之祖字据曰摛儀禮則當書

行冠禰廟父兄主此爲可据曰摛儀禮則當書

申遷袝廟禰廟則祖主無異義否曰杖而不禫禮之始終

補題彌祖在則祖禫而不杖則必禫是禮之始

舊屬冠于則祖禫而不杖則必禫禮之始

從舊儀禮兄而祖在禫而不禫之謬杖則必杖是杖也

仍從禮兄而祖禫禫之說禫而不杖則必杖也

主則紙陶屬題禫而不禫禮之終

廟主則紙陶而藝中用新英辭忝忝還袝在權

答問你問不杖父在位則不杖猶是杖也

雷龍亭重建議

一堂之興廢而世道之隆污繫焉此朱子之所以階
李氏之岡而陵熙寧學之草者也噫吾鄉見我南真君先生
龍舉自晦院之撤亭陸而移在龍巖祠之東畔舊亭曰雷舊亭
則墟矣肆我先父兄常慨然與歡以為斯地不可任
其荒廢與旁近士友設一稧蒔松竹而築壇以亭名
命之亦愛禮存羊之意曰待後人之因此而有重建之地
者也既而壇亦見毀嗟我後生永無予蕢于壇墻之
美逮癸丙子仲春之月因校宮之會復申前議無一敢

携貳者弓通于全鄉期以三月上巳要會座既圓余
起而告曰今茲之樂必有定筭盍各言諸僉曰此事
非倉卒可成若釀金立稧積數年力以圖之余曰然僉曰
君子臨事惟觀義之可否義苟可矣何用遲起然
意誠如此余當以今日見今正學幾熄之域乃已
一冊子列書姓名畢文告之日使我禮樂壞而吾鄉有敬義之傳
入國不懼哉惟我魯之風而講敬義之言自邪說而明吾道
可不懼哉中以鄉魯之風而講敬義之言自邪說而明吾道
若欲湖鄉魯之風而助諸公哉不以吾言為迂闊而各自
則亭亦不為無助諸公哉不以吾言為迂闊而各自

勵以斯文為己任也吾且以斯亭之與不與驗
世道隆替之兆聯正為是曰書于岐陽校宮

錦城夜話

余訪李君和實方讀易至剝卦問曰上九之不變何也余曰
也和實陽無可盡之理曰剝則坤卦之為重坤何也曰子不
陽見夫文王八卦次序乎震坎艮得乾之初中上三爻而為
而為男乾父道也巽離兌得坤之初中上三爻而為
女坤母道也不重之以八卦六十四卦無以成列變
化何以生焉聯以坤之純陰而上大稱聖人之貴

陽而賤陰其美因謂剝曰天下之理亂則治
陽所以匪風居變風之後而剝之上九則是碩果
不食之理也復生於下無以裁和實曰天地未形
日水火曰水火只是氣而已其曰為
竟先有此理也此非所謂理生氣者是氣也磨來磨去
水火結成一塊物是各曰地其氣之輕且
清者盛為天日月星辰也又問曰理氣之有體用體曰
始於何時用始於何時曰非用則無以戌體體卻子曰
用起天地先體立天地後此諭甚好然此非望學者所

火山旅

上達乎是可謂之至樂也吾於此旅於地變為講討之乎訂以相讚曰吾畫旅於此可謂之相講相坐圍火山火賁賁乎一卦之義也悟宴樂而思者已於設之乃一治一亂此陰陽消長之兆也吾於切以視之多而吉少又卦之義也以若烏明支聚而然之理也凶於臺上旅而域必然之理也驚備身必謹美況於烏國爭令烽之啟亂之兆也吾畫其將久於講文之域哉因說讀退陶先生丹陽山水記其舉曰高者自高清者自清溫泉右莫不瞭然知其於人之知不知何預哉有和實曰此非人不知而不溫之意耶君子之文意在

導其學之則使學者學之則已學者之則言表者有如旦夫余曰先生文字言言近分明而無讖等之意不學山中故實云全告先生誰以救逐並記之以備階級之

天數五地數五五位相得而各有合乾道成男坤道成女二氣交感化生萬物萬物生生而變化無窮焉惟人也得其秀而最靈性出於天才出於氣氣清則才清氣濁則才濁而其性善一也然衆人惟不知其初者鮮矣惟聖人得之於形氣之外而能復其初者

誘而動遵繩墨此豈非不加毫末而萬善足焉者耶理以直內義以方外敬以

272

孟子曰盡其心者知其性也知其性則知天矣心與
性無間而知與盡有序蓋盡心焉萬事之機鑑而可以
檢其性性則心上之理而天又理之原也然既有性
命形氣之一脈然後不失其中而所謂盡心者始可以言矣
不知何者爲形氣何者爲性命而曰盡其心可乎觀
於者學則字屬節之有無可知已然則盡心者必須而
知性知天也夫子之一言一行無非性與天道而門弟子
未之察也故欲使學者必體驗於此而致知之盡之

之功也

仁義禮智爲性之四綱而分而言之仁爲四綱之一而
專言則義禮智任其中義禮智亦然然仁主發在而
禮近之智主宰制而義近之知四德之元爲仁言爲
禮利爲義貞爲智而元爲衆善之長也以四時言萬物者
春仁夏禮秋義冬智名者所以始萬物而終萬物者耶
士之所爲事出與處而已出則仕聖明正道沃贊膚獻澤
爲己性親君子遠小人關那誂明正道汰贊膚獻而已
校生民所謂邦有道則仕者此也否則非山林而已

載其事則雖不同而其道無彼此也

書贈鄭秀才極老

天下之路有二正與歧而已得正而趨者及門庭而
入闈奧從歧而往者難以免覆跌狼狽之患也其取
全安廢乎至焉曾子曰任重道遠子其勉之哉

序

南烏錄序

山之小者邱陵是已水之小者涓溪是已見邱陵與
涓溪而謂之知山知水可乎山靜而止者也指一處

而語其全體德之可也水動而活者也千流萬涓奉
流溪合為江淮為河漢終歸于海海之大不知幾千
萬里而其深又不可測也苟無大力量大眼目而以
涓溪之見見之於海曰海大物也以我筒量局見陛然一
出海限而能識海之所以為海耶歸後數十年心上不敢
有海而歸示其趣雅閒其格清新無一非余曰無傷也蓋天地萬物本吾

涵養本原之深，須於靜處凝者，何必以在物之
一則勤底境界，自眛活潑，無或空礙者抃兮，斯可以為物之
體，海亦非在我之物乎。難測其深，顧聖人勉焉。
則吾曾於海為海，而以不見為係戀也耶。
其大元量，其深

八溪鄭氏壽宴詩集序

生於雨露，而茂於雨露者，花卉也，常調於雨霜，而後
潤於霜霧者，松柏也，蓋人物之生之理同，而所受之氣不
同，故也。朕則人物之善不善與，曰不然，程夫子嘗以爐火置之
養之之善，由受氣之厚薄，而不在於置之
之風頭，則易過，置之密室，則難過，豈非以養而致者

置之密室，則多，置之風頭，則少。置之
一處，則多得此，而置之後，潤溪初又一
一氣而得此，密室之養，則其為善也，又何限也，較人溪
鄭氏度之，以愷悌樹偉之姿，有樂善好義之實，今嘗
養之以善者耶，是曰也，子姪獻壽舉觴，實明甫輒次孟
賦其事以頌之詩，凡若干篇，其允子克明，跪曰，不肖無祿
一鳥命曰壽宴詩集，謂余以序之，余感曰，是不肖，有罪也，子獨不敢
先人未克享有此壽而已矣，不肖是不肖，罪也，子
何修而能盡此，曷渾之祝也，心竊感且愧，正為言辭，不

也

廉氏三綱錄序

我邦雖僻在左海以聖祖培養之澤仁賢輩出羣然其倫有叙忠孝烈成一家者則指不屢屈而居焉余嘗讀郭氏三綱錄見其忠孝烈至于十有三人未嘗不竦然歎異之今於廉氏之門又見之矣噫故忠臣孝子之於國城之中其子孫男女以綱常二字作表揭案葛蔬飯蔬七世之間孝於郭氏之家也以綱常一家書人之多足以相甲乙

相傳則不知來許文有如此者幾人歟但天門邃遠旌德之典尚未同志下生也獨不無果蔡之天故於是錄也日也余雖固之難図之生也獨不無果蔡之天故於是錄也泯默不得樂為之書

輔仁契案序

吾鄉自山海夫子倡道之後其遺風餘韻尚有未泯而上下數百載無一人興起者何哉抑其無賢師良相輔導之故歟余以文字事相歎將歸咸曰吾逑甫會于陸洞之鳳樓薈蕞以文字事相歎將歸刻期而逑筆不可無此會會亦不可無契契可得刻期而逑

會裁余慮其率爾欸為後期完成之計鄰君寄允曰
夫事成於簡而易壞於煩議貴於決而或敗於延蓋名
以此中羣于人為本契員以齒而序追入者以納各
先後亭之僉曰可因書于案以凡例繫焉歲一會為
先率命曰輔仁取子輿言也照則其會之也當奈何王
必待同會者莫貴乎為王為麻而長人之學可以獨與達亦不可乎凡
之也其講以正其趨行欵禮處知長幼之序凡經義之疑似難明
湖進退之節

禮說之常變不同者亦論訂而互相折衷調者相規
善者相勸則其所輔果何如哉若尊尚舉業睹取甲
乙而已則非是也余既名之玆敢愁惄一言以自附於
切偲之德之末云爾

記

直心齋記

許君性模以直心令其齋而問余以直心之道余應之
曰心本直何直之為裁院而惟之不待直之而自直
惟聖為然常人則難不無直遂者而橫出者必捲而

勝。竟其本然之理，所以正其體也。故聖人之教人，每使之擴充其善端，而禁止其邪辟，要不失其本體之正而已。朱子曰：天地之生萬物，聖人之應萬事，直而已矣。非直，萬物何以生而萬事何可以應也。直之當察諸四端以驗其感發之本體，自然呈露，而其下工夫。或至於苟焉自欺，而不免四有五辟之病畢矣。蓋心者，天理在人之全體主。都了論盍矣，制其氣以養其性，則體用相須，敬之一字，故曰敬以直內。直乎性，模其念之哉。

望西庵記

其斯思武致吾友美致武賚其，北有望西庵，即吾友美致武賚之也，故名之也。望西之虎洞，望西之西居斯，望西言語斯，望西飲食斯，望西望之，何其可於之土。生，事之以禮；死，葬之以禮；祭之以禮，無若思之一時食之。則以為行之於目，祭之以禮，不若思之於目，則無一時食之。其親之歲，集賢之東，崇賢之北有望西庵。其親不少解也，此非終身之事歟。今可繫可蠙以時之。不可謂孝，思之於心，可忘也。令宜稷咨秦虎庵之溪之濱，令可繫可顉焉以時食乎。茶且飯惟茲庵之楯戶，四畝之圃，令無一非望西之望。

278

睡塲記

余嘗患多睡好於讀書既以不睡方治之睡軏減
之一夜久久夜坐因疲而欲寢急憂鼾作心神無歸
酒嘻多睡一病無睡亦一病昔之病甚於多睡之病今之為病也
安君文玉以怡神養性之言睡吾不知其為病乎余曰子欲睡
為乎於斯二者必有取焉余將以子之所取取以為反

睡法

柏里記

士李鵬翼為
嘉樹之東有柏里扁書居行義舉鷺為有負
錫德獻若無大士之生平不苟異於人人以是為號此意蓋嘗辭
熙有物初之氣威武不屈令山諸德余過其居曰美哉其會而其志則有於禮可見人熙
汝是以己德汝之樂凡異於記有日人以是敢當此行
自勺余今其名曰德汝余笑日子之為人熙
松柏之物相遇而各隨其一言以重之子之為人
既已為人知而為者則譬持人言而輕重子之為人乎辭蘭
非為人知而為者則譬持人言而輕重子之為

護已學而得米櫃手天爲終養之
不而待日痛哭入山不復出門外及葬其親而
遷言日若三公者果非有心之道只在乎顧扁名而務其實也哉

日德彼之先有永慕齋梅竹公當丙子栽盟之
木德彼之資梅竹公富而膺其以終焉
固有根蘆墓先生家貧其
根則其枝不達此君子之
言之先養之行義載既有所本也
則以貴積累也所
其無恭之道只

跋

書於樂堂實記後

余嘗於眉家許先生年譜中見三絕錄孝子於樂堂之
文公其一也公平居事親於親左右就養無方及其父

將不幸遷薈書頭之變則公乎尺劒志復讎累顧
守門宰郡宰有貸而喪麻之遠推之而事夫則公曰方以
等賦以賄賂啜郡宰殺意亦身問則公曰嗚乎若以
不賄後七年事君則可烏睢陽之人照于載之下而亦不可謂盡
誠之孝而郡宰賊復離烏陽之士誑達曜映其嘖諸狀銘於諸詩文字
公之孝實堤上之樂使輝映其曠道德若樵貧述文字
可烏新爾巳之與舉綌弘邁通若王孝一言于編尾云爾
典酬公之孝孫譯東允蒸哉六代祖曾祖王孝
世儒賢後編中亦有所感哉讀一言于編尾云爾
爲若若干尤有所感哉
不倭於此

280

書難水後錄

海之所以名以其水之大也人而不見海於
數百里之外余見之不覺望洋之歎矣夫量比之
之量有川流之量有江河之量亦有海之大之量量夫
其小也子豈嘗然而觀水而因勉其為大而無忽乎其小也

箴銘

慎言箴

一言之病多言之病身之禍福之門言之根
知其是非飾最病之分而出而入禍福之門
難言之病禍之門惟煩善惡之分非是飾最病
非禮勿言遘為訓先民有訓然後載言聽應言
執勢莫我捫時執勢

樂志銘

都鄙舊廬唐虞吾現路謹守吾義路蕪門洞熙熙
德居廣居獨立十載執其非廣居虛堂中虛處
孔顏遺墟泯顏臨儼乎師臨誰黄卷綴飯疏飲飲水其樂只且
親炙余飲水其樂只且

古劒辭

龍是丁公生也　孰神物而與其　除人　而　以神　既　酉上封事　時何裁公謹

公之手　寶貫也　公生丁寧是　　
義赴大陣　應變制敵以　然　時自摩何　

稼齋公之手翻　手奪之盖草菅　若有　諸壁上君　

我祖稱義弄換純剛劒向之　斬殺敵子　變　仗劒　掛諸壁　

節為義　身　以之閗年闓丙子之變　逐飲泣而籲天不假以待於來世耶

有一古劒　一是左右十有青年　用之常切於奮義而奈其尚無　善　

眾之亂嘗見於是四年廟堂之心常　於奮義而奈何其尚無　鉈　

吾家之蛇瞻焉見人也　　之常切於霜　義而尚　

蛇之亂其亂而後之胡之　一片之心幾百載而　後　沒　

辭曰

剛之氣兮　北兮　　　　　　　　　
純　擴　攜挈　老　而　漆　　
天地　提携　老而呻嘯也　
得　王乃　嘉　於千古兮　
鑄銛　不磨而　不　今於千古兮　
水　智　獻　公兮　不磨而呼三尺而　
而為鈝　執戢　公兮　嘉　　
光　　至今而淚滴兮尚新照白日照　神州而獨也　
成質兮浮　彩而輝　今而澤之　閩兮　
金而　義　歷兮　尚　而一　
鑛兮豈鑢和兮冰　歌士劒而　　
義　　　何　兮　如有　
兮　奈如有　怒　　　

上梁文

江陽君李公墓閣上梁文

門公議始致　修之　　一　違　
前　修之　未違　　
見之追慕同　刀　　　稗　堂恭惟李氏江陽
懍後見之追慕　心同　止　月　青堂恭惟李氏江陽
夫百年蒐裘是卜懍前　　之　
速夫百年蒐裘是卜懍同燕青堂恭惟李氏江陽

282

君生簪組舊家有忠孝全德贊襄徐伐肇自六部大
人采食大良抑亦一方之榦屢封君而聖澤不渴永
錫頹而祀典敢怠中興舊居隔千古而猶在司宰遺
蹟閱百刧而無徵顧玆四尺之土有嵬耕犂不入兆
內一片之石無語隧刻久沒塵中質諸鬼神而無疑
知其顯晦也有數稗乘不可誣也苾芳猶未沬兮地
勢扶輿護衣履於邃古風氣翕聚宛精靈於來今遂
乃挹清源而見彼深長陟崇岡而同其俯仰履玆霜
露奈悽愴與焄蒿費厥經營非雲仍卽來耳況復時
望松梓徐氏之思亭可無世守墳塋歐公之瀧岡自
在瞻掃匪懈可見齊宿之庇麻詢謀僉同奚論財力
之贏詘爲材木而從繩準樽櫨枯楔之用罔不畢供審
面勢而正架間奧竈堂室之制次第措置人自樂功而
趍事可不日之指成天亦協兆而湊和若玆時之有
待苟完矣苟美矣何尙侈爲乃尊斯乃邃斯且可容
也爲獻脩樑之頌用替下管之詞兒郎偉抛樑東伊
水源源流不窮遙知昧夜一簑雨停棹何人且揭邃
抛樑西千尺龍門天共齊氣數由來變則正告功神
妙錫玄圭抛樑南原野菸菸稼穡甘試問太平那氣
像康衢烟月自洪涵抛樑北縹緲伽倻山有色其下

昭居常下也
大下探上
抱地探其直
識人無　誰非善　事遺弗
韓三邦　凡幾萬物
當年凡幾邦三韓

頋焉亦見是形而者民生自在舉倫中此理驗看其直也
休顧上探之後風雨攸除棟學求固利成記事可致
洋洋知在之誠積爲善其終見綿綿必有之慶

文上閣臺洞襄冠　冠

文上深閣臺洞裳冠
恭復累世之同人盖取大壯恭惟我十三代祖魯洋
以蔡堂奐及山之宅肇卜歧陽寓東岡之先彰於朝班
伏福而生於野史有端川府使公高義先宜其齊慶
士清節特著於聖　公之夏　之

題直敬先生像皇朝自來
南翼先生像皇朝自來
天降氣見夫氣中自安
正氣卓爾不得招山中
東方龍蛇之工龍社稷賴以無春已
流矩青虛嘯鳳蕭之樂勤六之方塘開鑑珊於三
地規於己知師讀之尊　聖明年窮經之工記其三
己卯歲踰不蹤於
德勤不踰
正方以祭天下
狂義賜以神物應時而抗　松齋繼作有於
以賴之事松齋出際龍蛇間春秋義大著記其義
首靈尚之應時而出際龍蛇閣春秋續蠻往前
知神物子成之狀拱衛而休興遠珠在前氣文明
遠丙子之成狀可無雲仍陛降之庭王讚力詢於
容堂外狀可無食謀同於再周之樂夫豈儻然
肴朝威往來尚或難矣於之間
在歲薦唐之

瓦甍材期分發而經始初列礎卜云言而允終制
度統新房橑若堂室正位工師輝技榱楅奐檼闌從之
繩是所謂如革如飛亦足爲不修不儉弓休六檐之
偉圍洛一棟之成兒郎偉也榱東霤縁色闌山今古同
周天一度時無錯瑞旭朝朝上楅紅抱榱西薑木榛
森一樣齊誰識有秋瞻鳥說冥翁子戴頹雷檐亭影滿
南免野朝烟繞碧君風鳥冥翁士載頹雷檐亭影滿
澄潭抱榱北錦戕壁立燕人陛紅交鐵案今何往只
見天風吹有力抛地榱上幸有彝天高無善寞以縋雲
一髮翳霏煙煙樞人他皆仰地榱下畫筆穩酸奉來奠馨

山進虎新樂盛供南霽洪恩法大野伏惠上榱之後
講睦之延亭次不秦
祭文

祭李樂窩文

嗚呼惟公純金之姿介石之操屹屹如砥柱之於頹
波之印圉者時也與命也與顧余納如未早雖其蘊抱於
忘之大全雜得於心而刑于家日用事爲之間莫不森

六經之深也，則書言若其翹謄，苟苟德悻於一時之榮譽，非公之賣焉。則書言又何隱於人之不知也。余於去歲之孟春，得聞君書，其言知其有渴慕率矯而求候，則公之疾已病矣，而其言先語之娓娓，一如平日，只信精力之不甚耗，而冀有吾先速也已矣。已矣，居諸遒遇而練期，隔歲青素雖版栽，所可就慰感者，賢胤諸昆季纘家庭之訓，篤志力學，德器成就。

者敢虛發以誅之哉，嗣子厚允以前輩事業自期，畢竟成就豈易量哉，吾黨之望亦不淺淺，語其默諤之

祭曹昌德隱文（周文）

維昔曰鳳靜兩先生，即我山海夫子之後徒，而鳳谷之四世先
禮節辭及溪亭集，若最王集尚書千公以先曰盡
使世之喬體，先生使先生之靈，承襲家庭之訓，孝子親友子孫後也蓋我
以義方敎子性度公平，自身而家而鄉而不以彼人君
公儀表魁偉，而老而不以始終，而有異壽所謂淑人君
而有間切，而不以終，而有異壽所謂淑人君子

惟四窮之一，而祝嚬固定，已於冥冥耶。而後之計，已定於冥冥耶。顧不侫佐，惟罦四窮之一，此也。者令一儀，其子三，第其爲厚，溈得家亂之，李公其同祖，其恩之遊，諒爲厚，而亦豈非公之靈魄，佑延狂隔，想像遺風，不能長。公之同祖報其德，見山嶇山水，諸居崔而淵溘也，附仰歔欷言不。欲徒見德之，報其恩之，山嶇山水。

祭李聖養文

嗚呼毀孝也，聞雞古曰歲大也。公其可裁，猶此云，其云者，不知公之心，亦可半蕭使。而致栽，顏淵有文往，以顏淵溈不足孝，雖弱齡未可謂不。沒不知公之，氣數衰薄，命也適其時，豈哀。沒者有聞而可傳於世，雖弱齡未可調不。

徒見德之。

祭文

佐天不幸同歸去，吾常靈靐蕭條。狂一邊靈若者，有知門。戶柰烟精哭送倍悽朕。

緒業遠爾承，計曰嗚呼哭失聲。初志經工已老成十戴相分手三山有宿。盟修

又

權錫魯

山海姿薦幽敦曉尋眞水北山南蔡蕃隣今日公來明。我十年遠逐每如新。

一區我十年追逐每如新。日

宋秦賢

先生三百年松翁滶遺表固我公賢石兄又是天。

賽買不年崛山嘯
寒土淺年同一相更計生今公虛空憂飲孤知不樂古
中會黙倚吾貴應側山
滿亭凭年落到春花落空今人少零蓼社詩
傳蟆一有只呲咏哭兒

觸目傷心空舊廬落半高逢東出堀旌丹馬鸛
知居恭倭不半草柏松故連淚源嗟吾文士
宿言會聖古城佳是花柏愧忠日今舟琴末舊
盈盈淚哭變風臨戒草厚秋千戌驅馬終殞慮
朴德華
文
去一臺泉風賢兩老松務寅我有山昌族巨
空此自宗德儒歡堪息消
無去仰子小隨親結華幸表慶上晓軟關總合離麟來元

秦嶽殷劫教誨語申申
幾日追陪詩酒延論心論契志年有時澤足黃
漢下見月携匂錦出前
每讀心經講理氣乾乾終日坐無聊深欣漢宗先
儒後千古儒林不寂寥
數息邢年移傭後東西落落各分張如今古好終
無逸呈許當時計計此行

又　　　　　　　鄭演植

寔老遺風想可得惟公事最任眞樂杯共做
年教諒道推看實地人深幸瑤琴同古調尤憐寶

　　　　　　　　　　　　　　　　　鄭演植

槁續長春公家箱裏昭昭字摘待來頭手澤新
又　　　　　　孫泛鈺玄

我頹荊州讖橋南崔洙人詩書傳世業孝友任天
眞氣得湖山秀衿開靈月新風流誰要續寂眞錦

城春

又　　　　　李斗儀

林下布衣士讀頭書四十年精意近思金鍊律身小學
編眞老宗聲大昌孫德業全咩今日事全理難

譜天

又

月 秋 洲 寰 說 氣 理 辟 能 並 時 一 類 各 見 可 亦 隨 追
明

鄭 今 如 莫 說 不 貪 湊 能 不 寧 合 時 不 元 皮 肚
隨 車 素 哀 兒 嫂 道 誼 伯

顥 東 鄭 生 門
禮 不 出 工 延 函 問 酬 容 從 日 在 公 高 昔 書 懷
小 平 嗟 揖 未 來 人 己 美 夫 理 究 漢 力 著 學 經
質 亂 繼 頭 牽 所 恨 臺 泉 作 莫 靈 尊 無 夏 子

元 鎭 李 文
嗤 山 江 月 日 四 昔 王 到 脁 依 兩 今 猶 我 士 公 高 昔

志 學 之 也 正 資 之 也 厚 畢 孜 孜 義 之 者 自 不 知
不 足 忘 老 之 至 一 味 泊 如 得 失 崇 卑 環 讀 須 然 勾 適
屋 知 洗 活 計 螯 書 資 而 忘 飢 放 情 山 水 敍 嘴 自 巧 取
悠 朕 物 表 雲 外 孤 鶴 其 書 滿 架 上 規 廉 洛 書 可 巧
工 深 懸 流 俗 至 辨 義 理 斯 釘 截 鐵 羞 我 嚴 確 不 撓
不 奪 引 進 後 生 語 語 不 倦 欲 餓 同 歸 誠 心 好 書 宗 議
樣 鄭 靈 訊 不 悅 服 良 王 不 隹 渡 挈 達 筆 憎 任 公 緣 承
狂 公 何 感 曰 吾 叔 兄 卯 公 之 塔 是 以 書 以 話 悟 生 因 緣
語 觀 憶 興 起 爲 能 盡 記 以 書 以 語 倦 閒 開 示 片 言
半 語 莫 非 善 誘 縱 余 無 似 能 不 心 悅 庶 幾 庸 陋 邊 變

萬化一謂　公仁壽以永依庇何來瘠疹奪所斯遠
兩月之間賓閭繼逝身後書條言亦酸辛善吾不得
壽仁而無報吾恐世人仁善於意葉葬經年雨靈
流原孤擺縱橫行路源零烏哀蠛達人孝視以
公自視矣歡於是生者對此當且怨豈怨每有良朋
也永歎髮彼嬪允今雖幼雜他日有成將繼公昧
志復昌家聲庶幾在此慰公寞寃外此何有不嗱
尊靈庶賜顧佑嗚呼平哀裁
尚饗

又

嗚呼　公以敦厚之資　堅確之氣　鍾生於南冥夫子

之宅義方有本詩禮亦早自少趨向絕意時趨求
之端惟性理之傳溯源乎濂洛之訓而一意從事書業
始人莫敢排持心清篤於物莫能自外而謗之矻矻書業
人之篤繼述之美豈非未嘗之所乎耶反其人或有
一端之善一能之藝盡求而友之雖數百里之遠
必書而致其志示飾邊幅令人洞見其表裏則德
所謂豈弟君子其渾然如玉也嗟乎天蒼假以畢期
之後進輩於武依舊之所耶而棟樑之材連抱而未

見接親磨之焉矣不昧又
用隣見見裁其孫尚
琪得悟見綴之勸栽其兩餘或垂憐
驤偕久善之動善其亦餘生
之大矣道斯義誠君子不可復拜
足善而之言語文字之間不能無瑕纇則必曷
宜師而得一得則喜若已出其春暮不恝然
展資之或有義當吳生等之矣
而師之感而質之育幸於吾身
有頗之賁牽而賁之育幸於吾身
噓而師之義當吳生等之道乎
天意其賁牽於吾身則必曷
耶可知於吾身則必曷
生等身

嗚呼公以溫良愷悌之資有端莊純粹之度終始
棣勾丙奎

介石之操守詩禮之場上接斯文之淵源幸亦大矣從今遠近知舊若生徒皆悵悵然永失依歸
君之操樓蹇林空之間潛半敬義之學優遊乎
石之操場使其戒德行誦諮詢滋深則庶幾乎
操樓斯文之淵源下啟後學之模範其為世道之
樓蹇林空之間潛半敬義之學優遊乎守
蹇林之淵源下啟後學之模範其為世道之幸
林空之間潛半敬義之學優遊乎
空寂之間潛半敬義之學
之間潛心半敬義之學優遊乎
間潛道造語滋深則庶幾乎世道之永失嗚
潛心造語滋深則庶幾乎
半敬造語差深則庶幾乎世道之
敬義之學模範其為世道之
義之學模範其為世道之幸亦大矣
之學優遊乎庶幾乎世道之失矣嗚呼無人
優遊乎

乎顧子不孝早涉風樹又經裸修兩個餘生無所
乎蓉而惟以公為相隨須有事焉有事焉相嗟出
入焉相資勤靜善相陪頻將來之望矣今公之
沒也忽然依此恨當以尋常論也嗚呼哀哉天
不慭賢公旣早世聖千亦逝茫知吾門寂若無人

嗚呼其靈知耶

天乎鬼乎胡爲孝酷禍之甚也薄奠拙詞再拜痛

　　行狀

公諱禧奎字汝瑞昌寧曺氏出於新羅大師繼龍世蟬赫至高麗連九世平章事本朝達五世少叅判校理四世號判校先縣監桓實翁仕至黃海兵使贈兵曺叅判祖監進士考監役妣海州鄭氏公以純祖庚寅生

長不及長日思方學上言笑不妄言笑曺氏家學異表不妄言笑幼有異表村德于歎夙慧讀書入山房家貧僑居無定從鄉先輩改其號曰東正子李寒洲翁李大溪許后山公郭俛宇朴晚醒老柏軒崔勉菴聖賢賢宗

昔繼以不墜，設義家範勉之，盡其進而不達於語，退而勤靜，慎內外之文，致力者一，於求其心與理合而已。凡與人譚書論事，其言雖同於己而不遽信，異於己而不遽揮。雖微文細節，必三隅反而擇其至理所寓。或經禮之非前儒定論，雖師說猶反復訂辯。平居洶洶，朕謙恭自持，倫常是務，而尤留心堂構之勤。就所居冠洞先墓下，修齋所區祭田，與孫舊居之冤洞有雷龍亭，歲久而墟，倡一鄉章南礦金立契圖圖，重新之鑿，又約同志設輔仁契于陸洞之鳳棲齋，為課歲會講之所，其義例立鹿洞。

之規明其倫，修諠由之約，厚其俗，設鵝湖之謙退正之。其趨向行飲禮，知長幼之序，長於善而苟其非曰。節行則不苟假借時朝逮沈陸而人類將化為禽獸矣，誰能也如。義先王境主秋大義，致身以爭之，如三學士鄭大夫也如一。報陽秋大義，無其人則吾輩守惟志而已，毋春秋佳辰手管。笛徜徉山水間，或數日不返，人不知其何求也，嘗暇寓三山之下。自號曰輕下取志士不恥之義也。修一室，書歲銘揭之壁，多植花卉于庭，扁曰晉。

行年四十。公素無子，以族子嗜爲嗣，冏寫爲嗣。甫十歲，矕三年丁丑，居士亦嗜人，不嗜之意也。當高

甲戌五月四日，公不起疾。卒年四十八，遠近士友咸咨嗟。

言曰，映歲癸巳，娶東萊鄭氏，繼而沒。嗣子年方十三，藐爾先。時癘氣犯室，繼室李氏，而沒。嗣子年方長，喪先。

寅，無以成禮。葬于某山之後，移厝于陜川，長壟先。

兆下酉原，李氏仁川人敏儀女，墓祔二，靖李男。

鏹文琇源，二男，馮永出表生汜學涼，李男源。

厚源淑源在文，男洪禹公以樂易之資，員端懿之善。
早從事古人之學，未嘗執取人，以爲善。

知未及時必參諸方，明行不去處，則反求之身，秩不

孛綜理之行，介乎廉隅之間，守病世之學者因求咏

務躬行只得而徒尚口，曰樂翁翁言，時時自卑吾家諷誦

曰學只成已成物而行遠，自適資高自卑吾家

程歷斷斷，知是不能下究人事，而能上達天理曰

者牛是以論理氣，不以懸空說而必貼己看，有此理而

君子之學，不過省此理，明此理，循此理，存此理而已。

己心地認，公平故使學者有依據，樣下手處，若假之年而卒文

於體認其心所，可謂諸而重裁而菴中道而止文不竟庶

究其心所

其後嗚呼予奪之天之未定果如是耶抑氣有騰
倒時理不得爲主宰耶然則公之所苦口發揮者
無怪其不爲今人之信也然非理天無定時此公
之學求其定者歟源厚氏與學泳謀肱其蔑俾勝
愚刪存旣又責狀善勝愚藐爾何敢爾顧先契鄭
重又忝在鄕後生之列義難自外姑最其集中表
著者一二如右而因竊念公未嘗以著述自居其殘
篇零墨之遺得於喪亂之餘者又蓋多未成之稿
則後之求公者豈復知其生平之蘊不止於是也
歲己卯暮春空寧南勝愚謹撰

墓碣銘 幷序

吾鄕近古儒賢輩出若崔夢關朴晩醒許后山鄭
柏軒洎余先考荷塘公皆一代儒苑中傑然者于
斯時也有能軒輊於其間而同心同德相與爲道
義莫逆交者莒窩處士曹公是也孔子曰不知其
人先觀其友嗚呼公其賢乎哉公始學無常師能自
力刻苦晩年就正于李寒洲益奮勵有進時祺學
御世人咸壓頭獨不肯求選擧貧寠棲遑家徒立四
壁惟不改樂書籍奉先不憚胝胼墓各置祭田立
契謀復雷龍亭規約條理甚明孝親隆生事葬祭

皆如禮痛辨別華夷界分丙寅聞朝廷與洋通和
歎曰入類將爲禽獸吾輩旣無計扶持則所守只
至死不變而已自是遂杜門滅影如不欲生公性
植忠慤持身制事不設畦畛爲學則專務眞實踐
履嘗曰學只在成已成物而階梯則必行遠自邇
登高自卑吾家程曆斷斷如是其論理氣則有曰
君子之學不過省此理明此理存此理而已其論
心則有曰以本體爲主而不遺地盤此皆公爲學
之眞知的見有如此者公我 純廟時人生于庚
寅諱禧奎字漢瑞菖窩號也昌寧曹氏自出新羅

太師諱繼龍在勝朝及 本朝累累多卿相而至
諱桓以南宦先生弟官縣監再傳諱繼明壬辰倡
義官兵使 贈兵判諱燧德榮義臣文璞公考以
上四世外祖海州鄭容善公娶仁川李敏儀女無
子男以族子鎔恪爲嗣二女壻李廷鉉文琫鎔恪
二男鴻永出奉本生祀學泳廷鉉三男源厚源淑
源在文琫一男洪禹公得年四十八卒于 高宗
丁丑五月四日葬在陜川長嶝向卯原從先兆也
今學泳搜公遺文幾冊而屬余玄晏文俾余銘于
阡盖以余爲公故人子知公已熟云銘曰

學非王陸道往呈朱早自立志緣軻正途踐履工
夫篤實規模無闕養驕非楷麟誕運至中歲行醇
學富可以師人亦足慢後不滿不多尚復孜孜天
宗伋壽未遠所期各嗟痼惜我先君詩小字依銘
何贊一辭強國大淵獻南至日安東稷歡春撰

墓誌銘

公譜祥生漢琊別自諸昌寧曹氏貫昌寧新
羅太師譯繼烏為始出之祖自石英葉冠冕大顯
於麗朝入本朝判校譯彥孚生南寅先生烏東
方儒宗先生有弟曰桓官縣監寔公之十代祖而

贈兵
刻繪書女　純蘭庚寅公生手嘉樹之德娜環文州海村氏鄭
有　緒及長勵志問學攜書入山房累年不出世味一幼
秦貪瘠居常書冊累徒而忘以書冊自隨其於世味一出家
切淡泊道南眼以主理之說立幟以率多士公即往伴一先
佳偁之深信而悅服及公之殘先生以詩謀之曰伴往
師之書珍重信春程理氣悼頭覺眼精言享慇熟相契相
憂臺蠹可禍風聲泝此足以見師生之間心相

枏講

鄭光子烏終於 其高同

許夫海山卽亭寵雷之洞 免益資麐所 講者熙此文常資從遊於朴晚醒許

山海夫規約終烏 嚴於其英矣

歲久鞠茂公倡同志立契物定規約 歲久奉先墓下祭田必竭歷譽判嚴於

力於奉先墓下祭田必竭歷譽判嚴於

之計而歲久鞠茂公倡同志立契物定規

西洋歡曰吾東目此其英矣

朝廷通西洋歡曰吾東目此其英矣

而不變而已憤惋不已公平居寫鬵不鶩高同

學死不尚奇特而只要真實鶩不鶩高同

法有學死不尚奇特而只要真實鶩為學不鶩高

特制行不尚書曰學所以明此理存此理而其高

但務平易曰嘗曰學所以明此理存此理而

而但務平易成物此可以驗公之造詣也

在於成己成物此可以驗公之造詣也 高貞

則在於成己成物此可以驗公之造詣也

宗丁丑得疾不起年止四十八葬于陜川長湄員

西嗣孝源出嫡孝源在文男洪馬尚閔鳳壽余為銘余辭不獲而附銘

喬記仁川李氏嫄其三壻也孫男鴄冰收拾公遺文及附錄

儀玄孫也男取族子鉉源李男源錄銘

李廷鉉文瑧曾男鉉源李男金瀜湝

且以幽誌之尚闕屬余為銘余辭不獲而納之

日付訓酈 人惟理氣原頭之識當公 玄宮庶幾文撰

貴書貴學原後之識當公 玄宮庶幾文撰

貴學原後之識當公之識 玄宮庶幾

知方早歲義嚴於華夷介分歲己嘉平節尚山金鎭能撰

自得師發勤敏悔悛遠蹟而納之

菖窩文集卷之四

跋

南贛曹君先生倡明敬義之學為世儒宗歷數百
年而至近世儒風寖微士尚名而輕實德章
空談而畧近行時則有虔士皆為公以先生徙己
衰尚儻而肰欲紹述其宗學早絕功令業從事為己
之實象自彝倫之常而至于經傳至奧之義無不潛
究而博考文參聽於諸師友之間而務得其至守之
當宙之趣至見聞日以瞻造詣日以高而其持守之
儼肰施為之袟朕者皆由實德近行足以鑱真

吉德有言固其實也尚之則且不妆者亦不可妄
諸書相箱故謂孫學泳與若而同志妆得數誅將欲
緩捽而壽其傳更加師課唱字今而後公之文庶
可傳於後世肗公之遺可陪後而無餡也鰍役將
畢事承謹一言於若末雖以不文慕德之心自幸末
馬且感賢孝孫之誠盖詠愷循而盎手敬書顧末
如吾言者歲己進季冬宗下先連承謹識

蓮君學泳誓當慶士遺彙幾茂高而示余曰此吾
先王考平日手澤而當時愛亂中散在巾衍行者積

卷若干編輯既成亂藁諸本以相訓鬩欲付梓而跪之曰時夫子之後顯晦有時而海山夫子之文詞爛然久而彌顯足以顯其生平之勞苦則此

所謂人未有知者此其可顯而晦也然志行之卓異造詣之深遠於諸賢撰述碣狀諸等備載矣即此

美中有歲不有與全氏彙整實筆諸家今欲傳其博諸籍緝焉原本以斯役余起而臨之曰是故當也然人之衰而人之正而程理論辨文湖潔足以其師表而躬於時厄於今繼闕遺墨之深遠於諸賢揭祭狀諸撰述備載矣即以知全鼎之一鑰而想像其生平之勞苦

亦其已晦而繼者也然焉豈非斯文之誠烏能易能

使已臨之跡著顯於世者有知是也哉又從而知

公之晦養之德有以顯靈異諼於無窮也云歲己丑

李氏後學 文化柳昌祐謹識

嗚呼此我祖考嘗蓄高府君遺稿也府君內而庠序之間其篤志遠學所始沉埋而莫傳聲者也嗚呼方戶可讀其學操雅望為一時諸賢所推而顧一生逝遺於寞莫之嗟咄也嗚呼府君之歿也我先考年纔舞勺矣遺稿醅門涙之薄尚亂紙不可則蕭讀冷銘以備巾衍之藏微遠草收得若干斷稿不足以書盡府君之緼抱眛然文不可則顆多未定之稿不足以書盡府君之緼抱眛然文不可

世及出系合兄會兄氏權輕蹉繇力未克而此而無歸之恨乃跡墨
十數年未嘗不抱書大息而深懼日而為無躬之恨故
晚則世纔謀涸將無可待之日嗚呼府君之遺志也耶故謹識
敢諷謀誥掇付劚刪者嗚呼自此而府君之心
遇淡敢世而考之遠志也耶故謹識
冰謹識

302